HEXENKRAFT

DIE HEXEN VON KEATING HOLLOW 7

DEANNA CHASE

Übersetzt von
HELENA TAMIS

Die Hexen von Keating Hollow 7: Hexenkraft

Originaltitel: Power of the Witch © 2019 Deanna Chase

Copyright für die deutsche Übersetzung: Die Hexen von Keating Hollow 7: Hexenkraft

© 2021 Helena Tamis

Lektorat: Nadine Manz

Lektorat Original: Angie Ramey

Cover Art: © Ravven

ISBN: 978-1-953422-28-6

Deutsche Erstausgabe

Bayou Moon Press, LLC

www.deannachase.com

ÜBER DIESES BUCH

Shannon Ansell wollte mit Brian Knox keine Wette abschließen. Doch es ist irgendwie passiert. Und nun hat sie zugestimmt, sechs Wochen lang mit ihm auszugehen, obwohl er der eine Mann ist, den sie nicht treffen sollte. Sechs Dates in sechs Wochen. Das überlebt sie, ohne dass ihr Herz in die Brüche geht, oder? Falsch. Denn wenn es für sie etwas Unwiderstehlicheres gibt als eine gute Wette, dann ist es Brian Knox.

KAPITEL 1

*S*hannon Ansell saß im Schatten, nippte an ihrem Champagner und wünschte sich, sie wäre irgendwo anders, nur nicht bei der Hochzeitsfeier von Jacob Burton und Yvette Townsend. Sie hasste Hochzeiten nicht zwingend ... na ja, vielleicht doch. Aber das hatte eher mit ihren persönlichen Gefühlen gegenüber der Ehe zu tun als mit der eigentlichen Feier. Sie musste schon zugeben, Jacobs und Yvettes Fest war ausgezeichnet.

Schwebende bunte Lichterketten beleuchteten die Terrasse von *A Touch of Magic*, dem Luxus-Spa von Faith Townsend. In der Ecke spielten magische Instrumente wie von selbst, während die Gäste in der kühlen Sommernacht tanzten. Das Fest war eine elegante, intime Veranstaltung, die perfekt zu Yvette und Jacob passte. Shannon wäre sofort auf der Tanzfläche gewesen und hätte sich zur Musik gewiegt, wenn sie nicht geschworen hätte, sich nie wieder blicken zu lassen. Nicht nach der gestrigen Nacht. Es war einfach zu peinlich. Sie hatte sich ernsthaft überlegt, überhaupt nicht auf der Feier zu erscheinen, aber da sie für die Desserts und die Torte gesorgt hatte, war eine Absage keine Option.

„Hey, meine Liebe." Hope Scott glitt auf den Stuhl neben Shannon und stellte ein Stück Torte vor sie. „Du solltest was essen, bevor alles weg ist."

Shannon rümpfte die Nase und schüttelte den Kopf. Sie wusste, dass die Torte gut schmecken würde. Besser als gut. Ausgezeichnet sogar. Yvette hätte sie sonst nicht damit beauftragt. Aber Shannon hatte keine Lust, etwas zu essen. „Ich bleibe beim Sekt, danke."

„Willst du so viel trinken, dass du den Junggesellenabschied letzte Nacht vergisst?", fragte Hope mit einem leisen Kichern. „Ich finde, du kannst dich entspannen. So schlimm war es nicht."

Shannon sah in das herzförmige Gesicht der hübschen Blonden und stieß ein ungläubiges Lachen aus. „Nicht so schlimm? Hör bloß auf. Ich hatte gerade an einem Dildo vorgeführt, wie man perfekt einen bläst, als Brian und Jacob reinkamen. Noch schlimmer, ich wusste gar nicht, dass Brian da war, bis ich zum Deep-Throat-Teil meines Vortrags kam. Ich glaube, ich muss umziehen. Vielleicht finde ich einen Job in einer Bäckerei irgendwo in Europa. Glaubst du, das ist weit genug weg?"

„Nö. Nicht nach dem, was ich mitgehört habe. Dann folge ich dir einfach", drang Brians amüsierte Stimme durch die Dunkelheit.

„Das ist mein Zeichen, Chad zu suchen", sagte Hope und meinte damit ihren Verlobten. Sie sprang von ihrem Stuhl auf, grinste Shannon an und flüsterte lautlos: *Nimm ihn mit.*

Shannon ignorierte sie. Auf gar keinen Fall. Das würde nie passieren. Sie drehte sich in Brians Richtung und stöhnte leise, als sein gut aussehendes Gesicht sich aus den Schatten hervorschälte. „Geh bloß weg. Deine Chance, dieses besondere Talent zu genießen, ist schon vor ein paar Monaten abgelaufen."

„Schade, dann entgeht mir das wohl." Er ließ sich auf dem Stuhl nieder, den Hope freigemacht hatte, und legte einen Arm um Shannons Stuhllehne.

Ja, das würde es. Ihr Gesicht wurde rot, als sie sich an den Abend erinnerte, an dem sie sich ihm an den Hals geworfen und er sie zurückgewiesen hatte. Was zum Teufel hatte sie sich dabei gedacht? Nichts. Das war das Problem. Sie konnte es nicht einmal dem Wein in die Schuhe schieben. Zwei Gläser waren nicht genug, um sie dermaßen leichtsinnig zu machen. Nein, sie hatte das Date genossen und nicht gewollt, dass es ein Ende fand. Sie hatte gedacht, dass es ihm genauso ging, aber als nackte Haut ins Spiel gekommen war, war er plötzlich verschwunden. Bis Anfang letzter Woche, als sie sich dummerweise auf *die Wette* eingelassen hatte, hatte sie nichts mehr von ihm gehört.

Sechs Dates in sechs Wochen. Er sollte herausfinden, was ihr bei einem Date besonders zusprach, und es machen. Und wenn nur ein einziges Date danebengehen sollte, musste er bis Ende Oktober ihr Pool-Boy werden … *in einem Tanga*. Wenn alle Dates erfolgreich liefen und Brian die Wette gewinnen sollte, musste sie auf einer Familienhochzeit so tun, als ob sie seine Verlobte wäre. Außerdem würde sie ihn massieren müssen … *während sie beide nackt wären*.

Gah! War sie eine Masochistin? Schon. Die Antwort lautete eindeutig ja. Welche andere Begründung hätte sie dafür, so einer absurden Wette zuzustimmen?

„Also. Morgen Abend. Ich hole dich um sechs zu Hause ab", sagte er.

Sie schielte ihn misstrauisch an. „Wie kommst du darauf, dass ich so kurzfristig kann?"

Seine dunklen Augen funkelten im Mondlicht. „Ich habe meine Methoden."

„Frech bist du auch noch." Shannon unterdrückte ein Kichern. Sie wollte empört sein, konnte es aber einfach nicht. Normalerweise unterrichtete sie am Sonntagabend einen Yogakurs, zufälligerweise war er aber diese Woche auf Sonntagfrüh verschoben worden. Dass er das wusste, konnte nur bedeuten, dass er sich reichlich schlaugemacht hatte.

„Das ist einer der vielen Gründe, warum du mich magst." Er zwinkerte ihr zu und stibitzte, ohne zu fragen, ein Stück ihrer unberührten Torte.

„Das ist einer der vielen Gründe, warum du mich nervst." Doch das Lächeln auf ihrem Gesicht sagte etwas anderes.

Er lachte. „Klar. Das merke ich."

Sie verdrehte die Augen, aber tatsächlich war sie alles andere als genervt. Ihre ursprüngliche Absicht, sich in der Dunkelheit verborgen zu halten, war verflogen. Brian Knox löste bei ihr ein Flattern im Bauch aus, genau wie bei ihrem ersten Date.

Verdammt noch mal.

Sie sollte sich nicht mit ihm vergnügen. Er war ein klassischer Problemtyp. Einer, der gerne herummachte, aber weglief, sobald eine ernsthafte Beziehung in Erwägung gezogen wurde. Sie hatte das schon erlebt und hatte diese Spielchen satt. Eigentlich war sie fertig damit.

Sie hätte von da an nur noch etwas mit Männern anfangen sollen, die wirklich an mehr interessiert waren. Sie war bereit für einen Partner. Brian Knox war es nicht. So viel hatte er zumindest bei ihrem einzigen Date vor ein paar Monaten gesagt.

Wenn sie sich richtig erinnerte, hatten seine genauen Worte gelautet: *„Um ehrlich zu sein, Shannon, bin ich nicht der Beziehungstyp. Diese Schiene führt nur zu Schwierigkeiten."* Da hatte sie beschlossen, dass er ihre letzte Affäre sein würde. Ihre letzte Verlockung. Er war nur einfach zu sexy.

Aber dann, genau als es zwischen den beiden gefunkt hatte, war er aufgesprungen, hatte irgendwas vom frühen Aufstehen gemurmelt. Sie war irritiert gewesen, war sich zurückgewiesen und leer vorgekommen. Sie hatte sich in dieser Nacht geschworen, Männer wie Brian hinter sich zu lassen und nur noch mit Männern auszugehen, die aktiv eine Liebesbeziehung suchten. Leider hatte das Dating sie seitdem aber zu Tode gelangweilt. Nach einem besonders furchtbaren Date mit einem Heiler aus Eureka, der den ganzen Abend damit verbracht hatte, seine These über Tränke zur Heilung von Warzen zu verteidigen, hatte sie ihr Versprechen gebrochen und diese blöde Wette mit Brian abgeschlossen.

Sie war in einem geschwächten Zustand gewesen. Was sollte sie sonst sagen? Sie durfte doch ein bisschen Spaß haben, oder? Wenn sonst nichts herauskam, würden ihre spielerischen Dates zumindest amüsant sein. Es bedeutete ja nicht, dass sie ihre Suche nach ihrem Lebenspartner aufgeben musste, oder?

Morgen würde sie darüber nachdenken. Heute Abend wollte sie plötzlich nur noch tanzen.

„Hey, Brian", brach es aus ihr hervor.

Er hatte sich gerade zu ihr gedreht, als eine raue männliche Stimme die Dunkelheit durchdrang. „Hey, Brian. Mach dich mal los. Da wartet jemand auf dich."

Shannon wandte ihre Aufmerksamkeit zur provisorischen Bar und sah einen wahnsinnig gut aussehenden Mann mit hellbraunen Haaren, goldenem Teint und einem Lächeln so sexy, da hätte man glatt umfallen können. Neben ihm stand eine zierliche, blauäugige Blonde, die in Brians Richtung lächelte. Die Frau erinnerte Shannon an eine Fee, ein scharfer Kontrast zu Shannons markanten roten Haaren, braunen Augen und ihrer fast 1,80 Meter großen Statur.

„Ja", sagte Brian mit einem Nicken. Er wandte sich zurück zu Shannon: „Was wolltest du gerade noch sagen?"

„Ach, nichts. Gar nichts." Nie im Leben würde sie jetzt gestehen, dass sie ihn zum Tanzen auffordern wollte.

Er kniff die Augen zusammen und musterte sie.

Shannon hob herausfordernd eine Augenbraue.

Aber er ließ sich nicht so leicht betören. Er lachte nur leise und sagte: „In Ordnung, du Schöne. Dann sehen wir uns morgen Abend um sechs."

„Was soll ich zu dem Date tragen?", fragte sie, wohlwissend, dass er ihr keine weiteren Details verraten würde.

Sein Blick schweifte über ihren Körper, und sein Mund verzog sich zu einem herausfordernden Grinsen: „Etwas, das sexy ist."

„Natürlich", sagte sie trocken und stellte sich vor, dass er sie zum Abendessen und Tanzen ausführen würde. Um fair zu sein: Ein solches Date würde ihr gefallen. Shannon tanzte sehr gerne. Aber sie hatte sich erhofft, dass er mehr Kreativität in seine Planungen einbringen würde.

„Gute Nacht, Shannon." Er beugte sich vor und berührte ihre Wange ganz zart mit den Lippen. Dann überquerte er die Terrasse und legte den Arm sofort um die Taille der Fee.

Gah! Shannon schaute weg, damit sie ihn nicht mit jemand anderem flirten sehen musste. Sie wusste, dass es sie nicht stören sollte. Sie waren kein Paar. Und es bestand keine Chance, dass sie am Ende dieser Wette zusammenkommen würden. Sie würden Freunde bleiben. Vielleicht. Aber mehr auch nicht.

„Ist dieser Platz besetzt?"

Shannon wandte sich zu dem Mann, der Brian zur Bar gerufen hatte. Das Mondlicht strömte über ihn und betonte seine dunklen Wimpern. Shannon stockte der Atem. Um Himmels willen. Er war umwerfend, und sie konnte nicht verhindern, dass sie ihn anstarrte. Während Brian ein großer, dunkler, sexy Typ war, mit einer zerklüfteten Narbe in einer Augenbraue, hatte dieser Mann helle Augen, die heiter im Licht funkelten, und ein verlockendes Lächeln in einem Gesicht, in das man stundenlang blicken könnte, ohne sich zu langweilen. Ach du heiliger Hexenb ... wo hatte Jacob bloß seine Freunde her? Hotties-R-Us?

„Shannon?", fragte er.

„Ja?" Sie blinzelte, um ihre dummen Gedanken loszuwerden.

„Ist dieser Platz besetzt?"

„Ähm, nein." Sie bedeutete ihm, dass er sich setzen könnte.

„Danke." Er streckte eine Hand aus. „Wir haben uns noch nicht kennengelernt. Ich bin Rex Holiday, ein Freund des Bräutigams."

„Shannon Ansell. Freundin der Braut ... oder so was in der Art."

„So was in der Art?" Er lachte, sein tiefer Tenor eigenartig verlockend. Dazu würde sie ihn noch mal bringen müssen. „Was soll das bedeuten?", fragte er. „Freundinnen und Feindinnen zugleich?"

„Irgendwie so was." Sie musste selbst leise lachen. „Wir kennen uns schon seit Jahren. Ich würde nicht sagen, dass wir befreundet sind, aber Yvette hat mir immerhin das Catering für die Desserts anvertraut. Ihre Schwester Abby und ich hatten eine Art Rivalität auf der Schule, die sich schließlich auf alle Townsend-Schwestern ausweitete. Sie halten gern zusammen. Vielleicht sind wir jetzt aber alt genug, dass es keine so große Rolle mehr spielt."

„Du hast also diese Meersalz-Karamellkekse in Bücherform gemacht?", fragte er beeindruckt.

„Ja. Yvette und Jacob betreiben gemeinsam eine Buchhandlung. Ich dachte, das würde passen."

„Also, Shannon Ansell, ich kann mir nichts Besseres vorstellen, als mit der örtlichen Chocolatière zu tanzen. Was sagst du dazu? Begleitest du mich auf die Tanzfläche?" Er stand auf und streckte eine Hand aus.

Shannon blickte auf Brian, der den Kopf gesenkt hielt, um der Fee zu lauschen, die ihm gerade etwas ins Ohr flüsterte. Heißer Neid strömte durch ihren Körper, aber sie ignorierte ihn, legte eine Hand in die von Rex und sagte: „Ich dachte schon, du fragst nie."

KAPITEL 2

*D*er leichte Duft nach Erdbeeren umhüllte Brian, als Cara sich zu ihm beugte und ihm eine Hand auf den Oberarm legte. Sie kicherte über eine Geschichte, die sie gerade erzählte, in der vom Strand, ihrer besten Freundin und einer Kleidungspanne die Rede war. Normalerweise hätte er jedem, der über eine halb nackte Frau sprach, seine ungeteilte Aufmerksamkeit geschenkt, doch sein Blick war auf die Tanzfläche gerichtet, wo *ausgerechnet* Rex Holiday seine Arme um Shannon geschlungen hatte.

Meine Shannon. Der Gedanke schoss ihm durch den Kopf, und er war bemüht, ein frustriertes Ächzen zu unterdrücken.

Brian bekam sie seit der Nacht, in der sie ihn in ihr Bett eingeladen hatte und er wie ein pickeliger kleiner Teenager ohne jegliche Ahnung oder Erfahrung davongelaufen war, nicht aus dem Kopf.

Das war das Problem. Er wusste ganz genau, was passiert wäre, wenn er mit der kurvigen Rothaarigen ins Bett gestiegen wäre. Dann hätten sie einen heißen Monat zusammen erlebt, und er hätte es beendet. Genau wie er alle seine letzten

Beziehungen beendet hatte, weil Bindung für ihn ein Schimpfwort war.

Und jetzt hatte sie ihn auf Eis gelegt. Das konnte er ihr nicht übel nehmen. Er hatte selbst so schnell von heiß auf eiskalt gewechselt, dass sie wahrscheinlich Gefrierbrand erlitten hatte.

Die Musik wechselte zu einem langsamen Lied, und Brian kniff die Augen zusammen, als er beobachtete, wie Rex Shannon fest an sich zog. Er drückte seine Wange an ihre, sagte etwas, das sie zum Lächeln brachte, und ließ eine Hand an ihrem nackten Arm entlangstreichen.

Mistkerl. Brians ganzer Körper verkrampfte sich, und er fragte sich, ob es irgendwer bemerken würde, wenn Rex Holiday plötzlich verschwand. Wahrscheinlich. Er sollte in der Stadt als Saisonarbeiter den Pelshes auf ihrem neuen Weinberg helfen. Der Kerl war eine begabte Erdhexe, darauf spezialisiert, robuste kleine Farmen aufzubauen.

Außerdem war Rex seit der Universität sein Freund. Brian mochte ihn, das hieß aber nicht, dass er ihm nicht gerne einen Hieb verpasst hätte, weil er Shannon anfasste.

„Brian?", fragte Cara und drückte ihre kleine Hand an seine Wange. „Wo bist du hin?"

Er riss seine Aufmerksamkeit zurück zu der Frau, die praktisch auf seinem Schoß saß. Er rutschte vom Hocker und legte seine Hände auf ihre Hüften, damit sie nicht stolperte. „Sorry, Cara, ich muss die Beine strecken."

Sie schaute ihn von unten an, ihre leuchtenden blauen Augen prüfend. „Was ist los?"

„Nichts", log er, während er versuchte, Shannon und Rex nicht anzustarren. „Wieso?"

„Du scheinst ... abgelenkt zu sein."

Verdammt, ja, er war abgelenkt, aber er hatte nicht vor, mit ihr darüber zu sprechen. „Mir geht es gut. Dachte gerade nur an ein Arbeitsprojekt."

Ihr Gesichtsausdruck entspannte sich, und sie schenkte ihm ein strahlendes Lächeln. „Ach, das für meinen Vater?"

„Sicher", sagte er, denn das war im Moment das einzig anstehende Projekt.

„Ich kann die Spa-Eröffnung kaum erwarten. Ich habe schon ein Kleid von Bella Ballarini bestellt. Ihre Designs sind ein Traum. Ich habe mir etwas Romantisches mit Spitzen vorgestellt. Das würde zu einem gehobenen New-Age-Spa passen, oder?"

„Ja, würde es", sagte er, nicht im Geringsten interessiert.

„Du zeigst mir heute Abend den Gestaltungsentwurf, wenn wir wieder bei dir sind, oder? Mein Dad wollte meine erste Meinung dazu haben."

Er knirschte mit den Zähnen. Er konnte kaum Nein sagen. Genau, wie er es ihr nicht abschlagen konnte, sie in seinem Gästezimmer schlafen zu lassen. Sie hatte sich selbst eingeladen, während er mit ihrem Alten telefoniert hatte. Robert Manchester hatte plötzlich laut gelacht und gesagt: „Natürlich übernachtest du bei ihm. Ihr zwei seid zusammen, stimmt's? Der Kerl ist doch nicht blöd."

Cara hatte gekichert und gesagt, sie würde packen, während Brian einen Schock erlitten hatte. Wann genau hatte der alte Mann entschieden, dass er und Cara zusammen waren? Brian war ein Jahr lang nicht in Los Angeles gewesen. Er hatte angeboten, dass er sie als ihr Date zu Jacobs Hochzeit begleiten würde, aber nur, weil sie sich beklagt hatte, dass sie keinen außer Brian und Jacob dort kennen würde.

Als sie den Anruf beendet hatte, war Manchester ernst geworden. „Sie mag Sie, Knox. Wann machen Sie ihr den Heiratsantrag?"

„Heiratsantrag?", stotterte Brian. „Was reden Sie denn ...?"

„Mann, Sie brauchen nicht so zu tun, als ob Sie überrascht wären. Nach der Hochzeit arbeiten Sie direkt für mich und übernehmen irgendwann das Unternehmen. Es macht einfach Sinn, besonders, seit Knox und Manchester Partnerfirmen sind."

Manchester sprach über die gehobene Hotellerie im Besitz von Brians Vater und seine eigenen Luxus-Spas. Die beiden Männer waren seit Jahren befreundet, und es war kein Geheimnis, dass die Familien ein Interesse daran hatten, Brian und Cara zusammenzubringen. Das war aber das erste Mal, dass sie offen zeigten, dass es mehr als nur ein Wunsch war.

Brian wollte etwas sagen, um zu leugnen, dass es irgendeine Art Verlobung geben würde, aber bevor die Worte sich einstellten, dröhnte Manchesters Stimme durch die Leitung: „Muss los, Junge. Die Details besprechen wir später."

Er legte auf, und Brian glotzte das Telefon genervt an. Er wusste, dass er nie einen Job hätte annehmen dürfen, bei dem er mit Manchester zu tun haben würde. Brian fragte sich leise, ob sein eigener Vater sich mit dem Spa-Besitzer getroffen und heimlich einen Deal ausgehandelt hatte, falls Brian Cara heiraten sollte. Das war durchaus möglich. Brians Vater war ein manipulativer Mistkerl, wenn es sein musste. Es gab schließlich einen Grund, warum er nicht für ihn arbeitete.

„Brian", jammerte Cara. „Wann forderst du mich zum Tanzen auf?"

Brian trat einen Schritt zurück, um Platz zwischen ihnen zu schaffen. Die Erinnerung daran, dass er dazu gedrängt worden war, sie zu heiraten, war zu frisch. Das Allerletzte, was er wollte, war, sie in die Arme zu nehmen. Nicht, wenn er gerade die Tanzfläche überqueren und Rex auf den Mond schießen wollte. Er konnte es Cara aber nicht abschlagen und dann sofort jemand anderen zum Tanzen auffordern, ohne wie ein 1-A-Arschloch zu wirken. Er unterdrückte einen Seufzer und streckte eine Hand aus: „Möchtest du tanzen, Cara?"

Sie strahlte: „Ich dachte, du würdest nie fragen."

Er antwortete nicht, denn er wusste, er hätte sie nicht gefragt, wenn nicht Shannon und Rex gewesen wären. Brian nahm sie an der Hand und zog sie zur Tanzfläche.

„Viel besser", sagte sie und lächelte ihn an. „Jetzt kommen wir weiter."

Super, genauso ist es, dachte er, während er sie in Richtung Shannon und Rex drehte.

„Wow. Wer hätte gedacht, dass du so ein Fred Astaire bist?" Sie passte sich seinen Schritten an, und ihre Augen glänzten vor Aufregung. „Hast du als Kind etwa Tanzkurse belegt?"

„So was in der Art", sagte er und ließ sie rückwärts gleiten, ohne über seine Ausbildung sprechen zu wollen. Bevor sie seinen Vater kennengelernt hatte, war seine Mutter am Broadway gewesen, und sie hatte Wert darauf gelegt, dass ihre Kinder die darstellenden Künste lernten. In seiner Jugend hatte er sich für Musik und Tanz entschieden. Damals war er kein Liebhaber von Jazz-, Ballett- und zeitgenössischem Tanz gewesen, weil er viel lieber seine Zeit mit den coolen Kids in den Hip-Hop-Kursen und seiner E-Gitarre verbracht hätte. Stattdessen war er, obwohl er auch diese Kurse besuchen durfte, viel mehr damit beschäftigt, Klavier zu spielen und in den von der Schule produzierten Jazznummern aufzutreten. Rückblickend war er dankbar für die Erfahrung. Sie hatte ihm viel beigebracht, auch wenn er sich nicht besonders für das Leben eines Performers interessierte. Shannon mit seinen Tanzbewegungen zu beeindrucken, würde schon reichen … falls sie jemals wieder in seinen Armen landen sollte.

„Also, wenn wir dran sind, werden wir sie von den Socken

hauen." Sie machte irgendeine komplizierte Schrittfolge, kombiniert mit einem Hüftschwung, der verriet, dass auch sie jahrelanges Training hinter sich hatte.

„Wir werden nie dran sein, Cara", sagte er ruppig und ließ sie unverblümt stehen, um Rex auf die Schulter zu klopfen.

„Hey Brian. Was gibt's?", sagte sein Freund mit einem entspannten Lächeln.

„Macht es euch was aus, wenn ich mich einmische?" Er zwinkerte Shannon zu, die mit verschränkten Armen neben Rex stand.

„Ähm, klar." Er schaute zu Shannon. „Es macht dir doch nichts aus, oder?"

Brian hob eine Augenbraue und forderte sie heraus, ihm zu widersprechen. Wenn sie wirklich nicht mit ihm tanzen wollte, würde er gehen, aber er hatte sich vorgenommen, sie am nächsten Abend in seinen Armen zu halten. Er bemerkte das Zögern auf ihrem Gesicht, aber bevor sie ihn zurückweisen konnte, reichte er ihr die Hand: „Zeigen wir ihnen, wie es geht."

In ihren whiskeyfarbenen Augen funkelte Interesse, und er wusste, dass er sie hatte. Breit lächelnd tat er einen Schritt nach vorne, legte eine Hand auf ihre Hüfte und zog sie mit der anderen an seinen Körper.

„Bist du dir sicher, dass du das möchtest?", flüsterte sie ihm ins Ohr. „Dein Date da drüben sieht ein bisschen verstimmt aus."

Brian guckte Cara nicht einmal an, ehe er sagte: „Sie ist nicht diejenige, die ich heute Abend neben mir haben möchte."

Shannon schnaubte: „Aber ich?"

Er sah auf sie hinab, schaute ihr fest in die Augen. „Shannon, wenn es nach mir ginge, würde ich dich mit nach Hause nehmen, mich an deinen kurvigen Körper schmiegen und achtundvierzig Stunden dableiben. Da ich aber weiß, dass du nur die Augen verdrehen und mir mitteilen wirst, dass ich meine Chance verpasst habe, muss ich mich mit Tanzen begnügen."

Sie runzelte die Stirn und schaute über seine Schulter. „Wenn du so mit deinen Dates umgehst, denke ich nicht, dass du sechs Wochen meiner Zeit verdienst."

Ihre Worte gaben ihm das Gefühl, dass ein Eimer voll eiskaltem Wasser über seinem Kopf ausgekippt wurde. Dachte sie wirklich so über ihn? Natürlich tat sie das. Warum auch nicht? Cara war tatsächlich sein Date. Sie waren zusammen hergekommen, hatten zusammen gesessen und gerade eben noch getanzt. Warum sollte Shannon etwas anderes annehmen? „Sie ist nur eine Familienfreundin, Shan. Glaub mir. Zwischen uns ist nichts. Unsere Eltern sind zusammen im Geschäft."

„Ach so." Ihr Stirnrunzeln verschwand, aber der leicht misstrauische Unterton blieb hörbar.

„Du glaubst mir nicht." Es war eine Feststellung, keine Frage.

„Kannst du mir da Vorwürfe machen? Ich habe nicht die besten Erfahrungen mit Männern gemacht."

„Ich auch nicht mit Frauen, also verstehe ich dich völlig", sagte er. „Aber ich denke, wenn wir beide unsere Schutzwälle ein wenig fallen lassen, finden wir vielleicht etwas, das die Mühe wert ist."

Er wurde mit einem leichten Lächeln belohnt. „Was finden wir denn?"

„Das finden wir." Er hob ihre Hand und drehte sie einmal, ehe er sie wieder in die Arme schloss. Er beugte den Kopf und brachte seine Lippen so nah an ihre, dass sie nur noch wenige Zentimeter voneinander entfernt waren.

Shannon keuchte, während sie auf seine Lippen starrte. Der Wunsch, sie für sich zu beanspruchen, stellte sich sofort ein. Er konnte nur noch daran denken, sie wieder zu kosten, sie mit seinem Kuss zu erobern. Aber irgendetwas sagte ihm, dass es ihre Entscheidung sein musste. Sie hatte ihm bereits verständlich gemacht, dass sie ihm nicht vertraute, und er wollte sie nicht abschrecken. Stattdessen übte er ein wenig Druck auf ihren unteren Rücken aus und flüsterte: „Shannon, küss mich."

Es gab kein Zögern. Sie stellte sich auf die Zehenspitzen, und als ihre Lippen seine berührten, fasste Brian sie fester, wartete ab. Sobald ihre Zunge an seine stieß, war er völlig im Rausch. Er vergrub eine Hand in ihren dichten roten Haaren und gab ihr alles, was er hatte.

KAPITEL 3

*S*hannon saß an einem Tisch hinten im *Incantation Café*. Sie war gerade mit ihrem Yogaunterricht fertig und schaute in ihren lauwarmen Mokka, während sie laut seufzte. Ach du meine Güte! Konnte Brian tanzen, oder was? Sie glaubte nicht, dass sie schon einmal so herumgewirbelt worden war. Und sie konnte Brians Lippen über zwölf Stunden später immer noch auf ihren spüren. Verdammt noch mal! Der Kuss war absolut einmalig gewesen. Ihre Finger und Zehen hatten sogar zu kribbeln begonnen.

„Oh-oh. Das sieht nach Ärger aus", sagte eine vertraute Frauenstimme.

Shannon schaute auf und sah Hope, ehemals Luna, Scott neben ihrem Tisch stehen. Ihr honigblondes Haar war zu einem eleganten Dutt hochgesteckt, und sie trug eine Yogahose und ein Polohemd mit der Aufschrift *A Touch of Magic*. Sie machte wohl gerade eine Arbeitspause.

„Hast du was dagegen, wenn ich mich setze?", fragte Hope voller Mitgefühl in den großen grünen Augen.

„Nur zu. Warum nicht." Shannon zeigte mit der Hand auf den Stuhl vor sich.

Hope sagte erst mal nichts, während sie an ihrem Chai Latte schlürfte. Sie legte einen Arm auf den Tisch und sah Shannon prüfend auf diese ruhige Art an, sodass Shannon unbehaglich ein wenig hin- und herrutschte.

„Sag es einfach", brummte Shannon, wobei sie den Kopf schüttelte. Sie wusste, dass die Frau etwas auf dem Herzen hatte, und das Warten, dass sie endlich damit herausrückte, war Folter. Shannon hielt mit ihrer Meinung nicht hinter dem Berg, und sie schätzte es sehr, wenn ihre Freundinnen einfach frei von der Leber wegredeten.

Hope stellte ihre Tasse auf dem Tisch ab, legte den Kopf schief und sah Shannon prüfend an. „Du sitzt hier und fragst dich, was du wegen Brian machen sollst, oder?"

Shannon prustete kurz los. „Was hat mich verraten? Die Tatsache, dass ich von der Hochzeitsfeier gestürmt bin, direkt nachdem er mich geküsst hat, oder meine bedröppelte Miene, wann immer mich jemand nach ihm fragt?"

„Momentan hast du keine bedröppelte Miene auf", sagte Hope mit einem Achselzucken.

„Ach nein, nur eine genervte Miene?"

Hope lachte. „Das trifft es schon eher. Aber als du geseufzt hast, direkt bevor ich mich hingesetzt habe, war dir eindeutig anzusehen, dass du gerade ziemlich in der Patsche sitzt. Willst du darüber reden?"

„Was gibt es da zu reden? Er sieht verdammt heiß aus, ist emotional nicht verfügbar und lässt mich wahrscheinlich in dem Moment sitzen, in dem ich anbeiße. Er repräsentiert jeden Fehler, den ich je gemacht habe, und trotzdem kann ich nicht anders. Ich bin nervös wegen unseres Dates heute Abend. Ganz zu schweigen davon, dass er diese blonde Fee zu Yvettes

Hochzeit mitgebracht hat. Sie war überhaupt nicht begeistert, als wir auf der Tanzfläche Zungenküsse ausgetauscht haben. Ich will nicht zwischen die Fronten geraten. Ich bin keine Drama-Queen."

Hope riss ein Stück von ihrem Croissant ab und sagte: „Klingt, als hättest du viel zu dem Thema zu sagen."

Shannon schaute sie finster an. „Du bist nicht gerade eine Hilfe."

„Ich weiß. Tut mir leid. Es ist nur so offensichtlich für mich, dass du ihn magst. Was ist so verkehrt daran, ein Risiko einzugehen und zu sehen, wohin dich das führt?"

Weil mir das Herz gebrochen wird ... mal wieder, dachte Shannon. Aber anstatt die Wahrheit auszusprechen, sagte sie: „Ich will mich nicht emotional auf jemanden einlassen, der offensichtlich keine langfristige Beziehung will. Das ist Zeitverschwendung."

Hope nickte. „Klar, versteh' ich. Aber wo eure sechswöchige Wette schon läuft, kannst du sie doch genauso gut genießen, oder nicht?" Ihre Lippen verzogen sich zu einem spitzbübischen Lächeln. „Es ist nicht verkehrt, ein bisschen Spaß mit Mister ‚Ich bin verdammt heiß' zu haben."

Oh, daran war jede Menge verkehrt. Shannon würde die Quittung dafür in sechs Wochen kriegen, wenn sie beide ihrer Wege gingen. Trotzdem, Hopes Worte ließen sie wohlig erschauern. Oh, dieser Teufelskerl. Sie würde den Rest des Sommers nie überstehen, ohne ihm die Kleider vom Leib zu reißen. „Weißt du was, Hope Scott?"

„Was?"

„Ich glaube, ich mochte dich lieber, als du deine Ansichten größtenteils für dich behalten hast."

„Lügnerin", sagte Hope lachend. „Du magst mich genauso, wie ich bin."

„Stimmt", erwiderte Shannon achselzuckend. Die beiden hatten sehr schnell einen Draht zueinander gefunden, da Shannon nachvollziehen konnte, dass Hope sich in Keating Hollow wie eine Außenseiterin fühlte. Hope war nicht in dem magischen Städtchen aufgewachsen, und auch wenn sie jetzt wusste, dass sie mit den Townsend-Schwestern verwandt war, waren sie immer noch dabei, an diesen Beziehungen zu arbeiten. Und Shannon war in der Schule das böse Mädchen gewesen, das man dabei erwischt hatte, dass es die Schule schwänzte und mit den falschen Leuten von der Küste abhing. Sie hatte nie herausgefunden, wie sie sich mit den anderen Mädchen am Ort anfreunden konnte. Sie hatte immer ein angespanntes Verhältnis zu ihren Eltern gehabt. Ihre Großmutter, die einzige Person, die ihr nahegestanden hatte, war gestorben, als sie in der elften Klasse gewesen war, und danach war es einfacher gewesen, alle anderen auf Distanz zu halten.

Hope aß ihr Croissant auf und sagte: „Ich meine ja nur, dass Brian ein cooler Typ zu sein scheint. Wenn ich du wäre, würde ich ihm eine Chance geben."

„Habe ich jetzt Konkurrenz?", fragte eine raue Männerstimme. Shannon sah zu dem großen Mann mit seinen blonden Haaren und hellen Augen auf, der an den Tisch kam. Er sah fantastisch aus, ein amerikanischer Traum von einem Mann. Er hatte Shannon immer an einen typischen Star-Quarterback erinnert, nur dass er eigentlich ein klassischer Pianist war, der ziemlich berühmt gewesen war, bis er sich letztes Jahr aus der Konzertszene zurückgezogen hatte.

„Nein, nicht ansatzweise." Hope sprang von ihrem Stuhl auf und küsste ihn auf die Lippen. „Denk bloß nicht, dass du mich so einfach loswirst."

„Würde mir im Traum nicht einfallen." Er zwinkerte ihr zu

und legte einen Arm um ihre Taille, während sie sich beide umwandten und auf Shannon herabblickten.

Sie schaute an den Turteltäubchen vorbei und nickte Hopes Bruder Levi zu. Er war Chad ins Café gefolgt und stand ein wenig entfernt, die Hände in den Hosentaschen. Der sechzehnjährige Junge trug dunkle Jeans, die an den Knien aufgerissen waren, und ein echtes Stones-T-Shirt. Shannon kam nicht umhin, seinen Modegeschmack gut zu finden. Es war ein gediegener Look für den schlaksigen Teenager.

Levi nickte zurück. „Hallo, Shannon."

„Selber hallo." Shannon zeigte mit der Hand auf den Stuhl, den Hope gerade freigemacht hatte. „Setz dich doch."

Er nahm auf Hopes Stuhl Platz und schaute zu Chad. „Kannst du mir einen Mochaccino mitbringen?"

„Klar, Kleiner." Chad zog Hope mit zur Theke des Cafés, wo sie die Köpfe zusammensteckten und redeten, während Hannah Pelsh den Mann vor ihnen bediente.

Shannon wandte sich an Levi. „Wie gefällt es dir in Keating Hollow?"

Levi war neu in der Stadt. Er wohnte erst seit diesem Sommer bei Hope, als sie ihn bei sich aufgenommen hatte, nachdem er aus dem Haus ihres leiblichen Vaters rausgeworfen worden war. Seither hatte sie die Vormundschaft für ihn bekommen, also würde er dauerhaft bleiben. „Nicht schlecht. Ich habe ein wenig Online-Unterricht, ehe im Herbst die Schule losgeht, und in der Zwischenzeit helfe ich Chad in seinem Musikladen und stehe ein paar Wochentage an der Kasse, während er Privatstunden gibt."

„Echt? Also bist du mehr als nur ein Handlanger?", frage sie kichernd. Levi hatte ziemlich viel Zeit damit verbracht, Chad mit der Eröffnung seines Ladens zu helfen. Die schwere körperliche Arbeit hatte ihm gutgetan. Er hatte sichtlich Muskeln aufgebaut, seit er in die Stadt gekommen war. Levi hob die dünnen Arme und ließ seine Muskeln spielen. „Wie meinst du das? Siehst du meinen magischen Bizeps?"

Shannon bog sich vor Lachen. „Du bist der Beste, Kleiner. Wie läuft es eigentlich mit dem Laden? Hat sich Keating Hollow in ein Musik-Mekka verwandelt?"

Er zuckte mit den Schultern. „Das nicht gerade, doch Chad scheint zufrieden damit zu sein, wie es bisher läuft. Aber ich brauche mehr Stunden. Da der Laden das bisher noch nicht hergibt, habe ich ein Nebengeschäft aufgemacht. Ich mache Gartenarbeit. Kennst du zufällig jemanden, der beim Unkrautjäten und Rasenmähen Hilfe braucht?"

Shannon richtete sich auf. Sie hatte ihren Gärtner vor zwei Monaten verloren, als er in den Süden gezogen war. „Ja, ich. Wann kannst du anfangen?"

Levi runzelte die Stirn. „Du hörst dich verzweifelt an."

„Ich bin verzweifelt. Das Unkraut übernimmt den Garten, und mein Vorgarten sieht allmählich wie ein Dschungel aus."

„Heute Nachmittag?"

„Perfekt." Sie lehnte sich im Stuhl zurück und lächelte. „Falls es passt, engagiere ich dich für wöchentliche Gartenarbeiten. Klingt das gut?"

„Klingt perfekt." Er lächelte zurück. „Du wirst meine erste Kundin."

„Wenn du einen guten Job machst, sage ich es im Schokoladenladen weiter. Also … mach einen guten Job, okay?" Shannon wusste, dass er es gut machen würde. Es gab nicht viele Teenager wie ihn. Levi hatte es nie einfach gehabt. Er würde auch nicht erwarten, dass die Arbeit einfach war.

„Das werde ich. Keine Sorge! Und wenn ich irgendwas übersehe, was ich machen soll, lass es mich ruhig wissen."

„Einverstanden." Sie bot ihm über den Tisch einen Handschlag an.

Levi schlug sofort ein und schüttelte ihr die Hand. „Abgemacht?"

„Abgemacht", wiederholte sie.

„FEIERABEND", rief Miss Maple.

Shannon sah auf und bemerkte, dass die ältere Frau sie vom Türrahmen ihres Büros aus beobachtete. Miss Maple hatte die Arme vor der Brust verschränkt, während sie am Türpfosten lehnte. „Aber es ist erst vier."

Die haselnussbraunen Augen der Frau funkelten spitzbübisch, als sie sagte: „Aber du bist heute Abend verabredet. Na los. Mach dich in aller Ruhe fertig. Gönn dir was. Du verdienst es."

Shannon verdrehte die Augen und machte damit weiter, die vordere Auslage mit Schokoladen-Karamellstückchen wiederaufzufüllen. „Es ist eine Fake-Verabredung mit Brian. Dafür muss ich mich kaum aufdonnern."

„Mir machst du nichts vor, Shannon Ansell. Ich weiß, wie sehr du dich darauf freust. Hör auf, so zu tun, als ob dich das kalt lässt. Nicht bei mir."

Die Worte ihrer Chefin ließen Shannon innehalten. Miss Maple war die eine Person in der Stadt, der Shannon genug vertraute, um sich ihr zu öffnen. Und sie hatte natürlich recht. Shannon freute sich tatsächlich auf das Date. Sie versuchte nur, diese unangenehme Tatsache weitgehend zu verdrängen.

„Okay, in Ordnung. Sie haben recht. Es ist auf keinen Fall so, dass es mich vor diesem Date graut. Aber das heißt nicht, dass ich früher Schluss machen muss. Ich brauche nicht so lange, um mich frisch zu machen. Ich bin bis halb sechs daheim. Er holt mich um sechs Uhr ab. Da reicht die Zeit noch, um mein Make-up neu aufzulegen und mich umzuziehen."

„Ach, Liebes." Miss Maple kam zu Shannon hinüber und schob sie zur Seite. „Nein. Mein Mädchen soll sich heute Abend nicht beeilen müssen. Geh nach Hause. Rasier dir die Beine. Zieh was an, das deinen Kurven schmeichelt, damit er dich anschmachtet. Tu es für mich. Es ist zehn Jahre her, seit ich eine heiße Verabredung hatte. Lass mich das über dich ausleben. Einverstanden?"

Shannon lachte über Miss Maples ernsten Gesichtsausdruck. „Sie übertreiben. Das wissen Sie, oder?"

Miss Maple grinste und zeigte auf die Tür. „Geh. Ich schließe ab. Aber morgen will ich alle schmutzigen Details."

„Sie sind mir eine", murmelte Shannon, während sie noch die Schürze aufknotete und langsam Richtung Hinterzimmer ging, um ihre Handtasche zu holen.

„Du magst mich trotzdem", rief Miss Maple ihr nach. Shannon konnte nichts dagegen sagen. Seit Shannon vor einem Jahrzehnt bei *Ein Löffelchen Magie* zu arbeiten begonnen hatte, hatte Miss Maple die Rolle ihrer Familie übernommen. Sie war für Shannon da gewesen, als ihre Mutter gedroht hatte, sie zu verstoßen, als ihr Vater eine Affäre mit der besten Freundin ihrer Mutter gehabt hatte und in den Klatschblättern aufgetaucht war, und als Shannon sich den Fuß gebrochen hatte, nachdem sie über den Bordstein gestolpert und wochenlang bettlägerig gewesen war.

Miss Maple war für Shannon im Laufe der Jahre auf tausend andere kleine und große Weisen da gewesen. Sie hatte Shannon sogar zur Geschäftsführerin von *Ein Löffelchen Magie* ernannt, dem Laden, den Miss Maple mit Leib und Seele liebte. Dass Miss Maple ihr vertraute, bedeutete Shannon alles.

Es war nicht übertrieben zu sagen, dass Shannon Miss Maple öfter als Mutterfigur ansah als die Frau, die sie auf die Welt gebracht hatte.

Nachdem sie ihre Schürze aufgehängt, sich ausgestempelt und ihre Handtasche geholt hatte, ging Shannon zurück zum vorderen Teil des Ladens, um ihre Mentorin zu suchen. „Miss Maple?"

„Hier drüben, Liebes."

Shannon folgte dem Klang ihrer Stimme in den Vorraum, wo sie Miss Maple dabei entdeckte, wie sie mit dem Rücken auf dem Boden lag, während sie die Unterseite eines ihrer Tische betrachtete. „Was machen Sie da?"

„Einen Liebeszauber abwehren." Sie hielt eine neutralisierende Flasche und ein weißes Stofftuch in der Hand und besprühte die Fläche, ehe sie etwas von der Unterseite des Tisches abwischte. „Erdmagie. Sehr rudimentär. Ich denke mal, dass das ein Lehrling war."

„Wie?"

„Es ist ein Trank, der mit Schlamm vermischt wurde, was heißt …"

„… dass er mit anderen Elementen verunreinigt wurde, was bedeutet, dass der Zauber verrücktspielt", beendete Shannon ihren Satz.

„Genau. Ich hoffe, dass die Person, die hier als letztes gesessen hat, starke Abwehrmechanismen hat, ansonsten gerät ihr Liebesleben aus den Fugen", meinte Miss Maple.

Shannon schürzte die Lippen und versuchte, sich daran zu erinnern, wer an diesem Tag im Laden gewesen war. Niemand, der groß Zeit an den wenigen Tischen verbracht hätte. Es war nicht viel los gewesen. Die meisten hatten ihre Süßigkeiten bestellt und sich schnell wieder auf den Weg gemacht, wahrscheinlich wegen des heutigen Sommerkonzerts unten am Fluss. „Ich frage mich, wie lange der Zauber schon da ist."

Miss Maple rappelte sich wieder auf. „Nicht länger als ein paar Tage. Sofort als ich am Tisch saß, habe ich die Magie gespürt. Sie war schwach, aber merklich."

Shannon kaute auf der Unterlippe. Es störte sie, dass sie das Problem nicht bemerkt hatte, obwohl sie ohne Weiteres zugab, dass Miss Maples Magie viel stärker als die ihre war. Es war nicht überraschend, dass die ältere Hexe es bemerkt hatte und sie nicht. „Es tut mir leid. Ich sollte mir mehr Mühe geben, die Tische regelmäßig nach so was zu überprüfen."

Miss Maple winkte ab. „Das konntest du nicht wissen. Es war subtil. Geh jetzt. Mach dich für deine Verabredung fertig und mach dir keine Sorgen wegen irgendwas hier. Ich kümmere mich darum."

Shannon zögerte. Sie war sich nicht sicher, ob sie schon gehen sollte, aber als Miss Maple sie durchdringend anschaute und dann auf die Tür wies, kicherte Shannon und tat wie geheißen. Sie liebte ihre Chefin und wollte sie nicht beleidigen, indem sie ihr großzügiges Angebot ausschlug.

„Bis morgen!" Shannon winkte, als sie sich zur Tür wandte.

„Gib dir keine Mühe, pünktlich zu sein. Ich sperre auf", rief ihr Miss Maple nach. „Du genießt nur dein Date, wie lange es auch dauert."

Shannon unterdrückte ein Stöhnen und murmelte: „Dieses Aschenbrödel verwandelt sich um Mitternacht in einen Kürbis. Darauf können Sie wetten."

KAPITEL 4

*S*hannon lenkte ihren kleinen roten Mustang über die von Bäumen gesäumte Straße und summte vor sich hin. Ganz gleich, was sie Miss Maple oder Hope erzählt hatte, vor sich selbst musste sie zugeben, dass sie sich auf das freute, was Brian für sie geplant hatte. Selbst wenn sie entschlossen war, ihm nicht zu verfallen, hieß das nicht, dass sie seine Gesellschaft nicht genoss. Das tat sie. Sehr sogar. Wäre das nicht so gewesen, hätte sie niemals der Wette zugestimmt, in sechs Wochen auf sechs Dates zu gehen. Sie musste nur herauskriegen, wie sie ihr Herz aus dieser Gleichung fernhielt.

Sie zischte mit ihrem Auto die Zufahrt hinauf und pfiff vor sich hin, während sie über den blumengesäumten Weg zur Eingangstür ging.

„Shan?", fragte eine vertraute Stimme von irgendwo in der Nähe der Veranda.

„Silas?" Sie ließ den Kopf herumfahren und musterte ·die Umgebung, auf der Suche nach ihrem kleinen Bruder. „Bist du das?"

„Ja, ich bin's." Er trat aus den Schatten und breitete die Arme weit aus, wartete darauf, dass sie zu ihm kam. „Oh. Mein. Gott. Was machst du denn hier?" Sie lief zu ihm und umarmte ihn fest. „Warum hast du mir nicht erzählt, dass du kommst?"

Er umarmte sie noch fester und wirbelte sie herum, ehe er fragte: „Wo wäre denn dabei der Spaß?"

Shannon wusste, dass er sich an einem flapsigen, neckenden Tonfall versuchte, doch seine Stimme klang belegt und nach etwas, das Schmerz nahekam. „Silas?" Sie zog sich zurück und schaute ihn sich genau an. Unter seinen Augen waren dunkle Ringe, und auf seiner Stirn stand eine Sorgenfalte. Er war erst ein Teenager. Er sollte sich noch jahrelang nicht mit Sorgenfalten herumschlagen müssen. Sie drückte den Daumen auf die Falte über seinen Augenbrauen und sagte: „Was ist dir denn für eine Laus über die Leber gelaufen, kleiner Bruder? Du bist erst siebzehn. Das Leben kann fies sein, oder?"

Silas stieß ein humorloses Lachen aus. „Stimmt. Du erinnerst dich an unsere Eltern, oder?"

In seiner Stimme lag ein harter Unterton, den sie noch nie zuvor gehört hatte und der ihr das Herz schwer werden ließ. Sie wusste genau, wovon er redete, doch sie hatte immer gehofft, dass ihre Eltern ihre egoistischen Forderungen für sie aufsparen würden und nicht an Silas richteten. Er war immerhin genau der Grund, weshalb die beiden überhaupt noch eine Karriere hatten. „Leider." Sie lächelte ihn mitfühlend an, während sie mit ihrem Schlüssel die Tür aufsperrte. „Komm rein und erzähl deiner großen Schwester alles."

Er folgte ihr nach drinnen und weiter zur Rückseite des Hauses in ihre sonnige Küche.

Sie zog einen Krug Eistee heraus und schenkte ihnen

beiden etwas zu trinken ein. „Was ist los? Was haben sie diesmal getan?"

Silas starrte mit einer hochgezogenen Augenbraue sein Glas an. „Hast du nichts Stärkeres?"

Shannon betrachtete die zerrauften braunen Locken und müden, dunklen Augen ihres Bruders. Er wirkte matt. Nicht nur körperlich, sondern emotional erschöpft. „Du weißt verdammt gut, dass ich dir keinen Alkohol gebe. Mir ist egal, was in Hollywood gemacht wird, du bist immer noch minderjährig, und ich ..."

„Hey, passt schon, Miss Tugendlamm", sagte er und verdrehte die Augen. „Ich habe was wie ein Ginger Beer oder eine Limo gemeint, irgendwas mit Geschmack? Tee war noch nie mein Lieblingsgetränk."

„Na, okay. Gut gerettet." Shannon zog sich zum Kühlschrank zurück, nahm ein Ginger Beer und stellte es vor ihm ab. „Das ist eins aus der Townsend-Brauerei."

„Was? Keine Kekse?", fragte er, als er sich am Tresen hinsetzte, der die Küche vom Wohnzimmer trennte.

„Übertreib mal nicht, Kleiner." Shannon wusste, dass er sie hinhielt. Was immer in Hollywood los war, es hatte ihren Bruder so sehr erschüttert, dass er den ganzen Weg nach Keating Hollow gekommen war. Sie würde ihn einfach auf seine Art und zu seiner Zeit erzählen lassen müssen, was los war.

„Willst du mir ernsthaft erzählen, dass in deiner Dose keine Kekse sind?", fragte er.

Sie kicherte. „Nein. Das sage ich nicht. Wie stehst du zu Erdnussbuttercookies?"

„Rück sie raus." Er nahm einen großen Schluck von seinem Ginger Beer, ließ sie aber nicht aus den Augen, während sie eine Handvoll Cookies aus ihrer Keksdose von *Ein Löffelchen Magie* nahm.

Sobald sie sie vor ihn auf eine Serviette gelegt hatte, holte sie sich ein eigenes Ginger Beer und gesellte sich zu ihm. „Es ist verdammt schön, dich zu sehen, Silas. Wie lange bleibst du?"

„So lange du mich lässt." Er kauerte sich zusammen, wirkte geschlagen, während er auf seine Hände hinabschielte.

„Äh, wird irgendwann im Herbst nicht wieder deine Serie gedreht?", fragte sie ihn sanft. „Oder denkst du darüber nach, wegzugehen?" Silas war Darsteller in einer beliebten Fernsehserie, bei der es um ein Internat für paranormale Wesen ging. In den letzten paar Jahren hatte er sich zum Star gemausert, und Silas Ansell war mehr oder weniger ein allgemein bekannter Name geworden.

„Mein Vertrag läuft noch bis nächstes Jahr", sagte er und senkte den Kopf auf den Tresen.

Shannon legte ihm sanft eine Hand auf den Rücken. „Was ist passiert? Warum willst du weg?"

Er seufzte tief. „Es ist nicht so, dass ich unbedingt die Serie verlassen will. Ich will nur nicht mehr von den Erziehungsberechtigten kontrolliert werden." Er hob den Kopf und schaute seiner Schwester direkt in die Augen. „Sie versuchen, mich dazu zwingen, eine Realityshow zu drehen. Eine, die mir überallhin folgt und mein Leben vor der ganzen Welt enthüllt."

„Was? Das meinst du doch nicht ernst." Shannon hatte die Augen aufgerissen, und sie spürte dieses vertraute Ziehen in ihren Eingeweiden zurückkommen. Es war ein Gefühl, das einzig und allein für ihre Eltern reserviert war, wenn sie sich besonders durchtrieben verhielten.

„Völlig ernst." Er packte die Flasche mit dem Ginger Beer

fester, bis seine Handknöchel weiß wurden. „Sie sagen immer wieder, dass damit ein Sponsoren-Vertrag einhergeht, der mein Vermögen verdreifachen wird, und wie mich das zum heißesten Star der Welt machen wird. Aber Teufel auch, Shan. Ich lasse mich auf keinen Fall den ganzen Tag von Kameras verfolgen. Du weißt, wie zurückgezogen ich bin."

„Beinahe so zurückgezogen wie ich", bestätigte sie.

„Beinahe?" Er stieß ein bellendes Lachen aus. „Du bist so zurückgezogen, dass du Hollywood aufgegeben hast, und die Chance auf eine Karriere als Schauspielerin, um hierher zu kommen und Schokolade zu verkaufen. Ich würde sagen, du bist zehnmal so zurückgezogen wie ich."

„Da ist vielleicht was dran." Shannon war mit süßen einundzwanzig Jahren aus Hollywood geflohen, gerade als ihre anlaufende Karriere einen richtigen Schub bekommen hatte. Sie legte sanft eine Hand über seine. „Sag mir, was sie getan haben. Was für ein Ultimatum haben sie dir gestellt?" Wenn es eines gab, was sie über ihre manipulativen Eltern wusste, dann, dass sie so gut wie alles tun würden, um zu bekommen, was sie wollten. Und wenn eine Realityshow Silas' Vermögen verdreifachen würde, war das für die Managementfirma ihrer Eltern eine teuflisch gute Provision.

Er schloss die Augen und kniff sie fest zusammen. Seine Miene war so von Schmerz verzogen, und sie wollte ihn einfach nur in die Arme zu nehmen, um ihn vor den Geiern zu beschützen, bis er achtzehn Jahre alt wurde. „Mom hat gesagt, dass sie, wenn ich es nicht mache, alle übrigen eintreffenden Angebote abweisen und sich stattdessen auf Landon Perry konzentrieren würde. Offensichtlich bin ich undankbar, und sie will ihre Bemühungen nicht an ein völlig verzogenes Gör verschwenden, das nicht rafft, wie man es jenen zurückzahlt, die geholfen haben, einen an die Spitze zu bringen."

„Igitt!" Shannon drückte ihr Gesicht an ihre Hände und würgte den Urschrei ab, der sich lösen wollte. Ihre Mutter war die treibende Kraft hinter der Managementfirma, während ihr Vater viel Golf spielte und sie alles erledigen ließ. Es bestand die Möglichkeit, dass er nicht einmal wusste, was mit Silas los war. „Und dein Geld? Droht sie auch, das zurückzuhalten?"

„Natürlich. Doch das ist nichts Neues. Damit droht sie mindestens einmal täglich, wenn ich unvermeidlich etwas mache, was ihr nicht gefällt. Gestern war Mom zum Beispiel angepisst, dass ich mein Handtuch zurück an die Badezimmertür gehängt habe, anstatt auf das extra dafür angebrachte Regal, das sie vor einem Monat eingerichtet hat. Es war nicht einmal in ihrem Bad. Die Frau ist ein Psycho."

„Da widerspreche ich nicht", sagte Shannon. Ihre Mutter hatte einige wirklich seltsame Angewohnheiten. Über manche konnte sie hinwegsehen, wie ihre Besessenheit davon, dass alles perfekt an seinem Platz war. Aber diejenige, die die völlige Kontrolle über die Karriere ihres Kindes forderte, und zwar entgegen seiner Wünsche? Nein. Nicht mal im Ansatz. „Du solltest dich mal damit beschäftigen, wie du dich rechtlich loslöst. Das weißt du, oder?"

„Ich weiß. Ich hätte das letztes Jahr machen sollen, als sie meine Rolle in dem Indie-Film abgelehnt hat, die ich so sehr wollte. Sie hat sich nicht mal mit mir besprochen, ehe sie ihre Assistentin anrufen ließ, um ihnen zu sagen, toll, aber nein danke. Das Drehbuch hatte ich noch monatelang im Kopf, Shan. Wer würde denn keinen genialen Tänzer spielen wollen, der durch die Zeit reist, um das Leben seines Partners zu retten?"

„Unsere liebe Mutter? Sie würde es nur tun, wenn am Zahltag mindestens etwas Sechsstelliges rauskommt", sagte Shannon.

Silas schnaubte. „Ach, bitte. Für sie muss das Angebot schon etwas *hoch* Sechsstelliges sein, sonst ist ihr Anteil nicht hoch genug, um sich die Mühe zu machen."

Shannon drückte ihrem Bruder die Hand. „Es tut mir so leid, Si. Ich wünschte, es gäbe mehr, was ich tun könnte."

„Dass du mich hierbleiben lässt, reicht schon. L.A. hat mich umgebracht. Ich will nur schlafen und wandern und so tun, als würden nicht Millionen Leute mein Gesicht kennen."

„Alles klar, kleiner Bruder. Wie wäre es mit einem Tag am Strand? Am Mittwoch habe ich frei. Wir können vorher erst mal eine Weile zwischen den Mammutbäumen herumwandern."

Silas nickte. „Klingt perfekt. Aber gerade jetzt könnte ich eine Dusche gebrauchen. Es war eine verdammt lange Fahrt, hier rauszukommen."

Shannon hob eine Augenbraue. „Wo ist dein Auto? Ich habe es nicht gesehen, als ich hergefahren bin."

Er lachte leise. „In der Garage. Es ist ein bisschen zu schick für die Leute hier in der Gegend. Ich wollte nicht, dass jemand Verdacht schöpft."

„Zu schick? Hast du den Starburst etwa verkauft?", fragte sie und benutzte seinen Namen für seinen limettengrünen Toyota Prius.

„Mom hat das getan." Er knirschte mit den Zähnen, ehe er weitersprach: „Sie sagte, für mein Image wäre es besser, wenn ich einen Sportwagen hätte."

Mit geschlossenen Augen schüttelte Shannon den Kopf. Es war schwer zu glauben, dass sie mit der oberflächlichen Frau verwandt waren, die während der letzten vierzehn Jahre versucht hatte, durch sie beide stellvertretend ein abgehobenes Leben zu führen. „Das ist lächerlich. Es tut mir leid, Silas. Was hast du denn bekommen?"

„Einen Porsche. Was sonst?"

„Nur das Beste für Silas Ansell", mutmaßte Shannon, die Schwierigkeiten hatte, sich vorzustellen, wie ihr kleiner Bruder in einem PS-starken Auto herumbrauste. Für ihn war der Prius perfekt gewesen. Hätte er etwas Schickeres gewollt, wäre womöglich ein Tesla sein Ding gewesen. Aber ein Porsche? Gar nicht.

„Ganz genau." Er stand von seinem Hocker auf, wedelte mit der Hand, um seine Luftmagie einzusetzen, und schickte seine Flasche Ginger Beer in die Spüle. Während er zu den Stufen ging, fragte er: „Ich nehme an, dein Gästezimmer ist frei?"

„Für dich immer."

„Danke, Schwester."

Shannon sah ihm nach, wie er die Stufen hinaufging, und auch wenn sie sich mehr als nur freute, dass er gekommen war, um bei ihr zu wohnen, hatte sich in ihren Eingeweiden ein wütendes Kneifen breitgemacht. Sie fragte sich, was ihr Dad zu dem Konflikt zwischen Silas und ihre Mutter zu sagen hatte. Vermutlich nichts. Der Mann war glücklich damit, sich zurückzulehnen und sie ihre beiden Kinder plattwalzen zu lassen, solange er Geld für seine exklusiven Golfklub-Mitgliedschaften hatte und es niemals ein Problem war, einen Tisch in einem schicken Restaurant zu bekommen. Er hatte nicht diesen Killerinstinkt, mit dem seine Frau ausgestattet war, aber er genoss es sehr, ein High-Society-Leben zu führen.

Versunken in Gedanken an ihre Eltern zog Shannon ihren mit Glitzer überzogenen türkisen Zauberstab aus der Handtasche und deutete damit auf die Küche. Zutaten flogen zusammen mit einem Topf und einer Backform aus den Schränken, während ihre Magie daran arbeitete, eine von Silas' Lieblingsspeisen zuzubereiten. Eine, von der sie sich sicher war, dass er sie nicht gegessen hatte, seit er zum letzten Mal bei ihr gewesen war. Überbackene Nudeln waren nichts, was sich Fernsehstars genehmigen durften. Zumindest nicht unter dem Dach der Ansells.

Zufrieden damit, dass ihre Magie die Aufgabe erledigen würde, ging sie weiter ins Wohnzimmer vorne im Haus und schaute hinaus, gerade rechtzeitig, um zu sehen, wie Levi den Rasenmäher startete und sich in ihrem vernachlässigten Garten zu schaffen machte.

„Ich fühle mich so produktiv", sagte sie und lachte leise vor sich hin. Mit ihrer Magie und ihrem Talent zum Delegieren war sie geradezu häuslich. Zufrieden mit sich setzte sie sich in den übergroßen Sessel und genehmigte sich eine wohlverdiente Pause.

Sie war wohl ein wenig eingenickt, denn es schienen nur wenige Augenblicke vergangen zu sein, als sie Silas sagen hörte: „Wer ist denn der heiße Typ, der deinen Rasen mäht?"

Shannon öffnete blinzelnd die Augen, um zu sehen, wie ihr Bruder vor dem Gartenfenster stand, in einer sauberen Jeans und einem zart-violetten Hemd. Seine Haare waren perfekt gestylt, und seine Haut leuchtete. Er war so umwerfend wie eh und je. „Levi. Das ist Hopes Halbbruder. Ist erst vor ein paar Monaten hergezogen."

„Hope?", fragte er.

„Ach ja. Ich habe dich nicht aufgeklärt. Früher hieß sie Luna. Sie ist meine neue Freundin, die im Spa arbeitet", sagte Shannon.

„Spa." Ein verträumtes Lächeln spielte um seine Lippen, während er ein Seufzen ausstieß. „Wann können wir den nächstmöglichen Termin ausmachen?"

Sie lachte. „Ich rufe gleich morgen Vormittag an."

Er drehte sich um und zwinkerte ihr zu. „Du bist meine Schwester Nummer 1."

„Ich bin deine einzige Schwester", sagte sie und verdrehte die Augen. „Tust du mir einen Gefallen?"

„Und der wäre?" Er starrte wieder aus dem Fenster, ließ jegliche Subtilität fahren, während er beobachtete, wie Levi sich durch den Garten bewegte.

„Hol Levi was zu trinken, während ich das Essen fertigmache." Sie stemmte sich aus dem Sessel hoch und ging voraus zur Küche.

„Mensch! Da bin ich total dabei." Silas ging an ihr vorbei in die Küche und stieß ein überraschtes Keuchen aus. „Du machst überbackene Nudeln?"

„Natürlich."

Er drehte sich um, warf die Arme um sie und sagte: „Ich liebe dich."

„Weiß ich. Jetzt raus mit dir, damit ich fertig kochen kann."

Silas schnappte sich noch ein paar Flaschen Ginger Beer aus dem Kühlschrank und verschwand durch die Eingangstür, während Shannon vor sich hin summte und den Tisch deckte. Nichts ließ ihr Herz voller werden, als ihren Bruder wieder in der Stadt zu haben.

36

KAPITEL 5

*B*rian ließ sein schwarzes SUV auf der anderen Straßenseite von Shannons kleinem weißen Häuschen anhalten. Leuchtende Blumen säumten den Weg und hingen vom Überstand ihrer Veranda. Ihr Haus war einladender und niedlicher, als er sich je vorgestellt hatte. Sie legte so oft eine verhärtete Persönlichkeit an den Tag, dass sie sich zweifellos schon immer vom Rest der Welt abgeschottet hatte. Sein Inneres erwärmte sich bei der Vorstellung, in die weichere Seite ihres Lebens eingeladen zu werden.

Er stieg aus dem Fahrzeug und schaute hinüber zu dem jungen Mann, der ihren Rasen mähte. Er kniff die Augen zusammen und erkannte Levi Kelley, Hope Scotts Bruder. Er war ein guter Junge. Brian hatte ihn ein wenig kennengelernt, als er Zeit in Chad Garbers Musikladen verbracht hatte, um ein paar Schlagzeugstunden zu geben, darum war er nicht überrascht, als Levi plötzlich den Kopf hob und ihn direkt ansah. Der Junge besaß Geistmagie, was hieß, dass er Menschen in seiner Umgebung spüren konnte, ohne sie tatsächlich gesehen zu haben.

Brian hob eine Hand, um Levi zu begrüßen. Levi lächelte und winkte zurück. Einen Augenblick später drehte sich Levi abrupt um, als ein weiterer Jugendlicher aus dem Haus kam, der ein paar Flaschen hielt. Er ging über die Veranda und winkte Levi heran, damit er zu ihm trat. Levi zögerte, doch dann stellte er den Rasenmäher ab und begab sich zu dem Neuankömmling.

Der dunkelhaarige Teenager wirkte irgendwie vertraut, doch Brian konnte ihn nicht einordnen. Soweit er wusste, hatte Shannon in Keating Hollow keine Familie. War er ein Freund von Levi? Wer es auch war, er war wohl nicht aus der Stadt. Keating Hollow war einfach nicht groß genug, dass nicht jeder jeden kannte.

„Hey, Brian", rief Levi, als Brian sich der Veranda näherte.

„Hey, Kleiner. Wie läuft denn das Rasenpflegegeschäft an?", fragte Brian.

„Soweit hervorragend. Shannon ist meine erste Kundin." Er wandte sich an den anderen Teenager, der sich an die Veranda lehnte. „Das ist Silas. Silas, das ist Brian."

Brian hielt dem Teenager eine Hand hin. „Schön, dich kennenzulernen, Silas."

„Gleichfalls", sagte der dunkelhaarige Junge, der ihm die Hand schüttelte. „Kommst du meine Schwester besuchen?"

Die Eingangstür wurde aufgeworfen, und Shannon verzog das Gesicht, während sie stammelte: „Brian. Ach, Mensch. Es tut mir so leid. Ich ..." Sie warf einen Blick auf Silas. „Mein Bruder hat mich überrascht. Er ist aus Los Angeles hergekommen, und ich hätte dich anrufen sollen, aber ich glaube nicht, dass heute Abend sonderlich gut passt. Können wir umplanen?"

Enttäuschung machte sich schwer in Brians Brust breit,

doch er nickte. Was sollte er denn sonst tun? Widersprechen? Wohl kaum. „Klar. Es ist …"

„Was umplanen?", fragte Silas, sein Blick ging von Shannon zu Brian.

„Nichts", erwiderte Shannon rasch. „Es ist unwichtig."

„Autsch." Brian drückte sich eine Hand aufs Herz, als wäre er verletzt worden. „Das tut weh, Ansell. Unwichtig? Tritt doch gleich noch mal nach, während ich schon auf dem Boden liege, warum nicht?"

„Es ist nicht nichts", erklärte Levi hilfreich. „Brian hätte Shannon heute zu ihrem ersten Date ausführen sollen."

Shannon hob die Hand, um ihn aufzuhalten. „Warte doch mal …"

„Einem Date?", fragte Silas, der seine Schwester mit offenem Mund anstarrte. „Warum hast du nichts gesagt? Du bist noch gar nicht fertig." Ehe sie noch ein weiteres Wort sagen konnte, schob er den Arm durch ihren und zog sie zur Tür. „Gib uns fünfzehn Minuten, Brian. Ich bringe sie schon auf Trab."

„Silas!", zischte Shannon. „Halt. Ich bin erwachsen. Ich werde damit selbst fertig."

„Offensichtlich nicht", entgegnete er. „Sonst hättest du doch ein sexy schwarzes Kleid an und wärst bereit, die Puppen tanzen zu lassen."

„Ist das zu glauben?", fragte Shannon, während Silas sie ins Haus drängte. „Er ist erst eine Stunde hier, und schon übernimmt er mein Leben."

Brian grinste Shannon an und zuckte nur mit den Schultern. „Es scheint sich zu meinen Gunsten zu wenden, darum beschwere ich mich nicht."

„Aber natürlich nicht." Sie verdrehte die Augen und drückte eine Hand an den Türrahmen, stellte sich breitbeinig hin, um fest dort stehen zu bleiben. „Hör mal, ich habe gerade Abendessen für Silas gemacht. Es sollte eben fertig sein. Meinst du, du kannst für Silas und Levi etwas austeilen, während ich mich präsentabel mache?"

„Klar." Er warf einen Blick auf Silas, der gleich im Inneren des Hauses stand, und nickte dem Jungen bestätigend zu.

„Los jetzt, Shan. Es ist Zeit, aus diesem langweiligen Verkäuferinnen-Outfit zu steigen und dich in etwas zu schmeißen, dass für ein Date geeignet ist." Silas zwinkerte Brian zu, während er sie ins Haus und die Stufen hinauf zerrte.

Brian wandte sich an Levi. „Bereit, was zu Abend zu essen?"

„Ich habe nicht gerade erwartet, dass Shannon mich auch durchfüttert", sagte er und beäugte den Garten. „Aber ich kann ja nicht gerade Nein sagen, wo sie uns doch schon was gekocht hat, oder?"

„Würde ich nicht", bestätigte Brian.

„In Ordnung. Gib mir zehn Minuten, um fertigzumachen und meinen Rasenmäher wegzupacken."

Brian nickte, und dann marschierte er in Shannons Haus, als würde es ihm gehören. Er konnte von irgendwo oben den Prince-Song „1999" spielen hören und fragte sich, ob der von Shannons oder Silas' Playlist kam. Er vermutete von Shannon, da der Song älter war als sie beide, aber so oder so wusste er es zu schätzen. Prince war einer der größten Musiker seiner Zeit.

Brian folgte dem starken Geruch nach Käse, der durch das Haus trieb. Er brauchte nicht lange, um die Küche zu finden, wo Utensilien herumflogen und Gemüse für einen Salat schnippelten, und eine Karaffe über einem Set aus drei Gläsern mit Eis schwebte, die sie mit Wasser füllte.

Drei Gläsern.

Das war der eindeutige Beweis, dass Shannon voll und ganz vorgehabt hatte, ihm abzusagen, und er spürte, wie eine Woge der Enttäuschung über ihn hereinstürzte. Er wusste, dass er es an dem einen Abend vermasselt hatte, als er die Dinge zu weit hatte kommen lassen, und Shannon letztlich in seinem Bett gelandet war, wo sie ihn zu sich gewinkt hatte, nur um sich von ihm zurückweisen zu lassen. War das, was hier gerade passierte, etwa als Rache dafür gedacht, dass er sie abgewiesen hatte?

Er schüttelte den Kopf. Shannon war sehr viel geradliniger als das. Nein. Sie hatte gesagt, ihr Bruder hätte sie überrascht, und er hatte keinen Grund, ihr das nicht zu glauben. Er blickte zum Esszimmertisch und dachte: *Warum nicht?*

Zwanzig Minuten später, als Shannon und Silas von oben herabkamen, war der Tisch für vier gedeckt. Er hatte die Auflaufform mit überbackenen Nudeln in die Mitte des Tisches gestellt und den Salat in passende Schüsseln aufgeteilt. Neben jedem Teller stand eine Flasche Ginger Beer, zusammen mit den Gläsern mit Eiswasser.

„Was ist das?", fragte Shannon, ihre Augen leuchteten auf, als sie die Auslage betrachtete. „Vier? Bleiben wir hier?" Sie warf einen Blick hinab auf das schimmernde silberne Kleid, zu dem sie schwarze Leggings trug, und lachte leise. „Ich bin vielleicht ein kleines bisschen zu schick angezogen."

Brian schaute sie an, ihm wurde der Mund wässrig. Das Kleid lag an allen richtigen Stellen an, zeigte gerade genug von ihrer Figur, dass er mehr wollte, aber nicht genug, um ein Skandal zu sein. Sie hatte irgendwas mit ihren Haaren angestellt, sodass sie glatter wirkten, mit perfekten, großen Locken, die über ihren Rücken hinabfielen, und sie hatte Make-up aufgelegt, das ihre perfekten Lippen betonte. Er wollte nur noch hinübergehen, sie in die Arme nehmen und sie wie verrückt küssen.

„Brian?", fragte sie lachend. „Alles in Ordnung?"

„Nö. Überhaupt nicht", sagte Silas. „Du bist gerade so heiß, dass du ihn komplett ermordet hast. Der arme Kerl kann nicht mal Worte bilden."

Levi kicherte.

Silas zwinkerte ihm zu, sodass der Junge heftig errötete.

Brian räusperte sich und trat vor, bot ihr seine Hand an. „Du siehst atemberaubend aus, Shannon."

Sie stieß ein nervöses Lachen aus. „Ich habe Silas gesagt, dass dieses Kleid etwas übertrieben ist. Vielleicht sollte ich mich umziehen, wenn wir da bleiben."

„Im Leben nicht", sagte Brian, der den Kopf schüttelte. „Und außerdem. Wir bleiben nicht. Wir essen hier, und dann bringe ich euch beide raus zu einem Abend außerhalb der Stadt."

„Was?", fragte Silas. „Wer sind *beide*? Du meinst doch nicht mich, oder?"

„Doch." Brian warf einen Blick auf ihren Bruder. „Ist dein erster Abend hier, oder? Ich verstehe, dass deine Schwester etwas Zeit mit dir verbringen will." Er wandte sich an Levi. „Du kannst natürlich auch gerne mit uns kommen."

Levi warf einen Blick hinab auf sein T-Shirt und die Jeans und sagte: „Äh, ich bin nicht gerade für einen Ausgehabend herausgeputzt."

Silas beäugte Levi, dann Brian, während er fragte. „Was genau haben wir denn vor? Es ist ja nicht so, als wäre Keating Hollow ein Mekka des Nachtlebens."

„Wir sind unterwegs zur Küste." Brian ging hinüber zum Tisch und zog Shannon einen Stuhl heraus. „Essen wir, bevor es kalt wird."

Ihr Gesicht leuchtete wie ein Weihnachtsbaum, und Brian wusste, dass er gerade so richtig gepunktet hatte. Vielleicht würde sie ihm doch noch ihr erstes Date vergeben.

Shannon nahm Platz und beäugte ihren Bruder. „Komm schon, Si. Wann warst du zum letzten Mal irgendwie einfach am Abend aus, ohne dass überall Fotografen waren?"

Er warf Levi einen besorgten Blick zu, dann funkelte er sie düster an. „Vielen Dank aber auch. Wie lange war ich jetzt unter dem Radar, etwa zwanzig Minuten?"

Levi lachte. „Mann. Ich habe dich in dem Augenblick erkannt, in dem ich dich gesehen habe. Ist auch nicht zu weit hergeholt, da du dir den Nachnamen mit Shannon teilst."

„Echt?" Er runzelte die Stirn. „Warum hast du nichts gesagt?"

Levi zuckte mit den Schultern. „Ich dachte mir, dass sich sicher ständig eine Menge Leute seltsam benehmen, nur weil du ein Schauspieler bist. Ich habe noch niemals diese ganze Sache mit dem Anbeten von Promis verstanden. Du bist doch trotzdem noch ein Mensch wie jeder andere, oder?"

Langsam breitete sich ein ungezwungenes Lächeln auf Silas' Gesicht aus, während er anerkennend nickte. Dann wandte er seine Aufmerksamkeit wieder Shannon zu. „In Ordnung. Ich bin dabei, wenn Levi mitkommt."

„Levi?", fragte Shannon. „Hast du Lust auf ein kleines Abenteuer?"

„Klar, aber habe ich Zeit, nach Hause zu gehen und mich herzurichten?"

„Brian?", fragte Shannon. „Ist das, was wir vorhaben, irgendwie zeitlich gebunden?"

„Nö." Er griff nach dem Servierlöffel für die Backform und gab einen Berg Pasta auf ihren Teller. „Eigentlich nicht."

„Mach dir keine Sorgen. Du kannst dich hier herrichten", erklärte ihm Silas, der den anderen Teenager beäugte. „Wir sind doch ungefähr gleich groß. Ich leihe dir was zum Anziehen."

„Bist du sicher?", fragte Levi.

„Ich bin mir sicher." Er wartete, bis Brian den Servierlöffel weiterreichte, und dann teilte er für Levi und sich aus.

„Danke", sagte Levi, der plötzlich schüchtern klang.

„Gern geschehen, Süßer." Silas wandte dem Jungen seine volle Aufmerksamkeit zu und legte den ganzen Charme auf, mit dem er berühmt geworden war.

Shannon schnaubte. „Wie subtil, Si."

Er achtete nicht auf sie und fuhr damit fort, Levi über sein Leben in Keating Hollow auszufragen.

Brian fragte sich, was Shannon tun würde, würde er sie so offen anmachen wie Silas Levi. Sie würde ihn vermutlich rauswerfen, schloss er. Ihm war die Tatsache nicht entgangen, dass sie Spielchen und Hinhalten satthatte. Wenn er sie für sich gewinnen wollte, würde er sich anstrengen müssen. Aber das war in Ordnung. Er war mehr als nur bereit für die Herausforderung.

KAPITEL 6

Shannon saß auf dem Beifahrersitz von Brians SUV und beobachtete, wie er das Fahrzeug über den kurvenreichen Highway lenkte, der zur nordkalifornischen Küste führte. Er trug ein schwarzes Hemd, bei dem die Arme bis zu den Ellbogen hochgerollt waren. Ihr fiel es schwer, den Blick von seinen Unterarmen loszureißen. Seine gebräunte Haut und die gut sichtbaren Muskeln waren unwiderstehlich.

„Worüber denkst du denn nach?", fragte er sie mit leicht rauer Stimme.

„Hä?" Sie löste den Blick von seinen Armen, um ihm in die Augen zu schauen. Verdammt. Er lächelte sie wissend an, als wäre ihm nur zu gut bewusst, dass sie ihn in den letzten fünf Minuten angestarrt hatte.

„Willst du mir vielleicht mal mitteilen, was dir durch den Kopf geht?", fragte er mit einem neckenden Lächeln.

Nein. Niemals. Er musste nicht wissen, dass sie sich gefragt hatte, wie es wohl wäre, mit den Fingern über seine warme Haut zu streichen. Genauso wenig mussten das die beiden Teenager auf der Rückbank wissen. Nicht, dass sie auf Brian oder Shannon geachtet hätten. Levi war damit beschäftigt, Silas über sein Leben in Hollywood auszufragen, während Silas nur zu glücklich war, sich in der Aufmerksamkeit zu sonnen. Bei den Göttern. Wenn sie ihn nicht an die Kandare nahm, würde sein Ego noch sein Fall sein. Vorerst ging er Levi allerdings nicht auf die Nerven. Eigentlich ganz im Gegenteil. Die beiden vertrugen sich hervorragend. „Ich habe mich nur gefragt, wohin du uns bringst."

Er kicherte. „Das ist eine Überraschung."

Shannon verdrehte die Augen. So sehr sie ihm auch sagen wollte, dass er das Date krachend scheitern ließ und seinen Tanga rausholen sollte, um ihren Pool zu reinigen, sie konnte es nicht. Der Mann war genau zum richtigen Zeitpunkt für ihr Date aufgetaucht. Sie war sicher, dass ihm die Tatsache aufgefallen war, dass sie diejenige war, die vergessen hatte, dass er kam. Und selbst dann hatte er einfach damit weitergearbeitet, hatte sich bereit erklärt, das Essen fertigzumachen und sogar ihren Bruder in den Plan mit einbezogen, den er ausgeheckt hatte. Wenn sie ehrlich war, musste sie zugeben, dass Levi nicht der Einzige war, der bezaubernd war. Brian punktete in jeglicher Hinsicht. „Okay. Aber das ist hoffentlich was Gutes. Es wäre schrecklich, müsstest du dich mit Sonnencreme eindecken."

Seine Augen funkelten, während er ein Lachen ausstieß. „Steigere dich nicht zu sehr in diese Fantasievorstellung. Ich habe nicht die Absicht, die Wette zu verlieren. Aber falls doch, mach dir keine Sorgen um mich. Ich bin mit Lotion eingedeckt."

Shannons Mund wurde trocken, während sie sich vorstellte, wie sie mit den Händen über seinen ganzen Körper strich, während sie ihm half, seine Haut vor der Sonne zu schützen.

„Shan?", fragte Silas.

„Ja?" Sie drehte sich um, um ihren Bruder anzusehen. „Was ist los?"

Er warf einen Blick hinüber zu Brian, und dann wieder zu ihr, die Augen ein wenig zusammengekniffen. „Willst du verraten, worum es bei dieser Wette geht?"

„Nein. Es ist nicht wichtig", sagte sie und schob sich eine rote Locke aus den Augen.

„Vielleicht nicht wichtig, aber es klingt wirklich *interessant*. Wo genau wird Brian denn diese Sonnencreme benutzen, wenn er die Wette verliert, die ihr beiden da am Laufen habt?", fragte Silas.

„Mach dir keinen Kopf darum, kleiner Bruder", erwiderte Shannon.

Brian kicherte.

„Und du", sagte sie zu ihrer Verabredung. „Benimm dich, oder ich werde dich bitten, mich nach Hause zu bringen, bevor dieser Abend auch nur anfängt."

„O nein, das machst du nicht. Levi und ich haben nicht die ganze Zeit hier im Auto verbracht, nur um zurück nach Keating Hollow zu fahren. Hast du vergessen, dass ich zwei Tage lang gefahren bin? Auf die eine oder andere Art werden wir Spaß haben", forderte Silas.

Shannon unterdrückte ein Seufzen. Er hatte recht. Sie hätte einfach darauf bestehen sollen, dass sie zu Hause blieben, damit Silas sich entspannen konnte. Stattdessen war sie begeistert gewesen, dass Brian einen Alternativplan ausgeheckt hatte, denn ob sie es nun zugeben wollte oder nicht, sie hatte sich auf dieses Date gefreut ... selbst wenn sie es vergessen hatte. *Gah.* Sie war furchtbar. War es möglich, in dieser Angelegenheit irgendwie noch unentschlossener zu sein?

„Keine Sorge. Ich benehme mich", sagte Brian, der ein Gesicht aufsetzte, das nach völliger Unschuld aussah.

Sie verdrehte noch einmal die Augen, doch während sie aus dem Fenster auf das blaue Wasser des Pazifiks schaute, lächelte sie. Irgendetwas stellte dieser Mann mit ihr an.

Es dauerte nicht lange, bis Brian auf einen Parkplatz voller Autos fuhr. Er schaltete den Motor ab und sprang heraus, eilte herüber, um Shannon die Tür zu öffnen. Die beiden Teenager hinten waren schon aus dem Auto, ehe sie sich auch nur abschnallen konnte.

Brian hielt ihr eine Hand hin, und in ihrem Herzen kam Wärme auf, während er ihr aus dem Fahrzeug half. Offensichtlich waren ritterliche Tugenden doch noch nicht ganz ausgestorben.

„Du nimmst mich doch auf den Arm", sagte Silas mit einem Lachen. „*Roller Palace?* Du hast uns auf eine Rollschuhbahn gebracht?"

Shannon drehte sich um und beäugte die Schrift über der Eingangstür des großen, eckig wirkenden Gebäudes. Als sie sich zurück zu Brian wandte, hob sie die Augenbrauen. „Eureka hat eine Rollschuhbahn?"

„Ja. Ist das nicht toll?" Er ließ einen Arm um ihre Taille gleiten und wollte sie zum Eingang führen.

„Äh, ich bin mir nicht ganz sicher." Sie kicherte, als ihr der Blick auf Silas' Gesicht auffiel. Er hatte eine Miene irgendwo zwischen Überraschung und Entsetzen auf. „Entspann dich, kleiner Bruder. Das wird ein Spaß."

„Bitte sag mir, dass sie irgendwo hinten draußen einen Skaterpark haben", sagte er und schob sich die Hände in die Hosentaschen.

„Das bezweifle ich", erwiderte Brian. „Außerdem würde das den ganzen Spaß verderben."

„Wie das?", fragte Silas.

„Weil der halbe Spaß doch darin liegt, wie lächerlich das Ganze ist", sagte Levi, in seinen Augen glitzerte Erheiterung. Es war offensichtlich, dass er es nicht erwarten konnte, den berühmten Fernsehstar über die Bahn rollen zu sehen.

Silas wandte seine Aufmerksamkeit Levi zu. Shannon fragte sich kurz, ob die Hollywood-Diva ihr hässliches Haupt erheben würde. Manchmal kam es dazu, und obwohl es sie tierisch nervte, wies sie normalerweise nur darauf hin und ließ es dann fallen. Sie verstand, dass es ihm, weil ihre Eltern ihn auf ein Podest stellten, um zu bekommen, was sie von ihm wollten, manchmal schwerfiel, demütig zu bleiben. Sie hätte sich keine Sorgen machen müssen. Silas lächelte Levi aufrichtig an und sagte: „Ach ja? Du bist bereit für etwas Oldschool-Rollschuhfahren?"

„Wenn du es bist", sagte er.

Shannon schüttelte den Kopf, während sie zusah, wie sie zum Eingang marschierten, dann warf sie einen Blick hinauf zu Brian. „Das war nicht der ursprüngliche Plan, oder?"

Er schüttelte den Kopf. „Nö. Aber es ist ein guter Einfall, oder nicht?"

Kichernd lehnte sie sich an ihn, stieß ihn spielerisch mit der Schulter an. „Ich glaube, es war riskant. Sieht aber so aus, als würde es sich auszahlen. Woher wusstest du denn überhaupt, dass es das gibt?"

„Ich habe bei Candy mitgehört, dass sie es vor ein paar Wochen mal ausprobieren wollte. Ich dachte ehrlich gesagt, dass es solche Läden gar nicht mehr gibt. Als ich zum letzten Mal auf einer Rollschuhbahn war, war, glaube ich, Hanson immer noch der letzte Schrei."

Shannon schnaubte, weil ihr die Vorstellung gefiel, dass er

mit dem Kopf zu „MMMBop" vor sich hinnickte. „Hanson? Echt jetzt?"

Brian nahm ihre Hand in seine und grinste. „Finden wir doch mal raus, welche Songs sie beim langsamen Paarlauf spielen. Was sagst du dazu?"

„Ich kann es kaum erwarten."

„Gut." Seine dunklen Augen musterten sie von oben bis unten. „Nur falls du dich gefragt hast, deine Roll-Karte ist voll."

Ein Prickeln ging über ihre Haut. Bei den Göttern, sie liebte es, wenn er so etwas sagte. Sie wusste, dass sie versuchen sollte, dieses Gefühl abzuschütteln. Es stand nicht zur Debatte, sich in ihn zu verlieben, aber verdammt, er wusste genau, wie er bei ihr den Schalter umlegte. Weshalb konnte sie denn nicht jemanden wollen, der weniger … gefährlich für ihr Herz war?

Brian hielt die Tür auf, und während sie hineingingen, drückte er ihr eine Hand auf den Rücken, hielt die Verbindung aufrecht, von der sie wusste, dass sie sich tagelang danach sehnen würde.

Levi und Silas hatten ihren Eintritt schon bezahlt, und sobald sie und Brian im Inneren des Gebäudes waren, erspähte Shannon ihren Bruder und Levi auf einer Bank, wo sie sich die ausgeliehenen Rollschuhe anzogen.

„Das sollte interessant werden", sagte Shannon, die sich leichter fühlte als in den letzten Wochen.

„Interessant? Ich richte mich auf Spaß ein." Er setzte sich neben sie und zog seine Schuhe aus, zeigte ihr eine jugendlichere Seite, die sie noch nie zuvor gesehen hatte.

„Dann mal los."

Die vier verbrachten die nächsten beiden Stunden damit, zu den jüngsten Pop-Hits Rollschuh zu fahren. Als der Paarlauf dran war, lenkte Brian Shannon um die Bahn, während Silas und Levi sich verdrückten, um sich etwas zu trinken zu holen.

Shannon fragte sich kurz, weshalb Silas Levi nicht gebeten hatte, mit ihm zu fahren. Die beiden wirkten, als würden sie einander offensichtlich mögen, aber vielleicht war ihr Bruder nur wie üblich auf Flirten aus und wollte keine Erwartungen schüren. So oder so freute sie sich, dass sie anscheinend beide Spaß hatten.

Während Shannon Brian an der Hand hielt und über die Bahn rollte, lächelte sie zu ihm hinüber. „Vielen Dank dafür."

„Du brauchst mir nicht zu danken. Mir macht das großen Spaß. Wer hätte gedacht, dass es solche Laune machen würde, auf einem Doppel-Date mit deinem Bruder Taylor Swift zu hören?"

Shannon lachte. „Ich würde es nicht gerade ein Doppel-Date nennen. Sie sind sich gerade erst begegnet."

Brian schaute dort hinüber, wo die beiden Seite an Seite an einem Tisch saßen, die Köpfe zusammengesteckt, während sie redeten. „Wenn du meinst, Shannon. Aber wenn das mein Bruder wäre, würde ich ihm später den *Vortrag* halten."

„Den *Vortrag*?" Aus ihrer Brust kam ein brummendes Geräusch, während sie ein Lachen unterdrückte. „Er ist 17. Glaubst du wirklich, noch niemand hat ihm den *Vortrag* gehalten?"

„Keine Ahnung." Seine Miene wurde verlegen. „Aber als ich siebzehn war, hätte ich eine wöchentliche Auffrischung vertragen."

Sie drückte ihm die Hand, völlig erheitert. „Da möchte ich wetten. Und dein Vorschlag ist aufgenommen. Ich werde herausfinden, ob die Erziehungsberechtigten ihre Blümchen-und-Bienchen-Pflichten wahrgenommen haben. Falls nicht, werde ich dafür sorgen, dass er informiert ist."

Brian kniff die Augen zusammen und musterte die beiden Jungs. „Oder es wird ein Bienchen-und-Bienchen-Gespräch."

Sie war hin- und hergerissen dazwischen, die Augen zu verdrehen und wieder loszukichern. Stattdessen schüttelte sie den Kopf, tadelte ihn spielerisch. „Das hast du doch nicht wirklich gesagt."

Er grinste und drehte sich, sodass er rückwärtsfuhr. Doch als er sich streckte, um eine Hand auf ihre Hüfte zu legen, rutschte einer seiner Rollschuhe unter ihm weg, und Brian ging zu Boden, wobei er Shannon mit sich riss.

„Umpf!", stieß Shannon hervor, während sie mit dem Ellbogen auf der harten Oberfläche aufprallte. „Oh, autsch. Heiliger Hexenb... Verdammt, das tut weh." Sie schmiegte sich den Arm an die Brust und spürte, wie Tränen in ihren Augen brannten.

„Oh, Himmel, Shannon, ist alles in Ordnung?" Brian raffte sich auf die Knie auf, griff nach ihren Oberarmen und zog sie behutsam mit sich hoch. „Müssen wir dich zu einem Heiler bringen?"

„Ich, äh ... ich bin mir nicht sicher." Schmerzen strahlten von Shannons Ellbogen direkt in die Schulter aus, doch sie hatte keine Ahnung, ob und wie sehr sie verletzt worden war. Sie war noch nicht bereit, es auszuprobieren.

„Shannon?" Levi erschien plötzlich über ihnen beiden, in seinem dunklen Blick stand Sorge. „Das war ein ziemlicher Sturz. Kannst du den Arm bewegen?"

„Ich weiß es nicht", gab sie zu. „Ich bin mir nicht sicher, ob ich bereit bin, es zu versuchen."

Er nickte und hielt Brian eine Hand hin, um ihm aufzuhelfen. Sobald ihr Date wieder stand, rollte er hinter ihr herum und hob sie dann sanft zurück auf ihre Rollschuhe, wobei er darauf achtgab, sich ganz von ihrem Ellbogen fernzuhalten. „Bringen wir dich von der Bahn."

Shannon nickte, kam sich ein wenig dümmlich vor, da

Brian und Levi um sie herumschwirrten. Sie hatte sich doch nur den Ellbogen angeschlagen. Es konnte doch nichts Ernstes sein, oder?

Sobald sie von der Bahn weg waren und an einem der vielen Pausentische saßen, machte sich Brian an die Arbeit, ihr die Rollschuhe auszuziehen, während Levi sich neben sie stellte und sanft die Hände aneinander rieb. „Macht es dir etwas aus, wenn ich mir deinen Arm ansehe?"

Sie blinzelte den Teenager an. „Wie willst du ihn dir ansehen?"

„Um herauszufinden, was beschädigt ist. Ich kann nicht heilen, aber meine Geistmagie lässt mich Dinge spüren, und ich sollte feststellen können, ob du einen Heiler brauchst. Ich habe ein bisschen mit Heilerin Snow gearbeitet. Hope nimmt mich mit, wenn sie hingeht, um bei anderen Fällen zu helfen, und ich lerne, meine Gabe besser einzusetzen."

„Hope nimmt dich mit?", fragte Shannon, weil sie wusste, dass die Tatsache, dass Hope diese Sitzungen mit Heilerin Snow guthieß, der einzige Grund war, weshalb sie es in Betracht zog, ein Kind nachsehen zu lassen, ob sie sich irgendwas gebrochen hatte. Obwohl Hope als Massagetherapeutin ausgebildet war, hatte sie auch spezielle Heilfähigkeiten und arbeitete mit Snow an den wirklich harten Fällen.

„Ja, sie wollte unbedingt, dass ich anfange, mit Snow zu arbeiten. Sie scheinen beide zu glauben, dass ich nützlich bin." Er zuckte mit einer Schulter, wollte offensichtlich zeigen, wie demütig er war.

„Du klingst verdammt nützlich, Levi." Shannon winkte ihn näher, damit er sich direkt vor sie stellte, und fügte dann an: „Okay, wollen wir mal sehen, ob ich mir den Flügel gebrochen habe."

Levi bewegte sich, sodass er hinter ihr stand, dann fing er an, ihr sanft die Schulter mit wunderbar starken Händen zu massieren.

Wärme breitete sich von seinen Fingern über beide Arme hinab aus, sodass der brennende Schmerz nachließ. Einen Augenblick später ließ er langsam die Hände ihre Arme hinabgleiten, seine Berührung kaum ein Wispern an ihrer Haut. Der Schmerz wurde nicht schlimmer, ließ auch nicht weiter nach. Es war nur ein nerviges Pochen unter der Oberfläche.

Er stieß die angehaltene Luft aus und ließ los. „Scheint, als würdest du einen teuflischen blauen Fleck kriegen."

„Also ist nichts gebrochen?", fragte Brian. In seinen Augen stand große Sorge, und sein Körper war angespannt, als wäre er bereit, sofort zur Tat zu schreiten.

Levi schüttelte den Kopf. „Das glaube ich wirklich nicht." Er wandte sich um, um Shannon anzuschauen. „Aber ein Heiler könnte dich vermutlich besser beruhigen und wohl den Schmerz verfliegen lassen."

„Ach nein." Shannon schüttelte den Kopf. Hope hatte ihr ein wenig von Levis Fähigkeit erzählt, Dinge zu spüren, und sie vertraute ihm. „Ich habe einen schmerzstillenden Trank zu Hause. Der sollte es schon hinkriegen."

Brians Schultern entspannten sich sichtlich, und er setzte sich neben sie, nahm ihre Hand in seine. „Bist du bereit zum Aufbruch?"

„Vermutlich", sagte sie.

„Wir holen deine Schuhe und geben die Rollschuhe ab", sagte Silas, der Levi zunickte, damit er sich ihm bei dieser Mission anschloss.

Nachdem sie außer Hörweite waren, lächelte Shannon Brian sanft an. „Das hat Spaß gemacht. Danke."

„Trotz der Tatsache, dass ich dir beinahe einen Bruch beschert habe?", fragte er mit einer hochgezogenen Augenbraue.

„Das war ein Unfall." Sie beugte sich zu ihm, stieß ihn sanft mit der Schulter an. „Sei nicht so hart zu dir. Dass du ungeschickt warst, hat das Date nicht ruiniert. Du bist noch im Spiel, um die Wette zu gewinnen." Sie hatte ihre Worte anerkennend gemeint, doch als sich sein Blick wegen eines Gefühls umwölkte, das sie nicht richtig festmachen konnte, runzelte sie die Stirn. „Was?"

„Ich habe mir keine Sorgen wegen der Wette gemacht, Shannon. Ich wollte nur sichergehen, dass dieser lächerliche Ausflug nicht dazu führt, dass du eine Schiene tragen musst."

Bei seiner Aufrichtigkeit verwandelte sich ihr Inneres in Brei, und sie griff fester um seine Finger. „Das war kein lächerlicher Ausflug. Ich liebe es, dass du Silas und Levi in letzter Minute mitgenommen hast, und dass du etwas so … Witziges ausgesucht hast. Weißt du, wann das letzte Mal war, dass ich auf einem Date war, bei dem ich so viel Spaß hatte?"

„Beim letzten Mal, als ich dich ausgeführt habe?", sagte er mit einem dreisten Grinsen.

Sie kicherte. „Du selbstsicherer Bastard. Aber nein. Das letzte Mal war ich zu sehr damit beschäftigt, mir vorzustellen, wie du nackt aussiehst."

Das brachte ihn zum Schweigen, sodass ihre Erheiterung größer wurde. Er blinzelte sie an und dann, direkt vor ihren Augen, verwandelte sich seine lockere, belustigte Miene in etwas, das reine Hitze war. „Sobald wir dich nach Hause bringen, kann ich dafür sorgen, dass du ein genaues Bild hast, auf das du dich nächstes Mal beziehen kannst, wenn du dir mich in meiner ganzen Herrlichkeit vorstellen willst."

„Äh, vielleicht ein andermal", sagte sie und tätschelte ihm das Bein. „Ich habe einen Teenager, der den *Vortrag* nötig hat."

Er stöhnte und tat so, als wäre er verletzt, indem er sich eine Hand aufs Herz drückte. „Wir brauchen das zweite Date so bald wie möglich."

„Sechs Dates in sechs Wochen, oder?", rief sie ihm in Erinnerung. „Wie sieht es nächsten Freitag bei dir aus?"

Er schüttelte den Kopf. „Nein. Ich will dich morgen und übermorgen ausführen. Und am Abend danach. Was sagst du? Ändern wir die Bedingungen? Sechs Dates in sechs Tagen?"

Sie wusste, dass er sie neckte. Sein Grinsen war größer geworden, und in seinen Augen funkelte der Schalk, aber sie hatte auch das Gefühl, dass etwas Aufrichtiges unter dem lag, was er sie sehen lassen wollte. Bei den Göttern. Ihr Herz würde ihr gleich aus der Brust hüpfen, wenn er so weiter machte. Sie wollte ihn dazu anstacheln, sich von ihm in der nächsten Woche umwerben lassen. Aber Silas kam mit ihren hochhackigen Schuhen zurück, und sie schüttelte den Kopf in Brians Richtung. „Nö. Nächsten Freitag."

Brian zuckte mit den Schultern. „Einen Versuch war's wert."

Die Fahrt nach Hause war von der leichtfertigen Unterhaltung der Jungs hinten erfüllt, die über Skateboards, Videospiele, Filme und eine geplante Wanderung in den nächsten paar Tagen sprachen. Shannon hörte zu, gab manchmal eine Meinung zum Besten oder brachte einen Vorschlag mit Dingen ein, die man während des restlichen Sommers in der Kleinstadt anstellen könnte.

Brian blieb still, war damit beschäftigt, sie zurück in das Städtchen zu fahren. Er sagte nichts, bis er vor ihrem Haus anhielt und die Jungs bereits aus dem SUV gestiegen waren. „Wie geht's deinem Ellbogen?"

„Nicht schlecht." Sie hielt den Arm vor und zeigte es, indem sie ihn beugte, ohne das Gesicht zu verziehen.

„Gut." Er ging um das Auto, um ihr herauszuhelfen. Nachdem er sie bis zur Tür gebracht hatte, stand er dicht bei ihr, seine Hände lagen leicht auf ihren Hüften. „Ich hatte heute Abend wirklich viel Spaß."

Sie schaute in seine dunklen Augen hinauf und schmolz beinahe dahin. Dort fand sie eine Freundlichkeit, die sie vorher noch nicht gesehen hatte. War das der echte Brian? Hatte sie sich in ihm geirrt, als sie dachte, er wäre ein Playboy aus Südkalifornien? Ein Bild von Skye, dem Mädchen, dessen Vater er geglaubt hatte zu sein, ehe er herausgefunden hatte, dass sie von Jacob war, blitzte in ihren Gedanken auf, und sie rief sich in Erinnerung, dass es möglich war, nett und ein Playboy zu sein. Wenn sie zuließ, dass sie sich in diesen Mann verliebte, war das vermutlich nur Ärger, der auf sie wartete.

Richtig?

„Shannon?", fragte er und beugte sich näher heran.

Sie schluckte schwer. „Ja?"

Seine Zunge schoss vor, um sich leicht über die Lippen zu lecken, und seine Stimme war heiser, als er fragte: „Darf ich dich heute Abend küssen?"

Auf der grünen Erde der Göttin gab es nichts, was sie dazu gebracht hätte, ihn in diesem Augenblick abzuweisen. Sie sah in seine umwerfenden dunklen Augen und sagte: „Ja."

KAPITEL 7

*B*rian saß in seinem SUV vor seinem Haus und holte tief Luft. Was genau war heute Abend mit ihm passiert? Er hatte den Abend in der Hoffnung begonnen, ein bisschen die harte Schale zu durchdringen, die Shannon um sich herum errichtet hatte, sie dazu zu bringen, ihm eine Chance zu geben, vielleicht wirklich mit ihr auszugehen. Ihre Beziehung vielleicht zu etwas mehr als nur Freundschaft auszubauen.

Stattdessen hatte er seine eigene harte Schale aufgebrochen. Nein, nicht aufgebrochen. Zerschmettert. Die überwältigenden Beschützer-Gefühle, die in ihm aufgekommen waren, als sie auf den Ellbogen gestürzt war, waren anders als alles gewesen, was er bisher für jemanden empfunden hatte. Er hatte sie in die Arme schließen wollen, sie mit nach Hause nehmen, und sich um sie kümmern, solange sie es zugelassen hätte. Letztlich hatte er sie nach Hause gefahren, ihr eine gute Nacht gewünscht und war allein nach Hause zurückgekehrt ... wie immer.

Verdammt.

Er hatte noch nie ein Problem damit gehabt, allein zu sein. Tatsächlich war es ihm üblicherweise lieber. Was immer er für Shannon empfand, war völlig neu, und er war sich nicht sicher, ob ihm das recht war.

Licht ergoss sich auf seine vordere Veranda, überraschte ihn. Wer zum Teufel war in seinem Haus? Er griff sofort nach seinem Handy, suchte schnell nach Drew Baker, dem Hilfssheriff von Keating Hollow. Er hatte bereits auf Anrufen gedrückt, als der Eindringling in Sicht kam.

„Cara?", fragte er, obwohl keine Möglichkeit bestand, dass sie ihn hören konnte, da er immer noch in seinem SUV saß.

„Baker", sagte Drew am anderen Ende der Leitung.

„Hey, Drew. Hier ist Brian Knox. Ich dachte, bei mir wäre ein Eindringling, aber es hat sich herausgestellt, dass es eine Freundin ist, die ich nicht erwartet habe. Tut mir leid, dass ich dich wegen nichts störe."

Drew stieß ein leises Lachen aus. „Keine Sorge, Mann. Mir ist ein falscher Alarm lieber als was Ernstes."

„Verstehe ich. Sehen wir uns morgen Abend im Brauerei-Pub?"

„Auf jeden Fall. Hab noch einen schönen Abend." Drew beendete den Anruf, während Brian die Tür aufschob.

„Da bist du ja", sagte Cara, die Hände auf den Hüften, während sie ihn anfunkelte. „Wo zum Teufel warst du?"

Er stand in seiner Auffahrt, kniff die Augen in ihre Richtung zusammen und ignorierte ihre Frage. Es ging sie verdammt noch mal nichts an. „Cara. Ich dachte, du wärst schon vor Stunden nach L.A. aufgebrochen."

„Das sehe ich." Ihr Tonfall war genauso eisig wie der Ausdruck auf ihrem Gesicht. „Du warst bei ihr, oder?"

„Falls du Shannon meinst, dann ja, dort war ich. Was stört dich denn daran?" Er bewegte sich an ihr vorbei und marschierte ins Haus, fragte sich, wie sie hineingekommen war. Er erinnerte sich eindeutig daran, dass er die Tür abgeschlossen hatte, als er früher am Abend aufgebrochen war.

„Wir sind zusammen!", schrie sie hinter ihm, stand immer noch auf seiner Veranda.

Brian wirbelte so schnell herum, dass es ihn nicht überrascht hätte, eine Brandspur seines Absatzes auf dem Boden zu hinterlassen. „Was?"

„Wir sind zusammen. Unsere Familien erwarten bis zum Ende des Jahres eine Verlobung." Sie warf die Hände in die Luft und marschierte an ihm vorbei in die Küche, wo sie eine Flasche Wein aus dem Kühlschrank nahm und sich ein Glas einschenkte.

Brian stand still, beobachtete sie entsetzt, während sie das halbe Glas Weißwein hinunterstürzte. Dann ließ das Entsetzen allmählich nach, während sich purer Zorn breitmachte. „Wir sind *nicht* zusammen." Sie öffnete den Mund, um zu widersprechen, aber er hob eine Hand und hielt sie auf. „Mir ist egal, was dein Vater sagt. Ich habe dich als Freund zu der Hochzeit mitgenommen, damit du nicht allein sein musstest." Seine Stimme klang barsch, selbst in seinen Ohren, und er verzog das Gesicht. Da er ein Gentleman sein wollte, und nicht irgendein völlig unsensibles Arschloch, machte er seine Stimme weicher. „Hör mal, es tut mir leid, wenn du den falschen Eindruck bekommen hast, aber ich glaube nicht, dass es eine gute Idee ist, dass wir zusammen sind."

„Weil du unbedingt Shannon ins Bett kriegen möchtest", sagte sie und klang trotzig.

Er konnte ihre Behauptung nicht gerade widerlegen. Er wollte Shannon. Er wollte sie mehr als vielleicht irgendjemanden irgendwann sonst. Aber das ging sie nichts an. Und offen gesagt nahm er es ihr übel, dass sie das erwähnte.

„Fangen wir nicht damit an, in Ordnung? Willst du mir erzählen, weshalb du dich umentschieden hast und zurück nach Keating Hollow gekommen bist?"

Sie verschränkte die Arme vor der Brust und presste die Lippen aufeinander.

Er sah auf sie hinab. „Wenn du nicht drüber reden willst, weshalb du hier bist, kannst du mir vielleicht erzählen, wie du hereingekommen bist. Mein Haus war abgeschlossen."

Ihre Miene wurde verlegen, während sie sich von ihm abwandte und etwas murmelte.

„Was war das?", wollte er wissen.

Sie warf die Hände in die Luft. „Ich habe ein Fenster aufgestemmt. Los, lass mich festnehmen. Ich musste aufs Klo und konnte nicht mehr länger warten."

Cara wirkte lächerlich, das Kinn vorgereckt und die Handgelenke nebeneinander, als würde sie drauf warten, in Handschellen gelegt zu werden. Plötzlich war Brian erschöpft, und ohne ein weiteres Wort drehte er sich um und zog sich tiefer in sein Haus zurück.

Hinter ihm erklangen Schritte, und er unterdrückte ein Seufzen. Es war ja nicht so, als könne er ihr einfach befehlen, zu gehen. Es war spät, und sie hatte kein Auto. Er fragte sich unvermittelt, wie sie zurück zu seinem Haus gekommen war. Uber? Ein Taxi? Vermutlich eines von beidem. Oder sie hatte sich sogar ein Auto gemietet. Wie, spielte keine Rolle. Er wusste nur, dass er ihr jetzt wieder das Gästezimmer anbieten musste.

„Ich bin unterwegs ins Bett", sagte er, ohne sie anzuschauen. „Das Gästezimmer gehört dir."

„Ich hatte kein Abendessen", rief sie.

Er biss die Zähne zusammen, holte tief Luft und zwang hervor: „Nimm dir irgendwas aus dem Kühlschrank."

„Danke." Ihre Stimme war nun leise, sodass er sich wie ein einmaliges Arschloch vorkam. Aber Teufel auch, er war nicht derjenige, der in jemandes Haus eingebrochen war und ihm vorgeworfen hatte, zu betrügen, obwohl sie nicht einmal eine Beziehung hatten.

Er hielt inne, strich sich mit der Hand durch die Haare. Als er sich umdrehte, schaute er in ihre verhaltene Miene. „Wir reden morgen, nachdem wir ein wenig Schlaf bekommen haben."

„Ich glaube, das ist vermutlich das Beste", sagte sie.

„Gute Nacht, Cara."

„Gute Nacht, Brian."

DAS LAUTE KLINGELN von Brians geschäftlichem Telefon weckte ihn aus dem Tiefschlaf. Er fuhr im Bett hoch, blinzelte mit verschwommenem Blick. Auf der Uhr stand 7:07 Uhr.

„In drei Teufels Namen", murmelte er. „Wer ruft denn zu einer so unheiligen Zeit an?" Brian stieg aus dem Bett, trug nur seine Boxershorts und war unterwegs in das Wohnzimmer, wo sein Schreibtisch an einer Wand stand. Da er allein lebte, hatte er seinen Arbeitsplatz an der Stelle mit dem besten Blick auf das Tal aufgestellt, unterhalb seiner zwei Hektar Grund, an der Seite des Berges von Keating Hollow.

Das Telefon klingelte weiter, störte seinen ursprünglich friedlichen Morgen.

„Knox Designs", sprach er in den Hörer.

„Knox. Was zum Teufel haben Sie meiner Tochter angetan?", brüllte Manchester durch die Leitung.

Brian nahm sich einen Augenblick, um zu verarbeiten, was

sein Kunde gesagt hatte. Dann räusperte er sich. „Es tut mir leid, Sir. Ich weiß nicht, wovon Sie da reden."

„Stellen Sie sich nicht dumm, Knox. Sie können doch nicht einfach direkt vor ihr mit einer anderen Frau ausgehen. Sie ist am Boden zerstört. Sie hat mich noch vor Sonnenaufgang angerufen, am Rande der Verzweiflung. Sie müssen für mich den ersten Flug hier runter nehmen und sich entschuldigen, sonst geht dieser Geschäftsabschluss ganz schnell den Bach runter."

„Äh, was?" Brian ging rasch durch den Gang und warf einen Blick in das Gästezimmer. Das Bett war gemacht, und Cara war nirgends zu sehen.

„Sie haben mich gehört. Ich kann nicht mit dem Mann arbeiten, der meinem kleinen Mädchen das Herz gebrochen hat. Seien Sie bis zum Abend hier, oder sonst muss ich, fürchte ich, einen anderen Designer finden."

„Ich habe doch gar nicht …"

Am anderen Ende der Leitung war ein lautes Klicken zu hören. Schon wieder hatte der Bastard aufgelegt. Brian knallte das Telefon auf den Tisch und rief: „Cara? Bist du da?"

Schweigen.

Brian stieß ein leichtes Seufzen aus. War sie gegangen? Vielleicht hatte er Glück. Nachdem er sich ein T-Shirt und eine Jeans angezogen hatte, begab sich Brian zur Küche und beschäftigte sich damit, Kaffee zu machen. Sobald er sich das Koffein verabreicht hatte, würde er anfangen, sich mit diesem Vormittag zu befassen. Doch während der Kaffee allmählich durchlief, erspähte er eine Nachricht, die im Barbereich lag. Zögerlich nahm er sie auf und las die ordentliche Handschrift.

Brian,

ich glaube, wir brauchen eine Pause, damit jeder von uns herausfinden kann, was wir in dieser Beziehung möchten. Ich bin mit einem Flug um sechs Uhr früh nach Hause unterwegs. Ruf mich an, sobald du beschlossen hast, das Richtige für uns alle zu tun. Cara.

NEBEN IHREN NAMEN hatte sie ein winziges Herz gemalt, bei dem er sich übergeben wollte. Stattdessen zerknüllte er die Nachricht und warf sie in den Müll. Wie war er denn in diesen Schlamassel geraten? Er war niemals mit Cara zusammen gewesen. Hatte niemals zugestimmt, mit Cara zusammen zu sein. Na ja, jedenfalls nicht wirklich. Er hatte sie als Teenager auf ein paar Events ausgeführt, aber das war vor über fünfzehn Jahren gewesen. Selbst damals hatten ihre Eltern schon darauf angespielt, dass das Paar heiraten würde, wenn es an der Zeit war. Brian hatte sie immer ignoriert. Denn wer denkt denn mit neunzehn daran, zu heiraten? Gewiss nicht er, und nicht jemanden, den seine Eltern für ihn ausgesucht hatten.

Mit seinem Kaffee in der Hand ging er zurück an seinen Schreibtisch, schaute auf die Skizzen hinab, die er für Manchester angefertigt hatte, und schob dann den ganzen Ordner in den Papierkorb. Es gab keine Umstände, die ihn dazu bringen könnten, nun noch die Pläne für Manchesters neues Spa zu entwerfen. Nicht, nachdem der Alte ihn bedroht hatte.

Wieder begann das Telefon zu klingeln. Er stieß einen Fluch aus und nahm ab. „Knox."

„Brian", dröhnte die Stimme seines Vaters durch die Leitung.

„Hast du jemand anderen erwartet?" Er nahm einen

Schluck von seinem Kaffee und setzte sich in seinen ledernen Bürostuhl.

„Sei nicht so schnippisch. Was hast du Cara Manchester angetan? Ihr Vater hat mich gerade angerufen und mir ein Ohr abgekaut. Er droht, sich aus unserer Partnerschaft zurückzuziehen, wenn du deinen Schlamassel nicht aufräumst."

„Dann wirst du einen neuen Partner finden müssen, Dad, denn dieser Mann ist völlig durchgedreht. Ich habe seiner Tochter gar nichts angetan." Brian streckte sich und schaltete seinen Computer an.

„Er sagte, du hättest ihr das Herz gebrochen. Reparier das", knurrte sein Vater.

„Nein."

„Nein?", fragte sein Vater in einem albernen Tonfall, als wäre es empörend, dass Brian sich ihm entgegenstellte. Und vielleicht war das in der Vergangenheit immer so gewesen, aber jetzt nicht mehr. Brian arbeitete nicht für das Familienunternehmen, und er hatte es auch niemals vorgehabt. Nicht noch einmal. Und selbst wenn sein Design-Geschäft niemals abhob, war das auch in Ordnung. Ihm gehörte ein extrem profitables Online-Geschäft mit Wellnessbedarf, das nichts mit der Knox Corporation zu tun hatte. Als Brian nichts sagte, fügte sein Vater an: „Du wirst die Dinge mit Manchester und Cara in Ordnung bringen, oder es gibt Konsequenzen."

„Was für Konsequenzen, Dad? Streichst du mich aus deinem Testament? Na, dann hör mal: Das ist mir egal. Tu, was du tun musst. Aber niemand wird mir vorschreiben, mit wem ich zusammen bin oder wen ich heirate. Ich bin für dich oder für die Knox Corp kein Deckhengst, und auch nicht, um meine eigenen geschäftlichen Interessen weiterzutreiben. Verstanden?"

Sein Vater stieß ein Seufzen aus, das eher matt als wütend klang. „Natürlich solltest du das nicht tun. Ich würde niemals verlangen, dass du deine Integrität aufgibst, aber wenn wir nichts unternehmen, wird sich ein riesiges Geschäft für uns in Luft auflösen."

„Für uns, Dad? Ich gehöre nicht mehr zur Knox Corp. Was genau erwartest du denn von mir? Dass ich ein Interesse an Cara heuchle, damit du aus diesem Abschluss bekommst, was du willst? Na, da habe ich Neuigkeiten für dich. Das wird nicht passieren. Ich bin mit jemandem zusammen. Tatsächlich bringe ich sie zu Brittanys Hochzeit mit. Da kannst du sie kennenlernen."

Es gab eine lange Pause, ehe sein Vater fragte: „Wie ernst ist es?"

„So ernst, wie es nur sein kann", sagte er und spürte, wie sein Herz einen Schlag lang aussetzte. Verdammt. Das musste er doch unter Kontrolle bringen, oder nicht? Er hatte immer vorgehabt, Shannon auf die Hochzeit mitzubringen und sie als seine Verlobte vorzustellen. Es war ein Schritt zur Selbsterhaltung und gehörte zur Wette. Er hatte nicht erwartet, dass ihm die Vorstellung so sehr gefiel, wie es der Fall war.

„Hast du ihr einen Ring gekauft?" Sein Vater wurde jetzt ganz geschäftlich. Zweifelsohne wollte er genau wissen, was für eine Frau er als Schwiegertochter bekam. Na, das konnte er sich weiter fragen. Brian hatte nicht die Absicht, zusätzliche Einzelheiten über Shannon herauszurücken, bis sie auf der Hochzeit seiner Schwester auftauchten.

„Nein. Aber das habe ich vor." Brian war überrascht, als er feststellte, dass die Vorstellung ihn nicht in Panik versetzte, wie es vielleicht noch vor einem Jahr der Fall gewesen wäre. Hatte die Zeit ihn weicher gemacht, oder lag es nur daran, dass er sich eine Frau an seiner Seite vorstellte? Er schüttelte den Kopf. Nichts davon war wirklich. Es war nur eine Geschichte, um seine Familie dazu zu bringen, von ihm abzulassen. Er musste aufhören, sich Shannon mit einem Edelstein am Finger vorzustellen.

„Ich verstehe. Also halt noch etwas länger an diesem Gedanken fest. Ich glaube, es gibt eine Möglichkeit, dieses Geschäft zu retten, ohne dich an die Manchesters zu verheiraten. Aber ich werde deine Hilfe brauchen."

„Wobei?", fragte Brian, der sich eine Hand auf die Stirn drückte. Weshalb war er Teil dieser Familie? Es gab einen Grund, weshalb er fünfhundert Meilen von ihnen weggezogen war.

„Wir müssen Manchester beruhigen, aber er wird nicht dafür empfänglich sein, wenn du mit einer Verlobten prahlst. Kannst du heute Nachmittag herkommen?"

Nein. Die echte Antwort lautete ja, das konnte er. Aber es gab nichts, bis auf einen medizinischen Notfall, das ihn hinab nach Südkalifornien bringen würde, nach dem Ultimatum, das Manchester ihm gesetzt hatte. Er fasste die Unterhaltung für seinen Vater zusammen und sagte: „Ich glaube nicht, dass einer von uns Manchester das Gefühl geben sollte, er wäre in einer Machtposition. Wenn ich da runterfliege, glaubt er, er kann uns herumkommandieren."

„Stimmt." Sein Vater holte scharf Luft. „Okay. Auch egal. Ich kümmere mich um ihn. Nur … halte dich vorerst bedeckt."

„Mache ich das nicht immer?", fragte Brian. „Niemand schreibt hier oben irgendwelche Promi-Gerüchte über mich."

„Nein, aber wenn jemand herausfindet, dass Manchester eine Verlobung erwartet hat, zu der es nicht kommt, glaub bloß nicht, dass dir Keating Hollow irgendeinen Schutz bieten kann. Die Geier werden kreisen."

Das stimmte. Der Name Knox war weit genug bekannt, dass die Klatschblätter, wenn sie von irgendwas Wind bekamen, herabstoßen würden wie Möwen auf einen Fischkutter. Nein, danke. Er liebte sein ruhiges Leben in Keating Hollow. Er brauchte keine Reporter, die es ihm vermasselten. „Verstanden. Ich rede später mit dir. Ich muss mich an die Arbeit machen."

„Hast du überhaupt Arbeit?", fragte sein Vater. „Ich habe gehört, dass Manchester sich von dir abgeseilt hat."

Brian verdrehte die Augen. „Ja, Dad. Ich habe ein gut laufendes Online-Lieferunternehmen, weißt du noch? Es gibt immer irgendwas, um das man sich kümmern muss. Ehrlich gesagt ist mir Manchesters Design egal. Jetzt bin ich frei, um andere Kunden zu suchen, und nicht mehr an seine Ausschließlichkeitsklausel gebunden. Der Mann war auf allen Ebenen schrecklich."

„Ist das so?", fragte sein Vater.

„Ja. Pass bloß auf, was du ihm zugestehst. Er wird alles ausnutzen. Vertrau mir. Stell bloß sicher, dass deine Verträge wasserdicht sind."

„Das sind sie immer."

KAPITEL 8

*D*er süße Geruch nach Karamell und Schokolade lag in der Luft, als Shannon die Glastheke öffnete, um die Regale zu putzen. Sie hatte in *Ein Löffelchen Magie* den ganzen Tag lang noch keine Pause gehabt und konnte es nicht erwarten, nach Hause zu kommen und die Füße hochzulegen.

Es war später Nachmittag, etwa zwanzig Minuten vor Ladenschluss, als sich die Erschöpfung über Shannons müde Glieder legte. Nach ihrem Ausgehabend auf der Rollschuhbahn mit Brian und den beiden Teenagern hatte sie Levi und Silas eine gute Nacht gewünscht, sie vor dem Fernseher sitzen lassen und war direkt ins Bett gegangen. Leider hatte sie nicht viel Schlaf gefunden. Tatsächlich hatte sie im Bett gelegen und immer wieder den Kuss durchlebt, den Brian ihr gegeben hatte, sich gewünscht, sie hätte den Mumm gehabt, ihn nach drinnen zu bitten. Stattdessen hatte sie ihn ein letztes Mal geküsst, ihm gesagt, sie hätte viel Spaß gehabt, und war danach hineingelaufen, ehe sie noch nachgab. Ihn zu bitten, bei ihr zu bleiben, war ein Fehler, den sie nicht noch einmal machen würde.

Wenn man bedachte, wie müde sie war, war sie wieder einmal dankbar um ihre Luftmagie. Sie gestattete es ihr, mit ihrem Zauberstab zu wedeln und den Wischmopp über den Boden des Süßwarenladens zu schicken, sodass ihr alle körperlichen Mühen erspart blieben. Nur noch zehn Minuten, und sie hätte frei, um nach Hause zu gehen, sich in ihrer Yogahose zusammenzurollen und übrig gebliebene überbackene Nudeln zu essen. Sie konnte es kaum erwarten.

Der Wischmopp beendete gerade seine Aufgabe, als das Telefon wie eine Reihe von Glöckchen läutete. Miss Maple hatte einmal gesagt, wenn sie schon unbedingt ein Telefon haben mussten, sollte der Klingelton zumindest angenehm sein. Shannon stimmte zu, aber heute war sie einfach nur genervt, dass jemand fünf Minuten vor Ladenschluss anrief.

Sie setzte ein Lächeln auf, von dem sie hoffte, dass es einen fröhlichen Tonfall erzwingen würde, und ging ran. „*Ein Löffelchen Magie*, wie können wir Sie heute bezaubern?"

„Shannon?" Die Stimme ihrer Mutter war barsch, während sie ins Telefon keifte. „Wo zum Teufel ist Silas? Wir haben morgen ein Meeting, das er nicht versäumen darf."

Shannon verkniff sich ein Stöhnen, während sie das unangenehme Gefühl in ihrer Magengrube zu ignorieren versuchte. „Einen schönen Tag auch dir, Mutter. Es ist eine Weile her, nicht? Wie geht es dir?"

„Nicht gut. Wo ist dein Bruder. Er ist bei dir, oder?"

Das Verlangen, einfach aufzulegen und so zu tun, als hätte dieses Telefonat niemals stattgefunden, war stark. Doch Shannon konnte das nicht. Silas war immerhin noch minderjährig, und obwohl Shannon mit so gut wie jeder Entscheidung nicht einverstanden war, die ihre Eltern getroffen hatten, wenn es um Silas ging, und was für ihn am besten war, verdienten sie es, zumindest zu wissen, dass er in

Sicherheit war. „Ja. Er ist hier in Keating Hollow, aber er ist nicht bei mir in der Arbeit. Er ist vermutlich zu Hause oder wandert oder so was."

„Wandern! Das kann er nicht machen. Seine neue Serie wird ab nächster Woche gedreht. Wenn er sich verletzt, wird das ein Riesenproblem. Du musst ihn suchen und dafür sorgen, dass er sich ins nächste Flugzeug nach Los Angeles setzt. Schreib mir seine Flugnummer, und ich lasse ein Auto auf ihn warten."

Die Glocken über der Tür des Ladens läuteten, und Shannon schaute auf, um festzustellen, dass Silas und Brian durch die Tür kamen. Silas hatte ein Grinsen auf dem Gesicht, während Brian einen Strauß Sonnenblumen hielt. Brian sagte tonlos *Hi* und schenkte ihr ein sexy Grinsen, das wie ein erfreulicher Blitz durch sie hindurch ging.

Hui. Wo war ein Ventilator, wenn man mal einen brauchte?

„Shannon? Hast du mich gehört?", fragte Gigi Ansell.

„Ich habe dich gehört. Aber er wird nicht in dieses Flugzeug steigen, Mom. Sein Auto steht hier, und soweit ich es sagen kann, will er diese neue Serie nicht drehen. Hat er dir das nicht gesagt?"

„Mom?", flüsterte Silas und wurde blass, während er das Gesicht verzog.

Shannon nickte, warf ihm einen mitfühlenden Blick zu.

„Pfft. Wir heuern jemanden an, der es zurückfährt. Oder du machst es. Es ist viel zu lange her, seit du zu Hause warst. Ich schwöre, dieses verschlafene Städtchen ist wie Treibsand, der dich verschluckt hat. Du musst da raus, ehe du dich nicht mehr daran erinnerst, wie du mit der übrigen Welt zurechtkommst."

„Ich fahre nicht runter nach L.A." Als sie zum letzten Mal weggegangen war, hatte sie geschworen, niemals zurückzufahren. Ihre Eltern hatten es ihr ruiniert.

„Gut. Dann steig mit Silas ins Flugzeug. Es ist kein Problem, einen Fahrer anzuheuern. Ich erwarte euch beide morgen."

„Das ist schlicht unmöglich. Ich habe hier einen Job. Ich kann nicht einfach alles stehen und liegen lassen und von einem Augenblick auf den anderen tun, worum du bittest", sagte Shannon, die ihre Gefühle zurückhielt. Hätte sie das nicht getan, hätte sie ins Telefon gebrüllt.

„Wie oft habe ich dir erzählt, dass du nicht in diesem lächerlichen kleinen Laden arbeiten musst?", fragte Gigi, ihre Missbilligung kam laut und deutlich durch. „Hier in der Managementfirma wartet ein Job auf dich, bis wir dein Portfolio wieder in Form bringen. Du musst einfach ..."

„Mutter, ich muss überhaupt nichts. Mir gefällt es hier. Ich bin hier glücklich. So schlimm kann es nicht sein. Du hast mich hier aufgezogen." Die Ansells waren nach Keating Hollow gezogen, als Shannon erst sieben Jahre alt gewesen war. Die Mutter ihres Vaters hatte hier gelebt, und er hatte Gigi davon überzeugt, dass sie sich auf ihre alten Tage um seine Mutter kümmern mussten. Gigi hatte widerstrebend mitgemacht. Sie hatte hochtrabend Pläne gehabt, in Hollywood groß rauszukommen. Sie hatte ein paar kleinere Rollen gespielt, aber nichts, was die Rechnungen bezahlte. Als das Geld also knapp geworden war und Oma Ansell Pflege brauchte, waren sie alle drei umgezogen.

Elf Jahre später, als Silas erst vier Jahre alt gewesen war, war Oma Ansell gestorben, und Shannon hatte sich an der UCLA eingeschrieben, weshalb die ganze Familie nach Südkalifornien gezogen war. Gigi war erpicht darauf gewesen, Shannon und Silas zu Stars zu machen. Vier Jahre später hatte Shannon das College abgeschlossen und war sofort zurück nach Keating Hollow gezogen. Sie war fertig mit Vorsprechen, damit, zu hören, dass sie weitere fünf Kilo abnehmen musste, und am allermeisten fertig damit, ihrer kritischen Mutter Rede und Antwort zu stehen. Sie bedauerte nur, dass sie Silas mit ihnen allein gelassen hatte.

Denn dann war es dazu gekommen, dass Gigi Ansell ihre ganze Aufmerksamkeit Silas zugewandt hatte. In den letzten neun Jahren hatte er für mehr Kataloge Modell gestanden und war in mehr Werbefilmen aufgetreten, als sie zählen konnte. Aber anders als Shannon gefiel ihm die Arbeit tatsächlich. Nur zu schade, dass ihre Mutter ihr Bestes gab, um seine Liebe zu diesem Geschäft zu zerstören.

„Ich wurde gezwungen, nach Keating Hollow zu ziehen. Das weißt du. Dein Vater … Nun, er hat immer bekommen, was er wollte, wenn es um unsere Ehe ging, aber seit er mit *dieser* Frau im Bett war, haben sich die Dinge geändert. Ich habe jetzt die Hosen an. Tatsächlich ist er gerade unterwegs, um sich bei den Produzenten von Stream Box einzuschleimen. Das ist ein frisch gestarteter Streaming-Service, und ich würde meine neuen Louboutins darauf verwetten, dass ich dich in die Stammbesetzung der neuen Serie reinbringen könnte, die nächstes Jahr rauskommt. Was sagst du? Soll ich morgen Nachmittag ein Meeting ansetzen?“

Wenn sie ihre Louboutins einsetzte, hieß das wohl, dass sie über hundert Prozent sicher war, dass sie bekommen würde, was sie wollte. Wenn es eines gab, das ihrer Mutter wirklich wichtig war, dann waren es ihre Designerschuhe. Status bedeutete ihr alles.

„Nein, danke“, sagte Shannon, die so tat, als wäre es keine große Sache, mal eben ein Meeting mit einer richtig großen Produzentennummer abzulehnen. Tatsächlich war es das für sie auch nicht. Ihr gefiel die Schauspielerei, doch das Geschäft dahinter war ihr völlig egal. Und wenn es bedeutete, dass ihre

Mutter ihre Karriere managte, dann verzichtet sie nur zu gerne. „Ich werde hier in Keating Hollow bleiben, mit Silas. Ich glaube, du musst ihm mal eine Pause gönnen. Er ist ausgebrannt, Mom. Lass ihn ein paar Tage ausruhen, und dann ruf ihn an."

„Ausruhen? Er ist schon über eine Woche weg." Gigi schnaubte. „Er ist siebzehn, nicht siebenundvierzig. Er muss nur einen Tag ausschlafen, und er ist so gut wie neu."

„Äh, hast du ihn dir in letzter Zeit mal angesehen? Er hat Augenringe und ist viel blasser als sonst. Ich glaube, das Beste, was du machen kannst, wäre, ihm eine Pause zu gönnen", sagte Shannon.

„Himmel, danke auch, Schwester. Gut zu wissen, dass du findest, ich sähe aus wie der wandelnde Tod", murmelte Silas.

Shannon drückte die Hand auf den Hörer und flüsterte: „Psst, ich erkaufe dir ein paar Tage, bevor du dich mit ihr befassen musst."

Er hob ergeben die Hände und setzte sich dann, machte sich auf einem der Sessel breit.

Ihre Mutter stieß ein ziemlich genervtes Seufzen aus. „Gut. Aber falls er nicht rangeht, wenn ich in zwei Tagen anrufe, fliege ich selbst da rauf und hole ihn nach Hause."

„Mom, ich kann doch …"

„Vergiss es, Shannon. Das ist kein Spiel. Es ist seine Karriere. Wenn er ein paar Tage zwischen den Mammutbäumen spielen muss, na gut. Aber ich lasse nicht zu, dass er sich den übrigen Sommer lang versteckt. Er hat Verpflichtungen, um die er sich kümmern muss."

Ein hörbares Klicken ertönte, und Shannon wusste, dass ihre Mutter den Anruf beendet hatte. Sie legte den Hörer auf das Telefon des Ladens und ging hinüber zum Tisch, um sich neben Silas zu setzen.

„Und?", fragte er.

Shannon rieb sich über die Schläfe. „Ich habe dir zwei Tage verschafft, bevor ihr Kopf explodiert. Sie fordert, dass du dann mit ihr redest, oder sie wird hier raufkommen und dich selbst abholen."

Er stöhnte und barg das Gesicht in den Händen.

„Tut mir leid. Bist du heute losgezogen, um dich mit Lorna White zu treffen?", fragte sie und bezog sich dabei auf die Anwältin der Stadt.

„Nein." Er ließ den Kopf auf den Tisch fallen und fing an, sanft mit dem Schädel gegen das Holz zu stoßen.

„Pass auf, dass da drin nichts locker wird", sagte Brian mit einem leichten Kichern. „Ich wette, sie ist noch in ihrem Büro, wenn du hingehen willst."

Er hielt in seiner Selbstzerstörung inne und wandte den Kopf, um Shannon anzuschauen. „Glaubst du, ich kann ihr vertrauen?"

„Vermutlich", sagte Shannon. „Lorna ist eine Kleinstadtanwältin, der Prestige völlig egal ist, oder ob sie den Falschen anpisst. In anderen Worten: Mom hat wohl keinen Einfluss auf sie, anders als bei einigen Anwälten in Hollywood."

„Argh. Gut." Er schob sich hoch. „Ich rede mit ihr."

„Brauchst du Gesellschaft?", fragte Shannon, die sich erhob. Sie wollte unbedingt mit ihm kommen, mit eigenen Ohren hören, was Lorna zu sagen hatte, doch sie wusste auch, dass Silas es satthatte, verwaltet zu werden. Manche Dinge musste er mit sich selbst ausmachen.

„Nein. Nicht heute Abend. Ich will nur herausfinden, was dazugehört und wie lange es dauert. Wenn es ein sechs Monate langer Prozess ist, lohnt es sich kaum, oder?", fragte er.

„Stimmt." In nur acht Monaten würde er achtzehn werden.

Alles, was sich länger ziehen konnte, war vermutlich das Familiendrama nicht wert.

„Ich sehe dich dann zu Hause." Er ging zur Eingangstür, doch kurz bevor er hinaustrat, drehte er sich zu Brian um und sagte: „Viel Glück, Mann."

Shannon hob eine Augenbraue in Brians Richtung. „Wofür brauchst du denn Glück?"

„Das." Er reichte ihr den Strauß Sonnenblumen, griff in eine Segeltuchtasche, die ihr vorher nicht aufgefallen war, und zog eine Kerze heraus. Nachdem er sie mit nur dem Daumen und Zeigefinger angezündet hatte, stellte er sie auf den Tisch und sah zurück, während er die Arme um Shannons Taille legte.

„Beeindruckend", neckte sie ihn, wobei sie sich auf die kleine Vorführung seiner Feuermagie bezog.

Er grinste zu ihr hinab. „Wart nur ab."

Shannon beäugte ihn argwöhnisch. „Was ist …"

Die Flamme schoss hoch in die Luft und verwandelte sich in einen funkelnden Zauberstab. Der Zauberstab schrieb in der Luft, wobei die Worte zurückblieben: *Gehst du mit mir zum Abendessen?*

Shannon konnte nicht anders, als verzaubert zu sein. Wie süß war das denn?

„Wenn du keine Lust auf Essen hast, bin ich auch mit einem Drink oder einem Spaziergang am Fluss zufrieden. Ich wollte nur einen Augenblick allein mit dir, da unser Date am Ende inklusive Teenagern war. Nicht, dass ich sie nicht gerne dabei hatte. Sowohl Levi als auch Silas sind gute Jungs."

„Das sind sie", sagte Shannon, die ihm einen Blick von der Seite zuwarf. „Zählt das als Date Nummer zwei?"

Sie sah, wie er im Geiste abwog, wie er diese Frage beantworten wollte. Wenn er Ja sagte, würde er die Chance

78

erheblich erhöhen, dass sie ja sagen würde. Wenn er Nein sagte, hätte er immer noch fünf weitere Dates und genug Zeit, sie zu planen, bevor die Wette um war. „Du hast mir gestern gesagt, dass es bei der Wette um ein Date pro Woche, sechs Wochen lang geht, also nein. Dieses zählt nicht. Es ist nur so, dass ich gern Zeit mit dir verbringen und dich ein wenig besser kennenlernen würde, bevor wir das nächste Date haben."

Teufel auch, wie konnte sie dazu Nein sagen? Tatsache war, dass sie gar nicht Nein sagen wollte. Und nachdem sie es mit ihrem Albtraum von einer Mutter zu tun gehabt hatte, wollte sie nur noch diese Unterhaltung aus ihren Gedanken schieben. Brian war die perfekte Ablenkung. „Okay, klar. Wie wäre es mit Abendessen im Pub und dann einem Spaziergang unten am Fluss?"

Auf seinen Lippen machte sich ein großes Grinsen breit. „Da musst du mich nicht zweimal fragen." Er hielt ihr den Arm hin. „Bereit?"

„So was von." Sie zog ihren Zauberstab aus dem Halter an ihrer Taille, richtete kurz die Spitze auf den Mopp-Eimer und schickte ihn zurück an seinen Platz im immer noch offenen Schrank, dann schaltete sie die Lichter ab, ehe sie hinaus auf den gepflasterten Bürgersteig der Hauptstraße von Keating Hollow trat.

KAPITEL 9

$\mathcal{B}$rian ließ seine Hand in die von Shannon gleiten und achtete nicht auf den merkwürdigen Druck in seiner Brust, der sich in dem Augenblick eingestellt hatte, als sie dem Date zugestimmt hatte. Er hatte erwartet, dass sie Nein sagen würde, besonders, nachdem er versucht hatte, sie mit seinem kitschigen Magietrick zu beeindrucken. Er stieß ein leises Lachen aus, sowohl verlegen als auch erheitert über seine amateurhaften Dating-Künste.

„Was ist denn so lustig?", fragte Shannon. Die Sonne hing tief im Himmel, sorgte für ein warmes Leuchten, das ihren Zügen im spätnachmittäglichen Licht Glanz verlieh.

„Ich. Ich kann nicht glauben, dass mein Feuertrick tatsächlich funktioniert hat." Er spürte, wie sein Gesicht heiß wurde, und wünschte sich, die Röte möge verschwinden.

Shannon lachte. „Okay, er war ein bisschen kitschig. Aber mir gefällt das. Jeder, der mich zum Lachen bringt, bekommt Bonuspunkte."

„Hast du darum Ja gesagt? Du findest mich erheiternd?"

„Ja … und nein." Sie zuckte mit einer Schulter. „Ehrlich

gesagt wünsche ich mir Ablenkung davon, mich mit meiner Mutter herumschlagen zu müssen. Sie schafft es irgendwie immer, an mich ranzukommen."

Brian stieß ein Schnauben aus. „Das klingt genau wie meine Beziehung zu meinem Vater. Ich hatte heute auch eines dieser Gespräche."

Sie wechselten einen langen Blick, fühlten beide schweigend mit dem anderen mit.

Er zog sie etwas näher an sich, lenkte sie von dem klebrigen Schlamassel einer geschmolzenen Eiskugel weg, die vor dem *Incantation Café* liegen geblieben war.

Sie schaute hinab auf den Bürgersteig, und als sie wieder aufsah, lag in ihren Augen ein sanfter Ausdruck. „Dankeschön."

„Keine Ursache." Ihm gefiel, dass er es geschafft hatte, an ihrer kecken Außenschicht vorbeizukommen, um auf ihre weichere Seite zu stoßen. Das brachte ihn dazu, es immer wieder tun zu wollen.

Die Keating Hollow Brauerei war überraschend still trotz der Tatsache, dass es Sommer war, eine Jahreszeit, die berüchtigterweise viel Trubel in die Stadt brachte. Sadie, eine kleine Blonde, eilte herüber, um sie willkommen zu heißen. „Hey, Shannon, Brian. Nur ihr beiden heute Abend?", fragte sie.

„Ja." Brian ließ Shannons Hand los und legte ihr seine auf den Rücken.

„Was ist los? Wo sind denn alle?", fragte Shannon, während sie Sadie zu einem Tisch in der Nähe des Fensters folgten.

„Drüben bei den Pelshes findet irgendeine Vorkost-Party statt, die Rex Holiday auf die Beine gestellt hat. Kostenloser Wein zieht doch immer." Sie lächelte. „Wisst ihr was? Obwohl mein Trinkgeld heute Abend furchtbar ausfallen wird, ist es mir eigentlich egal. Es ist schön, hin und wieder mal Pause zu haben."

„Das verstehe ich", sagte Shannon. „Kein Wunder, dass es im Laden heute Nachmittag schleppend lief."

„Ja." Sadie nickte. „Ich schätze, Rex versucht, die Reaktionen der Gäste auf die Weine einzuschätzen, an denen er mit Mr. Pelsh gearbeitet hat. Sie testen ihre ersten Cuvées und wollen entscheiden, welche sie schon produzieren und welche sie noch etwas altern lassen wollen. Ich habe gehört, dass Mr. Pelsh auch Flaschen hat, die im letzten Jahr abgefüllt wurden, die er probieren möchte. Es klingt nach einer ziemlichen Party für das ganze Städtchen, wenn man mich fragt."

„Auf jeden Fall", sagte Brian, der die Speisekarte entgegennahm. „Aber heute Abend werde ich, glaube ich, einfach Rhys' neuen Birnen-Cider probieren. Ich habe gehört, der ist wirklich gut."

„Ich will den Apfel probieren", erklärte Shannon. Rhys war der stellvertretende Geschäftsführer der Brauerei und hatte kürzlich die Verantwortung dafür übernommen, den Cider herzustellen.

Nachdem sie ihnen gesagt hatte, dass sie ihre Getränke gleich bringen würde, ging Sadie zum Tresen.

„Ist Rex nicht dein Freund?", fragte Shannon.

Brian runzelte die Stirn. „Das war er, bis er angefangen hat, sich auf Jacobs Hochzeitsfeier an mein Mädchen ranzumachen."

Shannon stieß ein bellendes Lachen aus. „Dein Mädchen?"

Er nickte. „Laut Bro-Code heißt es: Finger weg."

„Bro-Code?" Sie schnaubte. „Das meinst du doch nicht ernst."

„Das meine ich völlig ernst. Er wusste bereits, dass ich ein Auge auf dich geworfen habe. Die Tatsache, dass er dich überall betatscht hat, ist ein grandioses Foul. Es könnte vielleicht das Ende einer Freundschaft bedeuten, die über zehn Jahre gehalten hat."

Shannon verdrehte die Augen. „Wir haben getanzt, nicht rumgemacht. Und wenn du deswegen deine Freundschaft kündigst, bist du ein Idiot."

„Bin ich das? Warum?", fragte er, während er sie behutsam beäugte. Ein grollendes Lachen bildete sich allmählich in seiner Brust, weil er sie damit so aufbrachte. Seine Freundschaft mit Rex war in keinerlei Gefahr. Tatsächlich wusste er, dass Rex sie gebeten hatte, mit ihm zu tanzen, um Brian einfach zu nerven. Es war eine besondere Art der Herausforderung gewesen.

„Weil es einfach du bist", sagte sie und klang verärgert. „Ich bin nicht am Weinberg, oder? Ich wusste nicht mal von dem Event. Stattdessen bin ich hier. Mit dir. Das sollte dir etwas sagen."

Langsam breitete sich ein Lächeln auf seinem Gesicht aus. Sie hatte recht. Es sagte ihm alles, was er wissen musste.

Eine Stunde später zahlte Brian die Rechnung, erhob sich und hielt ihr eine Hand hin. „Bist du bereit für den Spaziergang?"

„Den brauche ich nach den überbackenen Nudeln gestern und dem Burger und den Fritten heute. Himmel. Ich fühle mich, als hätte ich in zwei Tagen fünf Kilo zugelegt."

Er ließ seinen Blick über jeden Zentimeter ihrer kurvigen Figur schweifen. „Unmöglich. Aber falls doch, würde ich sagen, es ging alles an die richtigen Stellen."

Shannon warf ihm einen Blick zu, der besagte, er hätte den Verstand verloren.

Er lachte einfach und zog sie aus der Brauerei. Die Luft war ein wenig kühler geworden, und als er merkte, dass sie auf ihren bloßen Armen eine Gänsehaut bekam, lenkte er sie zurück zu seinem SUV, das vor Chads Musikladen geparkt war.

„Fahren wir irgendwohin?", fragte Shannon mit einem leichten Stirnrunzeln.

„Nein. Du wirkst, als würdest du frieren." Er öffnete die Tür hinter dem Beifahrersitz und zog einen grauen Kapuzenpulli heraus. „Ich dachte, du brauchst vielleicht das hier."

Und da war dieser Ausdruck wieder. Dieser sanfte, der ihm das Gefühl gab, er könne gleich direkt in ihre Seele blicken. Verdammt sollte er sein, wenn dieser Ausdruck ihn nicht eines Tages umbrachte.

„Vielen Dank", sagte sie und glitt hinein. Der Pulli war mindestens zwei Größen zu groß für sie, doch das gefiel Brian. Nichts war so sexy, wie das Mädchen, in das man verliebt war, in den eigenen Klamotten zu sehen. Es war, als hätte er sie für sich beansprucht, indem er ihr seine Kleidung lieh.

Reiß dich zusammen, Knox. Du bist nicht mehr in der Highschool, du armer Tropf, sagte er zu sich. Er unterdrückte ein Kichern und ließ seinen Arm um ihre Taille gleiten, zog sie an seine Seite.

„Da lachst du ja wieder. Was ist es diesmal?", fragte sie, während sie sich die Straße entlang zum Fluss hin aufmachten.

„Ich lache nicht", log er. „Ich genieße nur einen Abendspaziergang mit meiner zukünftigen Verlobten." Er zwinkerte ihr zu, und sie wurde rot. Verdammt, das gefiel ihm.

„Vorgeblich Verlobten", verbesserte sie ihn. „Und bilde dir bloß nichts ein. Du legst ja vielleicht einen starken Start hin, aber wer kann schon sagen, dass du am Ende nicht schwächelst?"

Brian blieb abrupt stehen und starrte auf sie hinab, beide Augenbrauen hochgezogen. „Am Ende schwächeln? Nimmst du mich auf den Arm? Ich schaffe es jedes Mal ins Ziel. Ich erledige meinen Job immer." Seine Stimme war rauchig geworden, und das Verlangen darin ließ sich nicht verbergen. Er strich ihr eine Haarsträhne aus den Augen, während er hinzufügte: „Da kannst du auf mich vertrauen."

Shannon leckte sich über die Lippen, während ihr Blick direkt auf seinen Mund fiel.

Teufel auch. Sie würde ihn umbringen, oder nicht? „Shannon, wenn du mich weiter so anschaust, küsse ich dich, bis du nicht mehr weißt, wo oben und unten ist."

„Okay", hauchte sie.

Das war es dann. Er war fertig. Es gab keine Zurückhaltung mehr. Sie hatte ihm grünes Licht gegeben, und nichts auf dieser Erde würde ihn jetzt noch aufhalten. Er drückte ihr beide Handflächen auf die Wangen und beugte sich dann vor, bis seine Lippen weniger als einen Zentimeter von ihren entfernt waren. Aber so sehr er sie auch wollte, er musste sich vergewissern, dass sie genauso dabei war er. „Bist du sicher?"

Shannon packte sein Hemd mit der Faust, riss ihn das letzte Stück vor, sodass ihre Körper aneinanderstießen, und antwortete ihm, indem sie ihren Mund auf seinen legte.

Seine Hände glitten sofort in ihre Haare, als er ihren Kopf leicht zur Seite drückte, um besser ranzukommen. Der Kuss war heiß und hungrig. Diesen rituellen Tanz führten sie schon seit Monaten auf, und nun war es, als wären sie beide am Verhungern.

Shannon ließ sein Hemd los, schlang die Arme um ihn und ließ ihre Finger auf seinem Rücken auf und ab gleiten. Ihre Berührung war himmlisch, aber nicht annähernd so magisch wie ihr Mund. Bei den Göttern, er liebte es, wie sie nach Salz und Cider und etwas leicht Süßem schmeckte.

„Du schmeckst nach Zuckerplätzchen", murmelte sie an seinen Lippen.

Er zog sich zurück und lachte leise. „Was? Wie ist das möglich?"

Sie zuckte mit den Schultern. „Weiß ich nicht, aber ich liebe Zuckerplätzchen."

Im nächsten Augenblick waren ihre Lippen wieder auf seinen. Bis sie sich voneinander lösten, atmeten sie beide schwer. Brian drückte die Stirn an ihre und flüsterte: „Hast du irgendeine Vorstellung, wie sehr ich dich jetzt mit nach Hause nehmen will?"

Sie atmete langsam aus. „Ungefähr so sehr, wie ich dich mit nach Hause nehmen will."

Brian stieß ein leises Knurren aus. „Verdammt, Shannon. Sag doch so was nicht, wenn du es nicht ernst meinst."

„Oh, ich meine es ernst." Doch noch während sie die Worte aussprach, zog sie sich zurück und biss sich auf die Unterlippe. „Das Problem ist, dass ich nach Hause muss, und mit Silas reden. Er wird mit mir über die Anwältin sprechen wollen."

„Stimmt." Brian schloss die Augen, versuchte, seinen Körper dazu zu zwingen, sich zu beruhigen. „Natürlich. Kann ich dich zu Fuß nach Hause bringen, oder bist du zur Arbeit gefahren?"

„Ich bin zu Fuß gegangen, aber ich dachte, wir wären unterwegs zum Fluss", sagte sie.

„Shannon, wenn ich dich runter zum Fluss bringe, bin ich mir zu fünfundneunzig Prozent sicher, dass ich versuchen werde, dich unter einem dieser Bäume auszuziehen. Und so sehr ich auch mehr Zeit mit dir verbringen möchte, ist es vielleicht am besten, wenn wir den Abend abschließen."

Sie legte den Kopf in den Nacken und lachte.

„Ach, als würdest du nicht daran denken?" Er beäugte sie,

forderte sie mehr oder weniger heraus, seine Behauptung zu widerlegen.

„Du hast schon recht. Das würde ich. Ich finde es nur äußerst erheiternd, dass du damit so offen umgehst. Das gefällt mir." Sie stellte sich auf die Zehenspitzen und streifte mit ihren Lippen ein letztes Mal seine. „Das ist mit der Grund, weshalb ich dich so sehr mag. Mir gefällt, dass du deine Gedanken nicht zurückhältst … Na ja, meistens machst du das nicht."

Ihre Miene war bedauernd geworden, und er war sich sicher, dass er genau wusste, wovon sie da redete. Die Erinnerung an den Abend, als er sie hatte sitzen lassen, blitzte in seinen Gedanken auf, und das Bild war so lebendig, dass es ihn dazu brachte, einen Schritt zurückzutreten und sich mit der Hand übers Gesicht zu fahren.

„Meinst du, du erzählst mir jemals, was an diesem Abend wirklich passiert ist?", fragte sie.

Er riss den Kopf wieder hoch, überrascht, dass sie so offen davon sprach. Obwohl ihn das nicht hätte überraschen sollen. Das war einfach Shannons Persönlichkeit und einer der Gründe, weshalb er sie so attraktiv fand. „Ja. Ich erzähle es dir auf dem Weg zurück zu deinem Haus."

KAPITEL 10

*S*hannon war still, während sie Seite an Seite mit
Brian über die Hauptstraße ging. Sie wollte
unbedingt hören, weshalb er sie in jener Nacht
zurückgewiesen hatte, aber sie vermutete auch, dass es etwas
zutiefst Persönliches war, über das er nicht gerne sprach. Es
war besser, ihn seinen eigenen Weg in diese Unterhaltung
finden zu lassen, anstatt ihn zu drängen. Er hatte bereits
zugestimmt, es ihr zu erzählen. Sie musste nur auf ihn warten.

Sie waren ein paar Häuser weit gekommen und gerade in
eine der schönen, baumgesäumten Straßen mit Wohnhäusern
eingebogen, als er fragte: „Hast du jemals von Sienna gehört?
Skyes leiblicher Mutter?"

„Ein wenig. Ehrlich gesagt nicht viel. Ich weiß, dass sie mal
mit Jacob verlobt war", sagte sie behutsam. Sie hatte gehört,
dass es ein ziemliches Drama gegeben hatte. Dass Jacob mit ihr
verlobt gewesen war, und sie ihn für Brian verlassen hatte.
Zusammen mit der unklaren Vaterschaft war das für Shannon
viel zu sehr Seifenoper.

Brian stieß ein bitteres Lachen aus. „Ja. Das war sie. Aber mir hat sie erzählt, dass es vorbei wäre."

Shannon wollte den Mund geschlossen halten, sollte warten, bis er fortfuhr, und ihn alles sagen lassen, ehe sie einen Kommentar abgab, aber sie konnte sich nicht zurückhalten. Die Worte kamen einfach heraus. „Also hast du mit der Ex deines besten Freundes geschlafen?"

Brian verzog das Gesicht.

„Verdammt. Tut mir leid. Das wollte ich nicht so sagen." Sie legte sich eine Hand auf den Mund und wünschte sich, der Boden möge sich auftun und sie verschlucken. Es war nicht fair, Brian für einen Fehler der Vergangenheit zu verurteilen. Und sie kannte keinerlei Einzelheiten.

„Ist schon gut. Das ist eine Frage, die ich auch stellen würde. Die kurze Antwort lautet ja. Ich habe mit ihr geschlafen. Es gibt allerdings ein paar Dinge, die du in diesem Zusammenhang wissen solltest."

Zusammenhang? Was sagte denn der Zusammenhang aus, wenn es darum ging, mit dem Mädchen des besten Freundes herumzumachen? War das nicht gegen den Bro-Code oder so was?

„Ich sehe schon, wie sich die Rädchen in deinem Kopf drehen, Shannon", sagte er und klang ernüchtert.

„So laut sind die?" Sie war dankbar, dass ihr Unterton eher mitfühlend klang als nach hochrichterlicher Urteilsfindung. Solche Schwingungen brauchte niemand.

„Sehr", sagte er. „Auf jeden Fall wollte ich sagen ... Jahrelang war ich halb in Sienna verliebt. Aus offensichtlichen Gründen habe ich meine Gefühle niemals ausgelebt."

„Das ist heftig, Gefühle für jemanden zu haben, der sie sehr wahrscheinlich niemals erwidern wird."

„Ja. War es. Ich bin mit anderen ausgegangen, aber bei

ihnen habe ich niemals auch nur die Hälfte von dem empfunden, was ich für Sienna empfand."

Bei den Göttern. War er noch immer in sie verliebt? War das der Grund, weshalb er in jener Nacht nicht mit ihr hatte ins Bett gehen können? Und falls ja, was war nun anders?

Brian fuhr fort, als hätte er sie nicht in eine ganze Reihe von Was-wäre-wenn-Fragen gestürzt. „Dann ist sie auf meiner Türschwelle aufgetaucht, hat erklärt, dass ihre Verlobung mit Jacob abgeblasen sei, und sagte, dass sie irgendeinen Ort brauchte, an dem sie bleiben konnte, bis sie was Neues fand. Ich habe sie natürlich reingelassen. Es war spät, darum habe ich sie ins Gästezimmer gepackt und beschlossen, dass ich Jacob am Vormittag anrufen und ihn wissen lassen würde, dass sie bei mir war."

„Hast du ihn angerufen?", fragte Shannon, die die Antwort bereits ahnte.

„Nein. Wie ich sagte, es war spät. Sienna war durch den Wind. Ich habe sie in die Küche geführt, damit sie mir erzählen konnte, was passiert war. Letztlich tranken wir ziemlich viel Tequila, und dann gingen wir ins Bett ... in unterschiedliche Schlafzimmer. Obwohl ich Gefühle für sie hegte, hatte ich kein Interesse daran, jemanden auszunutzen, der in emotionalem Aufruhr war. Abgesehen davon wollte ich Jacob nicht wehtun."

„Klingt, als hättest du versucht, das Richtige zu tun", sagte Shannon, die ihre Unterstützung zeigen wollte.

„Offensichtlich habe ich es nicht fest genug versucht", erwiderte er schnaubend.

Shannon hielt inne, als sie vor ihrem Haus ankamen. „Das verstehe ich so, dass du trotzdem einen Weg gefunden hast, in ihr Bett zu krabbeln?"

„Ich bin nicht in ihres gekrabbelt. Sie kam in meines", sagte er verbittert. „Bis ich wach genug war, um zu verstehen, was los war, waren wir an dem Punkt vorbei, an dem es noch ein Zurück gegeben hätte, wenn du weißt, was ich meine."

„Sie … hat dich missbraucht." Shannon sagte es so leise, dass er sie kaum hören konnte.

„Ich schätze, bis zu einem gewissen Grad war das so, aber es war ja nicht so, als wäre ich traurig darüber gewesen, als mir klar wurde, dass ich mit der Frau schlief, in die ich jahrelang verliebt gewesen bin." Seine Bitterkeit war noch heftiger geworden, und Shannon zog in Erwägung, ihm zu sagen, dass er aufhören konnte. Sie hatte genug gehört. Aber ehe sie die Worte aussprechen konnte, setzte er neu an: „Am nächsten Morgen konnte ich die Vorstellung nicht verkraften, Jacob anzurufen und ihm zu erzählen, dass ich gleich da weitergemacht habe, wo er aufgehört hat. Also habe ich es einfach nicht getan."

„Das kann ich verstehen", sagte Shannon, die ihm eine Hand aufs Herz legte. „Du hast nicht absichtlich versucht, jemandem wehzutun."

„Vielleicht nicht, aber später habe ich herausgefunden, dass sie sich noch nicht einmal getrennt hatten. Sienna hat mich angelogen. Und nicht nur das, sie erzählte mir auch, dass sie mit meinem Kind schwanger war."

„Skye", fügte Shannon an, als würde einer von ihnen eine Erinnerung an das fragliche Kind benötigen.

„Ja. Sienna sagte, sie wäre von mir, und ich hatte keinen Grund, ihr nicht zu glauben. Damals zumindest nicht. Die Wahrheit, dass Jacob ihr leiblicher Vater ist, kam erst sehr viel später heraus." Seine Schultern spannten sich an, und seine Stimme brach bei dem Wort *später*.

„Ich weiß nicht, was ich sagen soll, Brian, nur dass es eine ziemlich vertrackte Lage ist", sagte Shannon, die keine Ahnung hatte, wie sie dabei felsenfeste Unterstützung demonstrieren sollte.

„Du musst eigentlich gar nichts sagen. Es ist Vergangenheit, und ich bin über Sienna hinweg. Ich habe meinen besten Freund wieder, und jetzt gibt es Skye." Seine Lippen zogen sich zu einem süßen Lächeln hoch, als er den Namen des kleinen Mädchens aussprach. „Ich bin nicht ihr Vater, aber ich bin ihr Pate. Jacob und Yvette lassen mich sie ihnen gerne immer wieder abnehmen, darum ist es nicht so, als wäre sie aus meinem Leben verschwunden."

„Aber …?", drängte Shannon. Er hatte diese Geschichte als Einleitung angefangen, um zu erklären, weshalb er aus ihrem Schlafzimmer geflohen war. Da musste noch mehr kommen.

Er stieß ein humorloses Lachen aus. „Aber … monatelang habe ich mich um Sienna gekümmert. Sie hatte eine psychische Krise und jemanden gebraucht. Ich war ihre einzige echte emotionale Stütze, und das war in Ordnung, bis sie die Bombe platzen ließ, dass Jacob der Vater des Babys ist, nicht ich. Ihretwegen habe ich zweimal beinahe alles verloren."

„Deine Freundschaft zu Jacob und deine Tochter", sagte Shannon, die das Ziehen in ihrer Brust ignorieren wollte.

„Und Sienna. Ich habe sie geliebt. Auf meine Art", sagte er, diesmal schaute er Shannon nicht an.

„Schon gut, aber was hat das denn mit mir zu tun?", drängte Shannon schließlich.

Er zögerte nicht, ihr in die Augen zu schauen. „Seit dieser katastrophalen Nacht habe ich mit niemandem geschlafen, Shannon. Es ist nicht so, dass ich das nicht will. Will ich schon. Sehr sogar. Aber ich schätze, zum Teil graut es mir auch davor, dass mir, wenn ich mich auf jemanden einlasse, der mir wirklich wichtig ist, wieder alles um die Ohren fliegen wird."

Während Brians Blick sich in den von Shannon bohrte,

konnte sie nicht das über ihren ganzen Körper ziehende Schaudern abschütteln, das sie überkam. Dieser umwerfende Mann vor ihr hatte ihr gerade auf seine Art gesagt, dass er ausgeflippt war, als sie ihn in ihr Bett eingeladen hatte, weil er Angst hatte, sie zu verlieren.

„Ich bin nicht an einer heißen Affäre oder einem One-Night-Stand interessiert", sagte er. „Ich will was auf Dauer, und ich schätze, für mich ist Sex vor einer emotionalen Verbindung der Todeskuss."

Hatte er gerade wirklich gesagt, dass er keine Beziehung für nur eine Nacht wollte? Dass ihm das wichtig genug war, um auf Sex zu verzichten? Das bedeutete, dass er mehr von einer Beziehung wollte. Und sie war genau das Mädchen, das ihm das geben konnte.

„Ich will das mit dir nicht versauen, Shannon", sagte er. „Dafür mag ich dich viel zu sehr."

Shannon spürte, wie ihre Wangen wieder heiß wurden, und sie neigte den Kopf, wollte es verstecken.

Er lachte. „Du bist verdammt süß, wenn du alle möglichen Rosatöne auflegst."

„Haha, witzig." Nur dass es überhaupt nicht witzig war. Brian hatte gerade bestätigt, dass er, wenn er auch nur den Hauch einer Chance bekam, eine Beziehung wollte. Aber wollte sie das? Sie sah ihn aus einer neuen Perspektive an, betrachtete seine langen Glieder, die muskulösen Arme und beschloss, dass an ihm sehr viel mehr dran war, als ihr jemals klar gewesen war. Etwas, das sie ihm nicht annähernd zugetraut hatte. Tatsache war, sie wusste genau, was sie sich die ganze Zeit gewünscht hatte.

Familie, Verbundenheit, eine ernsthafte Zusage. Das alles wollte sie, und das wusste sie schon seit einer Weile. Bestand die Möglichkeit, dass Brian das auch wollte? Vielleicht, aber wollte er es genug, um seine Angst zu überwinden, sich festzulegen, oder davor, verlassen zu werden? Sie war plötzlich mehr als nur bereit, es herauszufinden. „Komm her", sagte sie sanft.

Brian zögerte nicht. Seine Arme schlossen sich um sie, und die beiden umarmten sich, als gäbe es kein Morgen. Dann streifte er mit den Lippen ihr Kinn. Sie musste nur den Kopf drehen, und ihre Lippen trafen wieder aufeinander. Der Kuss war leidenschaftlich, verzweifelt, voller Gefühl. Und obwohl sie bereits ausgesprochen hatte, dass er nicht mit hineinkommen konnte, konnte Shannon nicht einfach weggehen und eine ganze Woche warten, um ihn wiederzutreffen.

„Kommst du morgen zum Abendessen vorbei? Ich habe den Nachmittag frei. Ich bin nicht die tollste Köchin, aber ein paar Dinge mache ich gut."

„Das möchte ich auf keinen Fall verpassen", erwiderte er rasch, die ganze Niedergeschlagenheit löste sich von ihm und verflog.

„Brich mir bloß nicht das Herz", sagte Shannon. Dann drehte sie sich um und verschwand im Haus.

KAPITEL 11

„$\mathcal{A}$lso. Sieht aus, als hättest du dich entschieden, den armen Kerl nicht länger zu quälen", sagte Silas von seinem Platz auf dem Sofa im Wohnzimmer aus.

Shannon warf ihre Schlüssel in die Schale an der Eingangstür und grinste ihren Bruder an. „Sind wir etwa neugierig?"

„Es ist nicht neugierig, wenn ihr gleich neben dem Fenster rumknutscht. Ist ja nicht so, als hätte ich die Speichelfäden und das Getatsche am Hintern übersehen können."

„Niemand hat irgendjemandes Hintern betatscht." Nicht, dass sie das nicht gewollt hätte. Meine Güte, war dieser Mann heiß.

Silas kicherte. „Ach, bitte. Du warst fünf Sekunden davon entfernt, ihn auf den Boden zu ringen."

„Das ist …" Sie schüttelte den Kopf. „Darüber reden wir jetzt nicht."

Ihr folgte ein bellendes Gelächter in die Küche, wo sie sich eine halbe Kanne entkoffeinierten Kaffee machte.

Silas kam dazu und holte einen Käsekuchen aus dem Kühlschrank. Ohne zu fragen, servierte er zwei Stücke. Shannon warf einen Blick zu ihm und lächelte vor sich hin. Er kannte sie so gut. Sie nahm seine Anregung auf und schenkte zwei Tassen Kaffee ein, dann kam sie zu ihm an den Tisch.

„Vielen Dank, Schwester."

„Das gebe ich zurück."

Sie nahmen sich einen Augenblick, um ihren Nachtisch zu genießen, aber nach ein paar Bissen konnte Shannon nicht mehr warten. „Was hat Lorna gesagt?"

Das seichte Lächeln, das er aufgehabt hatte, seit sie zu Hause angekommen war, verflog rasch. „Es lohnt sich nicht. Sie sagte, sechs Monate. Der Sturm im Blätterwald und die Hölle, die Mom zwischen jetzt und meinem Geburtstag veranstalten würde, sind ein zu hoher Preis."

Das fürchtete Shannon auch. „Du weißt, dass sie dich nicht zu irgendetwas zwingen kann, das du nicht willst, ja?"

„Das kann sie, wenn sie mich erpresst", sagte er niedergeschlagen.

„Dann arbeiten wir doch an den Szenarien, die im schlimmsten Fall eintreten könnten. Sie torpediert jegliche neuen Angebote, die in den nächsten acht Monaten reinkommen. Du hast immer noch deine Serie. In dem Augenblick, in dem du achtzehn wirst, kannst du sie feuern und zu jemandem gehen, dem du vertraust."

„Jemandem wir dir?", fragte er hoffnungsvoll.

„Fang nicht damit an", sagte sie mit einem Lachen. Er hatte ihr jahrelang erzählt, dass er sich wünschte, sie wäre seine Managerin und nicht ihre Mutter. Obwohl sie verstand, woher das kam, war Shannon überhaupt nicht die richtige Kandidatin. Sie hatte nicht die Verbindungen, die man für diese Art Arbeit brauchte. „Ich wäre schrecklich für deine Karriere."

Er richtete sich höher auf und schaute ihr geradewegs in die Augen. „Nein. Wärst du nicht. Hör mal, Shan, ich bin mir nicht sicher, ob du verstehst, was seit dem Höhenflug von *Timekeeper Academy* passiert ist. Die Angebote kommen wie von selbst rein. Und wenn ich etwas will, muss Mom nur zum Telefon greifen. Das führt dann entweder zu einem privaten Vorsprechen oder einem Treffen mit dem Besetzungschef oder sogar einem der Produzenten. Es ist nicht mehr wie früher. Die Türen stehen weit offen. Ich brauche jemanden, der mich versteht und sich für das einsetzt, was ich will, und nicht den dicksten Scheck, oder wie man mich in einen globalen Promi verwandelt, was überhaupt nichts mit der Schauspielerei zu tun hat, die ich machen will."

Shannon blinzelte ihn an, fühlte sich durch die Tatsache überrollt, dass ihr nicht klar gewesen war, wie sehr sich seine Wirklichkeit verändert hatte. Wann hatten sie zum letzten Mal geredet? Wirklich geredet? „Wow, Si. Es ist toll, dass du es so weit geschafft hast. Ich gratuliere."

Er schloss die Augen und seufzte. „Das wäre es, wenn ich auch nur ein Wort mitzureden hätte, wie meine Karriere fortgeführt wird. Mom ist nur an den großen Schecks und dem größten Medienecho interessiert. Aber ich will gute Arbeit liefern."

Sie griff über den Tisch und legte eine Hand auf seine. „Ich verstehe. Wenn es etwas gäbe, das ich tun könnte, weißt du, dass ich es tun würde."

Er stieß ein leises Lachen aus. „Alles, nur nicht meine Managerin sein."

„Was soll ich denn machen? Mein Leben hier hinter mir

lassen? Du weißt, wie sehr ich es liebe. In L.A. würde ich den Verstand verlieren."

Er schürzte die Lippen und kniff ein Auge zu, warf ihr einen abschätzigen Blick zu. „Hey, Shan?"

„Ja?"

„Willkommen im einundzwanzigsten Jahrhundert. Kennst du schon die ganze Technik, die entworfen wurde? Damit meine ich Facetime-Anrufe, Video-Chats und Text-Nachrichten. Du würdest nicht in L.A. leben müssen, um meine Karriere zu managen."

Shannon schnaubte. „Genau. Was ist mit den ganzen Geschäftstreffen, Essen und den Schmeicheleien, an denen Mom teilnimmt? Willst du mir sagen, dass davon nichts nötig ist?"

„Nö. Da versucht sie nur, sich bei allen einzuschleimen, die im Geschäft sind. Sie will Verbindungen, damit sie ihre anderen Kunden weiterbringen kann. Und das ist in Ordnung. Aber ich brauche das nicht. Jetzt zumindest nicht." Er neigte den Kopf und sah sie direkt an. „Du kannst die Aufgabe von hier aus erledigen, Shannon. Bitte sag mir, dass du zumindest darüber nachdenkst. Ich werde mir jemand anderen suchen, sobald mein Geburtstag gekommen ist. Aber mir wäre es lieber, du bist diejenige, als irgendjemand sonst. Du verstehst das Geschäft. Aber noch wichtiger, du verstehst mich, und ich bin dir wichtig."

Auf einmal traf Shannon die volle Gefühlsladung. Ihr Wunsch, ihn abzuschirmen und zu schützen war das stärkste. Das zweite war ihre reine Liebe zu dem Jungen. Er hatte so viel Besseres verdient als das, was ihre Mutter ihm zu geben hatte. Wie konnte sie ihn abweisen? Silas war der wichtigste Mensch in ihrem Leben. Tief drinnen wusste sie, wenn er sie anflehte, nach L.A. zu ziehen, würde sie es vermutlich tun. Sie würde es hassen. Aber sie würde es tun. „Wir haben acht Monate, oder?"

„Ja." Er nickte, doch seine Miene war verhalten.

„Ich denke darüber nach. Falls ich mich entscheide, das zu tun, werde ich hier ein Büro einrichten und es auf Versuchsbasis machen. Falls das nicht funktioniert, werde ich dir helfen, einen neuen Manager zu finden, jemanden, dem du vertrauen kannst."

Er strahlte sie an. „Danke, Shannon. Du hast keine Ahnung, wie sehr ich das zu schätzen weiß."

Sie hatte eine Ahnung. War sie nicht vor zehn Jahren an seinem Platz gewesen? Na ja, nicht genau an seinem Platz. Sie war nicht in einem Serienhit aufgetreten. Aber sie hatte ein paar kleine Erfolge gehabt, und wenn sie jemanden in ihrem Rücken gehabt hätte, dem es mehr um ihr Wohlergehen als um die Bezahlung ging, hätte sie vielleicht länger durchgehalten. Vielleicht auch nicht. Es war schwer zu sagen. Die Schauspielerei hatte ihr Spaß gemacht, aber sie konnte nicht behaupten, dass sie sie irgendwie vermisste. Wenn es ihre Leidenschaft gewesen wäre, hätte sie sich dann nicht mehr gegrämt, als sie gegangen war? Vermutlich.

„Komm schon, Kleiner. Sehen wir uns einen Film an und entspannen uns." Sie stand vom Tisch auf, stellte das Geschirr in die Spüle und folgte ihm ins Wohnzimmer, wo sie sich auf die Couch schwangen. Shannon schnappte sich die Fernbedienung und sagte: „Jetzt kannst du mir von Levi erzählen."

„Da gibt es nichts zu erzählen", sagte er, doch er konnte das Lächeln nicht verbergen, das ihm auf die Lippen trat.

„Genau. Wann triffst du ihn wieder?" Sie schaltete den Fernseher an und fing an, durch die Filme zu scrollen, die ihnen der Streaming-Service anbot.

„Morgen. Und bevor du jetzt große Augen machst und irgendwas annimmst, wir sind einfach nur Freunde, die wandern gehen."

Sie warf einen Blick auf ihn. „Kommt sonst noch jemand mit? Candy? Oder was ist mit ihrem gemeinsamen Freund Axel?"

„Wer ist Axel?"

„Ein Freund von Candy und Levi. Bin mir ziemlich sicher, der spielt in deinem Team."

Silas' Lächeln verflog, und er fing an, durch sein Telefon zu klicken, bis er bei Levis Namen ankam. Er fing an, eine Nachricht zu tippen.

Shannon lachte und tätschelte ihm sanft das Knie. „Ach, Liebling. Nenn es nur weiterhin *nur Freunde*. Wir sehen schon, wie sich das entwickelt."

„Sei still", sagte er und verdrehte die Augen. „Ich frage ihn nur, ob er noch jemanden einladen möchte."

„Echt?" Shannon hob neugierig die Augenbrauen. „Warum?"

Er schaute sie von der Seite an. „Weil ich kein Arschloch bin?"

„Weil du die Rivalen auschecken möchtest? Oder willst du all deine Optionen abschätzen?"

„Das ist sehr oberflächlich von dir, Shan. Vielleicht will ich einfach nur Freunde finden", entgegnete er.

„Genau", murmelte sie. „Genauso wie ich mich mit der Blondine anfreunden will, die Brian bei Yvettes Hochzeit dabei hatte."

Diesmal lachte Silas. „Okay. Vielleicht bin ich ein bisschen neugierig." Aber als die Antwortnachricht kam, wurde Silas' Lächeln fröhlich, und er rutschte auf der Couch herab, machte es sich bequem, um weiterzuschreiben.

„Was hat er gesagt?", drängte Shannon.

„Es sind nur wir beide. Er sagte, er hätte nicht mal daran gedacht, sie einzuladen, und dass er ziemlich sicher ist, dass sie sowieso beide arbeiten müssen."

„Also gut. Klingt, als hätten wir morgen beide ein Date."

Sein Grinsen wurde größer, und er machte sich wieder daran, seinem neuen Freund Nachrichten zu schreiben. Shannon wandte sich dem Fernseher zu und suchte die neueste romantische Komödie aus, weil sie wusste, dass Silas in der näheren Zukunft nur auf sein Telefon schauen würde.

SHANNON ARBEITETE am Vormittag bei *Ein Löffelchen Magie* und verbrachte den Rest des Tages damit, an ihrem Haus herumzufummeln. Silas war mit Levi beim Wandern, und Brian würde erst am Abend vorbeikommen.

Bis zur Mitte des Nachmittags hatte sie alles mehr oder weniger von oben bis unten geputzt, und sie wurde allmählich nervös wegen ihres Dates. Als sie ihn eingeladen hatte, hatte sie einen Moment der Schwäche erlebt. Es waren diese Küsse. Sie reichten, um jedem das Hirn durchzurütteln. Am Abend zuvor war sie nicht bereit gewesen, ihn einzuladen. Nicht, da sie mit Silas über sein Treffen mit Lorna hatte sprechen müssen. Aber gleichzeitig konnte sie auch nicht bis Freitag warten, um ihn wiederzutreffen.

Teufel. Sie würde vermutlich einen Fehler machen. Aber selbst wenn das der Fall war, wusste sie, dass sie es nicht bedauern würde, ihm eine Chance zu geben. An Brian Knox war etwas, das alles in ihr in Aufregung versetzte.

Es war nur ein Abendessen. Oder?

Klar. Sie kicherte vor sich hin und machte sich auf in die

Küche, um ihren liebsten Schokoladen-Karamell-Kuchen zu backen. Denn obwohl sie bereits wusste, dass er völlig auf sie abfuhr, wollte sie ihn trotzdem noch beeindrucken. Und noch besser, das war nichts, was sie einfach nur durchziehen konnte, indem sie mit ihrem Stab wedelte. Sie musste ihre beiden Hände einsetzen. Sie hoffte einfach, er würde es zu schätzen wissen.

Ein paar Stunden später, als der perfekte Kuchen im Kühlschrank stand und das Abendessen im Ofen warm wurde, zog Shannon ein letztes Mal ihren Lippenstift nach und setzte sich mit einem Glas Wein hin, um zu warten. Sie hatte gerade erst das halbe Glas geschafft, als sie draußen vor dem Haus Lärm hörte. Laute Stimmen riefen nach jemandem.

Shannon lief zur Eingangstür und riss sie auf, um Silas und Levi mitten in ihrem Garten zu finden. Silas' Arme lagen um den anderen jungen Mann, während er ihm etwas ins Ohr flüsterte.

Eine Gruppe von etwa fünf Fotografen umgab die beiden Teenager, jeder von ihnen rief Fragen, während sie Bild um Bild schossen.

„Silas! Ist das dein Freund?"

„Bist du zu einem romantischen Ausflug nach Keating Hollow gekommen?"

„Warum warst du gestern nicht auf der Pressekonferenz für deine neue Serie?"

„Bekomme ich ein Interview? Dein Freund kann auch gern kommen."

„Bedeutet das, dass du jetzt offiziell geoutet bist? Bist du schwul oder bi? Oder willst du dir überhaupt kein Etikett aufkleben?"

Teufel auch! Wie hatten die Paparazzi sie gefunden? Und weshalb umarmte er Levi vor ihnen so? Silas hatte noch nie sein Privatleben mit der Presse geteilt. Dass er jetzt seine Sexualität offen auslebte, war eine seltsame Entscheidung, besonders da die beiden Shannons Wissen nach eigentlich nicht zusammen waren. Sie eilte durch den Kreis aus Fotografen an Silas' Seite. „Was machst du da? Du weißt, dass das einen Shitstorm in den Medien auslösen wird", flüsterte sie ihm ins Ohr. Ohne dann auf seine Antwort zu warten, redete sie lauter, sodass jeder sie hören konnte. „Bringen wir euch beide rein. Ich glaube, ihr Fotografen habt genug, mit dem ihr arbeiten könnt, oder?"

Silas warf ihr einen verärgerten Blick zu und flüsterte ihr dann ins Ohr: „Levi hat sich den Knöchel verknackst. Ich wollte ihm gerade reinhelfen, als die Fotografen auftauchten. Als sie auf uns zurannten, ist er über den Rasensprenger gefallen, und ich habe ihn aufgefangen. Das war's."

Mist. Das erklärte eine Menge. „War er schon bei der Heilerin?"

„Ja", sagte Silas durch zusammengebissene Zähne. „Aber Hope und Chad sind heute drüben an der Küste. Ich wollte nicht, dass er allein ist. Darum habe ich ihn hierher mitgebracht. Großer Fehler." Er wandte seine Aufmerksamkeit Levi zu. „Tut mir leid, Mann. Ich weiß, dass das nervt."

„Können wir einfach reingehen?", fragte er und ignorierte die Fotografen. „Mein Fuß tut weh."

„Ja", sagte Shannon, die ihm einen Arm um die Taille legte, während Silas es genauso machte. Er drapierte je einen Arm über ihren Schultern, und gemeinsam bewegten sie sich langsam zur Eingangstür vor.

„Hey. Braucht jemand Hilfe?", fragte Brian, der an ihre Seite eilte.

Shannon schaute zu dem gut aussehenden Mann auf, der einen Strauß roter Rosen hielt. Verdammt, das war ja mal süß.

„Wir müssen Levi reinbringen. Er hat sich den Knöchel verstaucht."

Die Fotografen rückten schon wieder an, machten ein Bild nach dem anderen von ihnen allen. Shannon graute vor der Geschichte, die sie sich dazu würden einfallen lassen. Alles, um es an die Promimagazine zu verkaufen, da war sie sich sicher.

Levi zuckte zusammen, und sein Knie brach ein. „Verdammt", sagte er, sein Gesicht vor Schmerz verkniffen.

„Hat ihm die Heilerin keinen Schmerztrank gegeben?", fragte Shannon Silas.

„Das wollte sie, aber er wollte ihn nicht nehmen. Er sagte, er mag keine Tränke, und dass er irgendetwas aus der Apotheke nehmen würde."

„Ich übernehme das", sagte Brian, der sich vor Levi hinstellte. „Komm schon, Mann, ich heb dich hoch und trag dich rein."

Levis Kopf fuhr hoch, ein panischer Ausdruck stand in seinen Augen, während er den Blick hin und her huschen ließ, um die Paparazzi zu betrachten. „Das kannst du nicht machen. Sie werden es fotografieren."

„Entweder das, oder ein Video von dir, wie du kaum gehen kannst", sagte Brian. „Ich nehm dich einfach im Feuerwehrgriff, und wir können in wenigen Sekunden drin sein, die Tür schließen, und du liegst auf dem Sofa. Was sagst du?"

Levis Blick huschte noch einmal über die chaotische Szene, und dann schloss er die Augen und nickte einmal. „Bring mich einfach rein."

Brian zögerte nicht. Er hob den Teenager auf, legte ihn sich über eine Schulter und marschierte ins Haus, Silas und Shannon gleich hinter ihm.

Shannon ließ die Tür zukrachen und schloss rasch die

Jalousien. Sie huschte sofort nach unten und schloss die übrigen Jalousien, um sicherzustellen, dass keine Fotos mehr von ihnen gemacht wurden. Nachdem sie etwas Ibuprofen und ein Glas Wasser aus dem Schrank genommen hatte, begab sie sich zurück ins Wohnzimmer, wo Levi auf der Couch lag. Silas war in einem Sessel zusammengesunken, beide Hände über dem Gesicht, und Brian sah sich Levis Knöchel an. Sie stellte die Pillen und das Wasserglas auf den Beistelltisch und fragte Levi: „Wie ist es?"

„Tut weh."

Sie nickte, schüttelte ein paar Tabletten heraus und reichte sie ihm zusammen mit dem Wasserglas. „Hoffentlich helfen die ein bisschen. Was hat die Heilerin dir denn sonst aufgetragen?"

„Ihn ein paar Wochen lang zu schonen." Levi verzog das Gesicht, während er versuchte, seinen Körper in eine bequemere Lage zu bringen. „Es tut gerade höllisch weh."

„Ich bin mir sicher, es …", setzte Shannon an.

„Es ist nicht gebrochen", sagte Silas, der ihr das Wort abschnitt. „Das ist doch schon mal was, oder? Levi sagte, es wäre nicht gebrochen, und die Heilerin hat es bestätigt. Sie sagte, es ist nur schlimm verstaucht, und mit etwas Physiotherapie wird er wieder gehen können, wenn die Schule im Herbst anfängt."

„Hat sie dir Krücken mitgegeben?", fragte Shannon.

„Sie hatte keine mehr. Sie sagte, sie würde dafür sorgen, dass morgen ein paar verfügbar sind", sagte Silas. „Ich werde sie ihm am Vormittag abholen."

„Das musst du nicht machen", erwiderte Levi mit einem Stöhnen. „Ich bin mir sicher, Hope oder Chad werden sich darum kümmern."

Silas glitt aus seinem Sessel und bewegte sich, um sich gegenüber von Levi auf den Beistelltisch zu setzen.

Shannon zog sich zurück, packte Brian an der Hand, um ihn mit sich zu ziehen. Silas musste ganz eindeutig ein paar Dinge loswerden. Das würde nicht leicht sein, während sie und Brian herumhingen. Sie begaben sich zum Eingangsbereich zwischen der Küche und dem Wohnzimmer. Sie wollte ihnen zwar etwas Platz lassen, doch sie wollte auch verfügbar sein, falls Levi noch etwas brauchte.

„Ich mache doch gar nichts, während ich hier in Keating Hollow bin", sagte Silas. „Weißt du noch? Ich bin im Urlaub und habe nichts Besseres zu tun ... jetzt, da ich dich kaputtgemacht habe. Es ist überhaupt kein Problem, dir die Krücken zu holen. Außerdem ist es meine Schuld, dass du verletzt wurdest."

„Es ist nicht deine Schuld", erklärte Levi, der leicht verärgert klang, als hätten sie dieses Gespräch bereits geführt. „Ich war derjenige, der nicht aufgepasst hat, als wir über diese Felsen herabgestiegen sind."

„Aber ich habe dich dazu gedrängt, da rauf zu gehen. Du wolltest nicht, weißt du noch?"

Er strich zärtlich eine Haarsträhne aus Levis Augen, zog dann aber rasch die Hand zurück und wandte den Blick ab, als wäre er beschämt. „Tut mir leid."

„Ist schon gut", sagte Levi leise. Die beiden Jungen hielten die Köpfe dicht beieinander, während sie leise über die Wanderung sprachen und die Aussicht, die sie vor seinem Unfall gesehen hatten.

„Komm hier rein", sagte Shannon, die schließlich ihre ganze Aufmerksamkeit Brian zuwandte und ihn in die Küche zog. „Was ist denn mit den Blumen passiert, die du vorher hattest, als du mitten in diesen Hollywood-Müll gezogen wurdest?"

Er runzelte die Stirn. „Äh, ich glaube, ich habe sie an Silas weitergereicht, ehe ich Levi ins Haus getragen habe."

Sie schaute sich um, fand nichts und zog sich dann zurück ins Wohnzimmer. Sie sah sie nirgends, darum rief sie: „Wer hat meine Rosen genommen?"

Silas deutete auf den Stuhl, auf dem er gesessen hatte, ehe er sich auf Levi gestürzt hatte. „In diesem Aufbewahrung-Dings. Tut mir leid, ich war abgelenkt, schätze ich."

„Mhm" stimmte Shannon zu, doch sie ließ keinerlei Gefühl in den Laut einfließen. Stattdessen rettete sie die Blumen aus der Tasche an der Seite des Stuhls und brachte sie zurück in die Küche. Sie drehte sich um und lächelte Brian an. „Die sind wunderschön. Vielen Dank."

Er trat näher und schlang einen Arm um sie. „Nicht so schön wie du."

Ihr schmolz das Herz. Es war völlig weg. Sie legte die Blumen auf die Anrichte, nahm seine beiden Wangen in die Hände und drückte ihm einen Kuss auf die Lippen.

Brian murmelte leise zustimmend, zog sie noch näher an sich. „Daran habe ich den ganzen Tag lang gedacht."

„Ich auch", gab sie zu und küsste ihn noch einmal, diesmal öffnete sie den …

Die Türglocke läutete, darauf folgte ein lautes Klopfen.

„Ernsthaft?" Shannon zog sich zurück und marschierte ins Wohnzimmer, riss bereits ihr Telefon aus der Tasche. Es war eines, auf öffentlichem Grund zu stehen und Bilder von ihrem Haus zu machen, aber es war etwas völlig anderes, sie zu belästigen.

„Hier ist Drew Baker", sprach der Hilfssheriff ins Telefon.

„Hey. Hier ist Shannon Ansell. An meinem Haus haben wir ein Paparazzi-Problem. Meinst du, du kannst …"

„Shannon!", rief eine Frau auf der anderen Seite der Tür. „Mach auf. Ich habe meinen Schlüssel nicht."

„Mom?" Shannon rannte zur Tür und schaute durch den

Spion. Entsetzen machte sich in ihren Eingeweiden breit. Was zum Teufel tat sie denn hier?

„Shannon?", fragte Hilfssheriff Baker übers Telefon. „Ist alles in Ordnung? Ich kann in fünf Minuten da sein."

„Moment mal. Ich glaube, ich habe mich womöglich geirrt." Während sie immer noch das Telefon am Ohr hatte, zog sie die Tür auf, um festzustellen, dass die Paparazzi weg waren, und die Einzige, die noch da war, war Gigi Ansell.

KAPITEL 12

„Tut mir leid, Drew. Ich habe mich geirrt. Hier ist alles in Ordnung", sagte Shannon in das Telefon, während sie ihre Mutter anstarrte. Die Frau war in einen makellosen weißen Seiden-Overall gekleidet, trug rote fünf Zentimeter-Absätze und einen roten Seidenschal um den Hals, obwohl es draußen über fünfundzwanzig Grad hatte.

„Kein Problem. Ruf mich an, wenn du was brauchst", sagte Drew.

Shannon murmelte ein Dankeschön und beendete den Anruf.

„Na? Lässt du mich etwa nicht in mein eigenes Haus?", fragte Gigi.

„Natürlich", sagte Shannon, die sich aus ihrer Lähmung löste. Sie zog die Tür weiter auf und machte ihrer Mom Platz, um in das kleine Häuschen zu treten.

Gigi wedelte mit der Hand in Richtung Zufahrt. „Jemand muss mein Gepäck aus dem Auto holen."

Silas erhob sich, die Fäuste geballt, das Kinn angespannt, während er sie anfunkelte. „Hast du mir nicht mal ein paar

Tage geben können? Verdammt, Gigi. Ich habe eine Pause von allem in Hollywood gebraucht."

Sowohl Shannon als auch ihre Mutter wussten, dass er meinte, dass er eine Pause von Gigi gebraucht hatte. Ihre Mutter verdrehte die Augen und schaute auf Levi hinab, der inzwischen aufrecht saß, sein verletzter Knöchel auf ein Kissen gebettet.

„Wer ist das?", fragte Gigi, die über ihre Brillenränder zu ihm schaute, die Nase kraus gezogen, als würde etwas schlecht riechen.

„Das ist Levi. Er ist ..." Shannon wollte ansetzen, um ihr zu erzählen, dass er der Bruder ihrer Freundin war, damit Silas nichts erklären müsste.

Doch Silas schnitt ihr das Wort ab und sagte: „Er erledigt Gartenarbeiten für Shannon."

Sowohl Levi als auch Shannon starrten ihn an, ihre Münder standen leicht offen.

„Oh." Gigi runzelte die Stirn. „Was macht er auf meinem Sofa?"

In Shannon sträubte sich alles bei der Art, wie sie Besitzansprüche an das Haus und alle Dinge darin stellte. Es stimmte, das Haus gehörte ihren Eltern. Es war das Haus ihrer Großmutter gewesen, und sie hatten es niemals verkauft, nachdem sie gestorben war. Aber alles darin? Es war entweder von ihrer Großmutter hinterlassen, oder Shannon hatte es sich selbst gekauft.

„Er hat sich den Fuß verstaucht", sagte Silas angespannt. „Er ruht sich hier aus, bis seine Schwester nach Hause kommt und sich um ihn kümmern kann."

Levi hob seinen verletzten Fuß vorsichtig vom Kissen, und mit verhaltener Miene sagte er: „Das ist nicht wirklich nötig.

Mir geht's auch auf meinem eigenen Sofa gut. Ich sollte hier weg und Mrs. Ansell ihr Haus wieder überlassen."

Es ist nicht ihr Haus, wollte Shannons innere Stimme schreien.

„Was?" Silas setzte sich wieder auf den Beistelltisch, ihm gegenüber. „Nein. Du kannst nicht gehen. Was, wenn du was zu essen oder trinken braucht? Oder die Fernbedienung nicht findest?"

Levi starrte ihn an. „Ich komme schon klar." Er warf einen Blick an Silas vorbei. „Brian? Glaubst du, du könntest mir helfen, nach Hause zu kommen?"

„Klar, Mann. Kein Problem." Ohne zu zögern, bewegte sich Brian zur Eingangstür. Als er sie öffnete, sagte er: „Lass mich das SUV in die Zufahrt bringen, und dann helfe ich dir raus."

„Aber was ist mit eurem Date?", fragte Silas, dann verzog er das Gesicht, als er Shannons umwölkten Blick bemerkte. „Ach, egal."

„Was für ein Date? Wer ist dieser Mann?", fragte Gigi, die ihn argwöhnisch beäugte.

Shannon warf die Hände in die Luft. „Er ist mein Date, Mutter. Aber wir können es umplanen."

Brian warf einen Blick auf sie zurück, lächelte ihr bestätigend zu, und dann verschwand er nach draußen.

„Dieser Mann ist dein Date?", fragte Gigi Shannon, ihre Miene wurde berechnend. „Ist er der Grund, weshalb du nicht nach Hause nach Los Angeles kommen willst?"

„Los Angeles ist nicht mein Zuhause", korrigierte Shannon, die wusste, dass es nicht helfen würde. Ihre Mutter hörte nur, was sie hören wollte.

Gigi wedelte wegwerfend mit der Hand, hatte kaum einen Blick für Levi übrig, während sie sich anmutig auf dem

Polstersessel niederließ. „Willst du mir nichts zu trinken anbieten?"

Shannon drehte durch. „Es ist dein Haus, weißt du noch? Außerdem, jemand muss dein Gepäck holen. Ich schätze, das bin ich, oder? Silas sollte nicht nach draußen. Nicht nach dem Zirkus, der gerade da war. Sie könnten immer noch da draußen warten. Wenn du also was trinken willst, hier geht's zur Küche." Sie deutete zur Rückseite des Hauses. „Nur für den Fall, dass du vergessen hast, wo sie ist."

Gigi kniff die Augen zusammen und warf ihrer Tochter einen missbilligenden Blick zu. „Shannon, es gibt keinen Grund, unhöflich zu sein."

Dasselbe könnte ich zu dir sagen. Die Worte lagen ihr auf der Zunge, aber sie schluckte sie. Ein Streit würde nichts erreichen und ihr nur Kopfschmerzen bereiten. „Wo ist der Schlüssel zu deinem Mietwagen?"

Gigi hielt ihrer Tochter einen Schlüssel hin, noch während sie ihre Aufmerksamkeit Silas zuwandte. „Ich hoffe, du hast deinen kleinen Wochenendausflug genossen. Aber du weißt, dass es Zeit ist, zurück an die Arbeit zu gehen."

Silas funkelte sie mit eisernem Schweigen an.

Sie seufzte. „Zieh mir jetzt hier keine Fernseh-Diva-Scheiße ab, Si. Wir wissen beide, wie das endet."

Levi räusperte sich.

„Brauchst du was?", fragte Silas, seine eisige Maske wurde plötzlich von Sorge ersetzt, während er eine Hand auf Levis Unterarm legte.

Levi warf einen Blick hinab auf Silas' Hand, ehe er sie sanft wegnahm. „Ich brauche nur Hilfe, um nach draußen zu kommen. Dann könnt ihr beiden eure Unterhaltung unter vier Augen führen."

Silas' Schultern sanken herab, und Shannon wusste, dass er

diese stillschweigende Abweisung tief drinnen gespürt hatte. Trotz seiner koketten, extrovertierten Persönlichkeit war er immer sensibel gewesen. Er wusste vermutlich, dass er es versaut hatte, als er Levi als Typ für den Rasen bezeichnet hatte. Aber Shannon wusste genau, weshalb er das getan hatte. Er hatte Gigi nicht auf den Gedanken bringen wollen, dass Levi jemand war, der ihm wichtig war. Oder sogar jemand, der ihm potenziell wichtig war. Für Levi war es sicherer, wenn er überhaupt nicht auf Gigis Radar auftauchte. Er würde entweder abgefertigt werden oder bei irgendwelchen Plänen eingesetzt, die sie hegte, um Silas zu kontrollieren. Doch das konnte Levi nicht wissen. Nicht, nachdem er Silas nur ein paar Tage lang kannte.

Brian kam wieder herein. „Okay, bereit, Levi?"

Levi nickte.

Silas streckte eine Hand aus. Levi zögerte einen Augenblick, aber dann nahm er sie, und diejenige, die Brian ihm hinhielt, um sich aufzurichten, während er auf seinem heilen Bein stand. Die beiden ließen ihn sich aufstützen, während er auf einem Fuß hinkte.

Gigi wandte sich Shannon zu. „Was geht hier vor?"

„Levi und Silas sind nur Freunde, Mom. Sie waren heute beim Wandern, und Levi hat sich den Knöchel verstaucht. Es gibt nichts, worüber man reden müsste."

„Sie waren wandern?" Ihre Stimme wurde ein paar Oktaven höher, und sie richtete sich im Stuhl gerade auf, in ihre scharf geschnittenen Wangen kam Farbe. „Silas hat seine Gesundheit aufs Spiel gesetzt, indem er wandern war? Ich habe dir doch gesagt, wie das seiner Realityserie in die Quere kommen könnte, wenn er hinfällt und ein paar Wochen flachliegt. Die Aktivitäten, die wir bereits geplant haben, stünden dann nicht mehr zur Debatte!"

Shannon ignorierte ihre Predigt und ging zurück in die Küche. Das Abendessen, das sie gemacht hatte, wurde immer noch im Ofen warmgehalten. So viel zu einem romantischen Dinner für zwei. Der Lachs mit Pesto würde nicht annähernd so gut schmecken, wenn sie ihn mit ihrer Mutter teilen musste. Shannons Magen zog sich zusammen bei der Vorstellung, überhaupt etwas zu essen.

Frustriert schaltete sie den Ofen ab, holte die Form heraus und schnappte sich dann ein Glas und die nächstbeste Flasche Wein. Nachdem sie einen Schluck direkt aus der Flasche getrunken hatte, schenkte sie etwas in ein Glas ein und brachte es ihrer Mutter, die den Jungs nach draußen gefolgt war und auf der Veranda stand, während sie Brians SUV anstarrte. Oder vielmehr starrte sie Silas an, der neben der Beifahrertür stand und durch das offene Fenster mit Levi sprach.

Wir sind wohl neugierig? Shannon dachte darüber nach, das Glas Wein hinabzustürzen, doch stattdessen drückte sie es ihrer Mutter in die Hand und machte sich auf den Weg zu dem gemieteten Mercedes, der in der Zufahrt neben dem SUV stand.

„Lass mich das für dich übernehmen", sagte Brian, der ihr am Kofferraum des Mietwagens entgegenkam.

Sie warf einen Blick zu ihm hinüber. „Das musst du nicht machen. Es ist nett, dass du Levi nach Hause bringst. Ich bin sicher, der letzte Ort, an dem er sein will, ist hier bei Bellatrix."

Brian kicherte. „Keine Sorge. Levi und Silas sprechen sich über ein paar Sachen aus, darum habe ich ein paar Minuten." Er lächelte sie seicht an. „Es tut mir leid, dass unser Date unterbrochen wurde."

„Ich bin diejenige, der es leidtut", erwiderte Shannon. „Ich hatte keine Ahnung, dass sie heute Abend auftauchen würde. Sie hat gedroht, hier rauf zu kommen, aber da sie über zehn

Jahre lang nicht hier gewesen ist, dachte ich, das wäre nur aufgeblasenes Gerede. Außerdem war Silas' Ultimatum, um sich zu fügen, erst morgen. Ich hatte geschätzt, dass er zumindest einen weiteren Drohanruf bekommen würden, bevor sie sich auf uns stürzt." Sie zerrte einen übergroßen Koffer aus dem Kofferraum. Sie knurrte, als ihr klar wurde, dass das Ding mehr wog als sie.

„Den nehme ich. Du trägst die beiden kleineren", sagte Brian.

Shannon holte den Rest des Gepäcks, und zusammen schleiften sie es nach drinnen.

„Wo willst du das haben?", fragte Brian.

Shannon schnitt eine Grimasse. Wo würde sie ihre Mutter hinpacken? Sie hatte eigentlich keine Wahl, oder? „Oben, das Zimmer auf der rechten Seite."

Sie folgte ihm zum großen Schlafzimmer im ersten Stock. In dem Häuschen gab es nur zwei Schlafzimmer. Der einzige Ort, an dem sie ihre Mutter unterbringen konnte, war ihr Zimmer. Silas hatte bereits das Gästezimmer. Damit blieb Shannon nur das Sofa.

„Das ist dein Zimmer, oder?", fragte Brian.

Shannon nickte und starrte auf das Bett. Ihre Wangen wurden heiß, als ihr wieder einfiel, dass sie heute Vormittag das Bett neu bezogen hatte, nur für den Fall, dass aus ihrer Verabredung mehr wurde als ein Abendessen. Zumindest musste sie nichts mehr tun, um es vorzubereiten, damit ihre Mutter dort schlafen konnte. Nun … vielleicht musste sie ein paar Sachen von ihrem Nachtkästchen entfernen. Wenn ihre Mutter sie fand, würde sie vor Verlegenheit sterben.

Brian warf ihr sein typisches schelmisches Grinsen zu. „Meine Tür steht offen, falls du einen anderen Ort zum Schlafen brauchst. Ich habe ein wirklich bequemes Bett."

„Das ist ein wenig voreilig, findest du nicht?", fragte sie, erwiderte sein Grinsen, noch während sie den Kopf schüttelte. „Was? Ich habe von meinem Gästezimmer gesprochen. Aber wenn du lieber kuschelst, kann ich auch Platz in meinem großen Bett machen." Er trat näher und strich ihr mit dem Daumen über die Wange. „Tatsächlich klingt das womöglich nach der besten Idee, die ich den ganzen Tag über hatte."

„Verrat mir was, Brian", flüsterte Shannon.

„Alles."

Sie legte den Kopf schief und musterte ihn. „Wie oft hast du heute darüber nachgedacht, mich ins Bett zu kriegen?"

„Vermutlich doppelt so oft, wie du darüber nachgedacht hast, mich in deins zu kriegen", sagte er mit einem Lachen.

„Aha … also hast du den Großteil des Tages damit verbracht, darüber nachzudenken?", neckte sie ihn.

„Ganz genau." Er streifte ihre Lippen zu einem sanften Kuss. „Ruf mich an, wenn du die Gelegenheit hast oder wenn du dich einfach nur aussprechen musst. Sobald du deine Mutter los bist, planen wir neu. Und lass mich wissen, ob Freitag noch steht."

„Freitag steht noch", sagte sie. „Selbst wenn sie uns dann immer noch nervt, komme ich. Die Wette gilt, oder?"

„Ich wollte dich die Regeln ein wenig biegen lassen, wenn man die schrecklichen Umstände bedenkt."

Shannon schüttelte den Kopf. Sie würde sich von ihrer Mutter nicht auch noch das ruinieren lassen. „Nö. Regeln sind Regeln. Wohin führst du mich aus?"

„Ins *A Touch of Magic*", sagte er, seine Augen funkelten. „Zur speziellen Paarmassage. Bist du dabei?"

Sie schluckte schwer, stellte ihn sich nackt unter dem Laken auf dem Massagetisch vor. „Meinst du das ernst?"

„Ja." Seine Augen glitzerten, während er fortfuhr. „Sie

haben was Neues für Date-Abend-Pakete aufgezogen. Romantisches Abendessen, das auf der Veranda serviert wird, Massagen und eine andere Leistung, die sich das Paar aussucht."

Sie lachte. „Du meinst so was wie Pediküre oder Gesichtsbehandlung?"

„Klar. Oder Peeling, Umschläge, Meditation. Das darfst du dir aussuchen."

Der Großteil der Anspannung, die mit ihrer Mutter eingetroffen war, verflog, während sie sich vorstellte, später in der Woche mit Brian an ihrer Seite im Spa zu entspannen. „Du bist schon eine Nummer. Das weißt du, oder?"

„Eine nervige Nummer? Lächerlich? Außergewöhnlich?", fragte er, während er es kaum schaffte, sein Lachen zurückzuhalten.

„Eine besondere", flüsterte sie und stellte sich auf die Zehenspitzen, um ihn noch einmal zu küssen.

KAPITEL 13

*B*rian saß am Frühstückstresen, hielt eine Tasse Kaffee. Sein Kopf brachte ihn um, und er tadelte sich schweigend, dass er am Abend zuvor ein oder zwei Gläser Wein zu viel getrunken hatte. Nachdem er Levi nach Hause gebracht und ihn mit allem, was er brauchte, von Wasser bis hin zu Snacks, auf seiner Couch eingerichtet hatte, war Brian nach Hause gefahren, und anstatt ein Abendessen zu essen, hatte er es getrunken.

Die Szene an Shannons Haus hatte etwas von einer schlechten romantischen Komödie. Der Unsinn mit den Paparazzi war eine irre Sache, aber Shannons Mutter war ein ganz neues Niveau von Wahnsinn. Die Frau verkörperte alles an seinem Leben in Südkalifornien, das er nur zu gern hinter sich gelassen hatte. Sie war egoistisch, unhöflich, arrogant und machte ganz offensichtlich Silas kaputt. Shannon war nicht begeistert gewesen, sie zu sehen, aber Brian konnte erkennen, dass Shannon jahrelang im Umgang mit der Frau geübt war. Sie würde schon klarkommen. Brian wünschte sich einfach nur, es gäbe etwas, was er tun könnte, um die Situation für sie beide besser zu machen.

Sein Handy klingelte genau im selben Augenblick wie sein Telefon im Büro. Er stöhnte, drückte sich eine Hand auf die Stirn. Wann würden diese Schmerzmittel endlich wirken?

Er warf einen Blick auf das Handy und ignorierte es sofort, als er Caras Namen auf dem Bildschirm aufblitzen sah. Und er dachte ernsthaft darüber nach, den Büroanruf auf die Sprachbox gehen zu lassen, doch das mochte er gar nicht. Wenn es etwas gab, in dem er gut war, dann, sein Geschäft am Laufen zu halten und für seine Geschäftspartner erreichbar zu bleiben.

„Brian Knox", sprach er ins Telefon, während er sich über die Schläfe rieb.

„Brian!", brüllte sein Vater. „Was zum Teufel verstehst du nicht daran, dich bedeckt zu halten, bis das Geschäft abgeschlossen ist?"

Brian hielt das Telefon weiter vom Ohr weg und starrte es an, als könne es ihm sagen, weshalb sein Vater so angepisst war. Als er hörte, wie sein Vater erneut vom Leder zog, legte er das Telefon wieder ans Ohr und sagte: „Ich habe keine Ahnung, wovon du da sprichst."

„Bist du heute noch nicht online gewesen? Es ist überall", erwiderte sein Vater. „Öffne mal GNT. Da bekommst du das Schlimmste mit."

„GNT? Der Promiblog?", fragte Brian. Der offizielle Name der Seite war *Gossip*

n Tea, und dort schienen heutzutage die heißesten Promi-News als erstes rauszukommen. „Weshalb sollte ich denn da hingehen?"

„Weil du in der Schlagzeile stehst. Es scheint, als hätte der Ex-südkalifornische Playboy die Liebe in Silas Ansells großer

Schwester gefunden." Er sprach mit nachäffendem Unterton, was nahelegte, dass sein Vater direkt die Schlagzeile vorlas.

Brians Magen wurde flau, als er die Webseite aufrief. Und siehe da, die Schlagzeile legte nahe, dass er und Shannon zusammen waren, und darunter hatten sie ein Bild eingefügt, wie sie sich vor dem Haus an der Hand hielten, während Silas am SUV stand und mit Levi redete. Es war aufgenommen worden, als Shannon mit ihm zurück nach draußen zu seinem SUV gekommen war, nachdem sie das Gepäck ihrer Mutter hineingetragen hatten. „Heiliger Hexenb..." Er stieß ein Knurren aus. „Ich hätte gedacht, die Paparazzi wären bereits weg gewesen."

„Das weißt du doch besser, mein Sohn", sagte sein Vater, der verärgert klang. „Das ist nicht alles. Es gibt große Nachrichten, dass Silas Ansell sich gerichtlich von seinen Eltern lossagen will, darum wird diese Geschichte auch nicht irgendwann in nächster Zeit verschwinden. Ich nehme an, seine Schwester ist die Frau, von der du mir erzählt hast? Diejenige, die du zu Brittanys Hochzeit mitbringst?"

„Ja." Wie war die Nachricht von Silas nach draußen gedrungen? Lorna würde niemals das Vertrauen eines Klienten verraten. Ganz zu schweigen davon, dass Silas sich laut Shannon dagegen entschieden hatte, seine Eltern zu verklagen, und stattdessen einfach nur auf seinen Geburtstag warten wollte. „Es stimmt nicht, Dad. Silas wird seine Eltern nicht verklagen."

„Das spielt keine Rolle. Du weißt doch, wie die Gerüchteküche funktioniert. Solange es etwas gibt, über das man reden kann, werden sie es berichten, selbst wenn die Tatsachen nicht zusammenpassen. Du musst heute hier runterkommen. Manchester hat den Verstand verloren, und wir müssen deinen Schlamassel bereinigen."

Ein starkes Déjà-vu-Gefühl strömte über ihn hinweg. Hatten sie diese Unterhaltung nicht bereits geführt? „Wir haben doch schon darüber gesprochen. Mir ist egal, was Manchester sagt oder tut. Ich gehe nirgendwohin. Ich habe hier Verpflichtungen." Es war die absolute Wahrheit. Er würde später Levi eine Schlagzeugstunde geben, außer der Teenager beschloss, zu Hause zu bleiben und seinen Knöchel zu schonen. Er würde abwarten und sehen müssen.

„Bald wird es dir nicht mehr egal sein. Der Mann droht, uns beide wegen Irreführung zu verklagen, wenn wir ihn nicht beruhigen können", sagte sein Vater.

„Irreführung? Was? Warum?" Brian war so verwirrt, dass er nicht mal zusammenhängende Gedanken bilden konnte.

„Es ist eine völlige Schwachsinnsklage, aber der Mann hat mehr Geld als Warren Buffett. Wenn er einen Teil davon verschwenden möchte, um uns das Leben zur Hölle zu machen, dann tut er das eben. Die Knox Corporation kann diesen Schlag verkraften, wenn es dazu kommt. Kann das deine Firma auch?"

Die Antwort war ein eindeutiges Nein. Seine Firma konnte eine langwierige Klage nicht überstehen, ganz gleich, wie sehr sie an den Haaren herbeigezogen war. Er hatte einfach nicht die Reserven, die die Knox Corporation besaß. Brian war mehr oder weniger ein Einzelkämpfer mit ein paar Kundendienstmitarbeitern, die er über Werkverträge bezahlte. „Was schlägst du dann vor? Willst du, dass ich runterkomme und ihn anflehe, mich nicht verklagen? Das wird nicht funktionieren."

„Du musst hier runterkommen und irgendwas mit Cara vereinbaren, damit sie ihn zurückpfeift. Das musst du tun. Und du musst aufhören, ihre Anrufe zu ignorieren. Ich setze ein Treffen für morgen Vormittag an. Steig in das nächste verfügbare Flugzeug. Deine Mutter und ich erwarten dich."

Brian gab ein geschlagenes Seufzen von sich. „Gut. Ich schick dir meine Flugnummer."

„Gut. Und Brian?"

„Ja, Dad?"

Sein Vater räusperte sich. „Hattest du jemals eine Beziehung mit Cara? Körperlich oder sonst wie?"

„Nein."

„Ich verstehe." Sein Vater hielt inne, ehe er anfügte: „Das hast du nicht verdient, und es tut mir leid, dass ich jemals auf die Idee verfallen bin, dass du und Cara gut zusammenpassen würden. Damals schien es eine gute Idee zu sein. Wir kriegen das hin. Wir sehen uns heute Abend."

Verblüfft sagte Brian anfangs gar nichts. Dann ahmte er seinen Vater nach, indem er sich räusperte, und sagte: „Danke."

Nachdem Brian den Anruf seines Vaters beendet hatte, nahm er sein Handy und runzelte die Stirn, als er sah, dass Cara ihn dreimal angerufen und etliche Nachrichten hinterlassen hatte. Sie waren alle eine Variante davon, dass sie ihn anflehte, sie anzurufen. Sie sagte, es wäre wichtig, und sie könne nicht glauben, dass er ihr das angetan hatte. Die ganze Sache war verrückt, und er wollte das Telefon an die Wand werfen. Aber das würde gar nichts lösen. Stattdessen holte er tief Luft und rief sie zurück.

„Brian!", brüllte Cara mehr oder weniger ins Telefon. „Was willst du mir bloß antun?"

„Ich tue dir gar nichts an, Cara. Weshalb droht dein Vater, mich und meinen Vater zu verklagen? Du glaubst doch nicht ernsthaft, dass das die beste Möglichkeit ist, meine Aufmerksamkeit zu bekommen, oder?" Er war richtig wütend, und er wusste, dass es vermutlich keine gute Idee war, das an ihr auszulassen. Aber verdammt, sein Vater hatte recht; das hatte er nicht verdient.

„Du lässt mich wie eine Närrin dastehen", flüsterte sie ins Telefon und klang, als wäre sie nur Augenblicke davon entfernt, in Tränen auszubrechen.

„Wie das denn? Ich verstehe es nicht. Da haben unsere Familien halt ein paarmal erwähnt, dass wir ein Power Couple werden. Das hat sich doch niemals darauf übertragen lassen, dass wir ein Paar sind. Dass ich dich einmal auf eine Hochzeit mitgenommen habe, wird doch nicht plötzlich zu einer Beziehung."

„Das weiß ich", sagte sie schniefend. „Es tut mir leid. Es ist nur so, dass ich kürzlich gebeten wurde, der *Cali Style* ein Interview zu geben, und der Artikel kam heute raus. Vielleicht habe ich ein bisschen über dich geredet. Jetzt stehe ich da wie der größte Trottel in Los Angeles. Du hättest mich schon warnen können."

„Du hast mich in einem Artikel erwähnt?", fragte er verwirrt. „Warum?"

„Na, ich bin für die Hochzeit da raufgekommen, und ich dachte ... Du weißt, was ich dachte. Ich habe vielleicht auf ein paar Dinge angespielt, von denen ich inzwischen weiß, dass du niemals daran interessiert warst. Ich meine, es stand doch schon immer fest, dass wir es mal ausprobieren würden, oder? Du hast mir angeboten, bei dir zu übernachten, um Himmels Willen. Was hätte ich denn denken sollen?"

„Dass dir ein Freund anbietet, bei ihm zu übernachten, damit du nicht eine Stunde lang ins nächste verfügbare Hotel fahren musst?" Brian fühlte sich, als hätte er eine alternative Wirklichkeit betreten. Sie konnte das doch nicht ernst meinen, oder? Er hatte gewusst, dass sie ein wenig verzogen und egoistisch war, aber sie war auch nett und freundlich gewesen. Ihn war sie harmlos vorgekommen. Mann, da hatte er sich geirrt, oder?

„Es ist nur … Na ja, es ist einfach nicht passiert, und nun lacht meine ganze Bekanntschaft über mich. Du musst mir einfach helfen, das wieder hinzukriegen." Sie klang nun aufgebracht und defensiv. Die Tatsache, dass er nicht von seinem Ärger abgerückt war, war vermutlich der Grund, weshalb sie sich wehrte. Weiterer Streit am Telefon würde ihm nicht das bringen, was er wollte. „Gut. Ich bin heute Abend da. Wir können morgen reden, nachdem ich mich mit deinem Vater getroffen habe."

„Das machst du?" Ihr Tonfall war nun hoffnungsfroh, als hätte er sie auf ein Date eingeladen, anstatt nur zuzustimmen, dass sie versuchen würden, diesen Schlamassel zu bereinigen.

„Ja. Und bis ich wieder fahre, werden wir das hinter uns lassen. Du wirst deiner Wege gehen, und ich meiner. Kein Wort mehr vom Heiraten oder Daten. Es wird einfach nicht passieren."

„Wegen Shannon Ansell", sagte sie verbittert.

„Nein, Cara, weil ich glücklich bin, in einem kleinen magischen Städtchen in Nordkalifornien zu leben, und du wirst immer zum sozialen Zirkel in Südkalifornien gehören. Wir passen einfach nicht zusammen", sagte er.

„Aber wir könnten. Mir gefällt Keating Hollow", sagte sie.

Es war eine Lüge. Es mochte ihr vielleicht für einen kurzen Urlaub oder einen romantischen Ausflug gefallen, doch Cara Manchester würde es hassen, unter den Mammutbäumen zu wohnen. Ihre geliebten gesellschaftlichen Kreise waren in Los Angeles. Nicht, dass etwas davon eine Rolle gespielt hätte. Er war einfach nicht interessiert. „Wir sehen uns morgen", sagte er noch einmal. „Damit wir diesen Schlamassel mit deinem Vater auflösen können."

„Okay. Schreib mir, wenn dein Flugzeug landet. Tschüss!" Sie beendete den Anruf, und Brian sank in seinen Bürostuhl, hielt den Kopf in den Händen. Wie hatte er sich nur in diese Lage bringen lassen?

Ach ja. Brian Knox sollte eines Tages das Geschäft seines Vaters übernehmen, was bedeutete, dass er das richtige Mädchen heiraten musste. Aber als er sich von dieser Firma abgewandt hatte, hatte er gedacht, er hätte das alles hinter sich gelassen. Er fand gerade heraus, wie sehr er sich geirrt hatte.

Widerstrebend tippte er die Worte *Cali Style* in seinen Browser und drückte auf *Suchen*.

KAPITEL 14

*H*ier. Kannst du glauben, dass wir das machen, anstatt einen Tag am Strand zu verbringen, wie wir es vorhatten?" Shannon füllte Silas' Kaffeetasse auf und schenkte auch sich selbst nach. Vor einer Stunde waren sie von ihrer Mutter geweckt worden und hatten die Aufgabe erhalten, sich online umzuschauen, um den Schaden abzuschätzen, während sie ihre Kontakte bearbeitete, um die Gerüchte zu Silas' Vorteil zu drehen. Oder, wie Silas klargestellt hatte, eher schon zu *ihrem* Vorteil.

„Erinnere mich bloß nicht daran", murmelte Silas.

Bisher waren die schlimmsten Geschichten diejenigen, die das Bild von Silas nutzten, der Levi festhielt, nachdem er im Garten gestolpert war, und dann Silas outeten und Levi als seinen neuen Freund vorstellten. Sie ließen sich Behauptungen einfallen, dass Silas aus Los Angeles weggelaufen wäre, um ein sündiges Wochenende mit seinem Freund zu erleben, nachdem seine Eltern die Beziehung nicht gutgeheißen hatten. Das schlimmste daran war, dass Silas und Levi sich auf dem

Bild so nahe waren, dass es aussah, als würden sie sich gleich küssen, was die Geschichte plausibel wirken ließ.

Silas war erschüttert von der Tatsache, dass Levis Gesicht seinetwegen überall im Internet war. „Diese Lügen, Shannon. Es ist so daneben, wie sie *alles* sagen, ganz unabhängig von der Wahrheit. Ich kann mir gar nicht vorstellen, was er gerade denkt."

„Hast du ihn angerufen?" Sie setzte sich hin und reichte ihm eine Scheibe Toast.

„Ich habe ihm eine Nachricht geschickt und ihn gebeten, mich anzurufen, wenn er aufwacht." Er schloss die Augen und holte tief Luft. „Nach gestern glaube ich nicht, dass er mir zurückschreiben wird. Was habe ich mir nur gedacht, als ich ihn Mom als Helfer im Garten vorgestellt habe? Urgs! Wie daneben bin ich denn?"

Sie tätschelte ihm mitfühlend den Arm. „Du hast versucht, ihn von Moms Radar fernzuhalten. Und ehrlich gesagt, Si, das war das Beste, was du hättest tun können. Du weißt, wie versnobt sie ist. Sie hätte ihm niemals auch ein Quäntchen Aufmerksamkeit geschenkt, wären diese Bilder nicht herausgekommen."

„Jetzt spielt es keine Rolle mehr. Der Schaden ist angerichtet, und er wird vermutlich nie wieder mit mir reden." Silas ließ den Kopf auf den Tisch sinken und stieß ein frustriertes Stöhnen aus.

Shannon fühlte mit ihm. Es ließ sich nicht sagen, wie Levi dazu stehen würde, in das Hollywood-Drama mit hineingezogen zu werden. „Was hat er gestern gesagt, als du dich für die Art entschuldigt hast, wie du ihn vorgestellt hast?"

„Er war nicht erfreut darüber. Er hat gesagt, es hätte ihm das Gefühl gegeben, er wäre nichts." Er öffnete blinzelnd die Augen. „Das nehme ich ihm nicht übel, Shan. Es klang so beschissen, als ich hörte, wie es aus meinem Mund kam. Ich wollte einfach nicht, dass sie mitbekommt, dass ich ihn mag. Du weißt, wie sie ist."

„Hast du ihm das gesagt?"

Er richtete sich wieder auf. „Ja, aber dafür ist es wohl ein bisschen zu spät. Man hat ihm in seinem Leben immer wieder das Gefühl gegeben, unwichtig zu sein. Das letzte, was ich wollte, war, ihn spüren zu lassen, dass es wieder so ist."

Shannon biss sich auf die Unterlippe. „Du musst vielleicht mehr machen, als ihm nur einen Text zu schicken. Du weißt schon, irgendeine Geste, die zeigt, dass er dir wichtig ist."

„Es waren doch nur ein paar Tage. Ist ja nicht so, als wären wir zusammen gewesen oder so was. Was genau sollte ich denn tun?"

„Du kriegst das schon raus." Shannon klickte auf einen weiteren Artikel, und zu ihrer Überraschung ging es dabei nicht um Silas. Er handelte von ihr und Brian. „Was zum … Weshalb sollte es denn irgendjemanden kümmern, was ich tue, oder mit wem ich es tue?"

„Hä?" Silas rutschte, um über ihre Schulter auf das Bild von ihr und Brian zu schauen, wie sie Händchen hielten, während sie zum SUV gingen. Er stieß ein leises Knurren aus. „Sie können nicht mal meine Schwester in Frieden lassen. Scheiße, Shan, es tut mir leid."

Doch Shannon schüttelte den Kopf. „Ich glaube nicht, dass das etwas mit dir zu tun hat. Es heißt dort, dass Brian mit irgendeiner Frau namens Cara Manchester in Verbindung steht, und dass ich die *andere* bin. Was?" Sie googelte hektisch Cara Manchester, und der erste Artikel, der erschien, ließ sie brüllen: „Er hat eine Verlobte!"

Die Schlagzeile der Titelgeschichte von *Cali Style* lautete: „Manchester und Knox feiern zwei perfekte Vereinigungen."

Unter der Schlagzeile waren zwei Bilder. Auf einem Foto waren Brian und die Fee, die er bei Yvettes und Jacobs Hochzeit dabei gehabt hatte. Sie hatten die Arme umeinander geschlungen und lächelten, als wären sie die glücklichsten beiden Menschen der Welt. Die Bildunterschrift besagte: *Südkaliforniens am heißesten erwartete Hochzeit.* Das andere Bild waren die beiden CEOs der Firmen Manchester und Knox.

Galle stieg in Shannons Kehle auf. Wie konnte er denn verlobt sein? Er hatte geschworen, dass sie nur befreundet waren. Sie war auf der Hochzeit dabei gewesen, als Shannon mit Brian getanzt hatte. Sie und Brian hatten sich sogar direkt vor ihr geküsst! Vielleicht hatten sie so eine Art offene Beziehung? Der Gedanke brachte sie dazu, sich übergeben zu wollen.

„Vielleicht stimmt der Artikel nicht", sagte Silas. „Du weißt doch, wie Reporter sein können."

Shannon warf ihm einen Blick zu. „Das ist ein Interview in einem Style-Magazin mit einem gewissen Ruf, kein Artikel aus der Klatschpresse. Hat sich ein Magazin, das dich interviewt hat, jemals so sehr geirrt?"

Er schüttelte langsam den Kopf und nahm ihr den Computer weg. „Ich weiß nicht, was ich sagen soll, Shan. Es tut mir leid."

Tränen brannten in ihren Augen, doch sie blinzelte sie weg, entschlossen, nicht zu weinen. Es war ja nicht so, als hätte sie eine Beziehung zu Brian. Sie hatten eine Wette laufen. Das war es. Und da er verlobt war, würde sie sie abblasen. Auf keinen Fall würde sie sich mitten in diesen Schlamassel stürzen. Sie schnappte sich ihr Telefon, tippte einen Text an Brian und drückte auf Senden, ehe sie zu lange darüber nachdenken konnte.

Wie war es gekommen, dass sie ihr ruhiges Leben in

Keating Hollow geführt und bei *Ein Löffelchen Magie* gearbeitet hatte, um dann über Nacht die *andere* in der Klatschpresse von Hollywood zu werden? Sie hatte gewusst, dass Brian aus Los Angeles kam und aus einer mächtigen Familie stammte, doch er war nicht im Unterhaltungsgeschäft. Sie hatte niemals vermutet, dass es sie direkt in die Welt zurückführen würde, die sie beschlossen hatte, hinter sich zu lassen, wenn sie mit ihm ausging.

Ihr Telefon summte. Sie sah, dass es Brian war, und schaltete das Handy ab.

„Was hast du ihm geschrieben?", fragte Silas.

„Ich habe ihm gesagt, dass die Wette vom Tisch ist, wegen der Tatsache, dass er verlobt ist und es mir nicht erzählt hat, und dass alle zukünftigen Dates mit sofortiger Wirkung gestrichen sind." Ihr Herz schlug schneller, und ihr ganzer Körper wurde heiß, als sich Panik breitmachte. Sie holte tief Luft, erinnerte sich daran, dass sie nichts falsch gemacht hatte. Brian war ein Arschloch und hatte es verdient, ihren Zorn abzubekommen. „Womöglich habe ich ihm auch ein paar Namen gegeben, die für minderjährige Ohren unpassend sind."

Silas verdrehte die Augen. „Ich bin keine acht mehr."

„Ich weiß. Ich will nur ... ich will nicht darüber reden."

„Verstanden." Er schloss seinen Computer. „Sieht aus, als hätten wir beide Beziehungsprobleme."

Shannon nickte. „Ich glaube aber, dass sich deines retten lässt. Meins ist einfach nur durch."

Silas hob die Augenbrauen. „Du lässt es ihn nicht mal erklären?"

„Was gibt es denn da zu reden? Cara Manchester glaubt, dass sie verlobt sind. Dass es nächstes Jahr eine Hochzeit geben wird. Hast du jemals gehört, dass eine Braut glaubt, es würde eine Hochzeit geben, ohne dass sie den Bräutigam davon in Kenntnis setzt?"

„In Hollywood ist schon Seltsameres passiert", sagte Silas reuig.

„Bitte. Ich will mit diesem Unsinn nichts zu tun haben." Shannon erhob sich aus ihrem Stuhl und bewegte sich in die Küche. „Bist du bereit für ein echtes Frühstück? Ich mache Eier und Speck."

Silas sabberte mehr oder weniger. „Speck? Weißt du, wie lange es her ist, dass ich echten Speck hatte?"

„Seit ich zum letzten Mal welchen für dich gemacht habe?" Sie schnappte sich ihren Stab vom Tresen, wedelte damit und sah zu, wie sich ihre Küche an die Arbeit machte.

„Das ist ein ziemliches Talent, das du da hast, Schwester", sagte Silas.

„Du weißt, dass ich dir beibringen könnte, wie man das macht, oder? Ist ja nicht so, als würden wir nicht die Gabe der Luftmagie teilen." Sie beäugte ihn. „Nutzt du deine Magie derzeit überhaupt?"

Er zuckte mit den Schultern. „Nicht oft. Manchmal bei der Arbeit, wenn ich Stunts mache. Oder wenn ich zu faul bin, um aufzustehen und mir die Fernbedienung zu holen."

Sie nickte verständnisvoll. „Du stehst nicht so drauf, dort unten bei den Stars zu prahlen?"

„Nicht wirklich. Sie wollen immer, dass ich es vorführte, als wäre ich ein Zirkuspony. Davon bekomme ich schon genug bei meinem normalen Job." Er lehnte sich im Sessel zurück, deutete auf das letzte verbliebene Croissant auf dem Tresen und dann auf sich. Das Gebäckstück flog zu ihm, doch es bewegte sich so schnell, dass es ihn am Kopf traf und auf den Tisch vor ihnen knallte.

Shannon lachte, obwohl ihr Inneres sich immer noch

anfühlte, als würde es zerbröseln, nachdem sie die Neuigkeiten über Brian erfahren hatte. „Ich sehe schon, warum du deine erstaunlichen Kräfte nicht vorführen willst. Du willst ja niemandem die Augen ausstechen."

Silas kicherte und riss dann ein Stück vom Croissant ab, das er sich in den Mund schob.

„Rieche ich da Speck?", fragte Gigi Ansell, als sie in die Küche kam. „Ich hoffe, der ist aus Truthahn. Silas kann sich gerade keine Pickel leisten. Du weißt doch, was fettiges Essen mit seinem Teint anrichtet."

„Doch, kann ich", sagte Silas, der trotzig klang, während er aufsprang und die Hände auf den Tisch stemmte. „Ich mache diese Realityshow nicht. Du kannst mich nicht dazu zwingen, also ist es am besten, wenn du sie gleich jetzt anrufst und ihnen sagst, dass es nicht dazu kommt."

„Ach, Silas", erwiderte sie wegwerfend. „So was sagst du doch immer, wenn du das Gefühl hast, du willst dich ein wenig gehen lassen. Aber dann denkst du an deine Karriere, und du tust, was für deine langfristigen Ziele am besten ist. Wir sprechen nach dem Frühstück darüber. Aber kein Speck." Sie wandte sich an Shannon. „Kein Wunder, dass du ein paar Pfund zugelegt hast. Du weißt doch, dass dieses Zeug nicht gut für dich ist."

„Mom, mein Gewicht geht dich nichts an. Ich bin ja vielleicht nicht so dünn wie jemand das Hollywood, den Göttern sei es gedankt, doch meine Heilerin glaubt, dass das für mich genau richtig ist." *Also halt dich zurück mit deinen Meinungen über Speck.* Shannon wusste, dass sie ein finsteres Gesicht zog, während sie Teller aus dem Schrank holte. Sonst hätte sie ihre Magie den Tisch decken lassen, doch wenn sie wütend war, liefen die Dinge oft aus dem Ruder. Durch die Art, wie ihr Blut brodelte, hielt sie es für wahrscheinlich, dass sie ihrer Mutter den Kopf abreißen würde, wenn sie versuchte, ihren Zauberstab zu benutzen.

„Verdammt, Mom. Lass Shannon in Ruhe", sagte Silas, der in die Küche kam, um ihr die Teller abzunehmen.

„Mache ich, gleich nachdem ich ihr PR-Debakel repariert habe. Dieser Brian, mit dem du ausgegangen bist, ist ein ziemlicher Fang", sagte ihre Mutter, die beeindruckt klang.

Shannon schnaubte. „Klar. Denn es ist der perfekte Beginn einer Beziehung, wenn man mit einem verlobten Typen ausgeht."

Gigi machte ein missbilligendes Geräusch und setzte sich an den Tisch. Sie rümpfte die Nase über die Computer und leeren Kaffeetassen, die Shannon und Silas hinterlassen hatten. „Wollt ihr nicht aufräumen, ehe wir hier essen, meine Lieben?"

Wir? Shannon seufzte und warf weiteren Speck in die Pfanne.

„Für mich aber nur Joghurt", sagte Gigi. „Und was muss man denn hier tun, um eine Tasse Kaffee zu kriegen?"

„Aufstehen und sie holen?", schlug Silas sarkastisch vor, noch während er sowohl seine als auch Shannons Tasse neu füllte.

„Sehr witzig. Hör auf, so undankbar zu sein", fuhr Gigi ihn an und scrollte erneut durch ihr Handy.

Shannon und Silas sahen einander an und verdrehten die Augen, aber weil keiner von ihnen so kleinlich war, sie tatsächlich ihren eigenen Kaffee holen zu lassen, reichte Shannon ihm eine frische Tasse, und er füllte sie.

Während Silas die Tassen zum Tisch brachte, gab Shannon das Frühstück auf ihre Teller und ging sogar so weit, den Joghurt ihrer Mutter in eine Schüssel zu kippen, anstatt ihn in dem Einzelbecher zu lassen, und streute Beeren darauf, weil sie wusste, dass ihre Mutter es so mochte.

„Vielen Dank, Shannon. Das war lieb von dir, aber ich esse gerade keine Heidelbeeren", sagte Gigi, als sie in die Schale schaute.

„Warum?", fragte Shannon mit gerunzelter Stirn. „Heidelbeeren sind ein Superfood. Antioxidantien sind doch dein Ding."

Gigi lächelte sie geduldig an. „Sie verfärben die Zähne, meine Liebe. Ich muss in Bestform sein, wenn Silas und ich uns mit den Reportern wegen seiner neuen Serie treffen."

Silas knallte die Faust auf den Tisch, so fest, dass das Geschirr klirrte.

„Silas! Was machst du …", setzte Gigi an.

„Ich. Mache. Diese. Show. Nicht! Vergiss es. Ruf heute an und sag ihnen, dass ich raus bin. Wenn du es nicht machst, höre ich auch mit *Timekeeper* auf." Sein Gesicht war rot, und er bebte sichtlich vor Zorn.

Shannon eilte zu ihm hinüber und nahm seine Hand, gab ihm alle Unterstützung, die sie ihm geben konnte. Die Situation mit ihrer Mutter war nur schlimmer geworden. Seit sie in Keating Hollow eingetroffen war, hatte sie sich kein einziges Wort von dem angehört, was Silas über seine Karriere geäußert hatte. Sie hatte ihn in jedem Zusammenhang plattgewalzt, gab ihm kein Mitspracherecht an seinem eigenen Leben. Kein Wunder, dass er abgehauen war und sagte, dass er vielleicht nicht zurückkam.

Gigi erhob sich langsam aus ihrem Stuhl und starrte Silas an, ihr Körper so steif wie ein stählerner Pfosten. „Du sprichst nicht auf diese Art mit deiner Mutter, junger Mann. Hörst du mich?"

„Ich spreche gerade nicht mit meiner Mutter, Gigi", spie er aus. „Ich spreche mit meiner Managerin, und ich sage, dass ich diesen Vertrag nicht unterschreiben werde. Ich werde nicht am

Set auftauchen. Und falls du es nicht abbläst, komme ich nicht mit nach Hause, nur damit eines Tages dort die Kameras auftauchen und anfangen, mir zu folgen. Hör mir zu, wenn ich sage, dass ich das nicht mache. Wenn du versuchst, es zu erzwingen, werde ich Anwälte einschalten."

„Du meinst diese Landpomeranze von einer Anwältin, Lorna White?", fragte sie höhnisch. „Diejenige, die hat durchsickern lassen, dass du versuchst, dich freizuklagen? Glaubst du, die wird dich vor der Mutter schützen, die dich zum Star gemacht hat? Denk noch mal nach, Silas. Ich habe deine Karriere aufgebaut, und ich kann sie beenden."

Silas' Gesicht wurde weiß, und seine Fäuste waren so fest angespannt, dass Shannon sich fragte, ob seine Fingernägel durch die Haut drangen. Er öffnete den Mund, aber es kam kein Geräusch heraus. Stattdessen vibrierte er voller Gefühle und marschierte dann aus dem Zimmer. Die Eingangstür öffnete sich und wurde eine Sekunde später zugeworfen, sodass die Wände wackelten.

Shannon starrte ihre Mutter mit offenem Mund an.

„Hör auf, mich so anzusehen", sagte Gigi, während sie sich wieder auf ihren Sessel setzte und einen Schluck von ihrem Kaffee nahm, als wäre nichts geschehen. Alles an ihr wirkte mit sich im Reinen. Ihr fließendes rotes Seidenkleid ließ eine Schulter frei, sodass sie locker, und doch stilvoll aussah. Ihre dunklen Haare waren zu einem eleganten Knoten hochgesteckt, und ihr Make-up war makellos. Sie hielt sogar den Kopf hoch erhoben, obwohl Shannon keine Ahnung hatte, wie ihr das nach der schrecklichen Szene gelang, die sie gerade erlebt hatte.

Aber dann sah sie es, das eine verräterische Anzeichen ihrer Mutter.

Gigi Ansell stellte ihre Tasse ab und ließ dann unbewusst

einen Knöchel knacken. In dem Augenblick, in dem das Geräusch die Stille füllte, hörte sie auf und stemmte beide Hände auf den Tisch, als wolle sie sich davon abhalten, die schlechte Angewohnheit zu wiederholen.

„Ich glaube, du solltest gehen, Mom", sagte Shannon leise.

Zu Shannons Überraschung nickte ihre Mutter und erhob sich ohne Widerworte aus dem Stuhl. Doch dann sagte sie: „Es würde vermutlich helfen, meinen Kopf klar zu kriegen, wenn ich ein wenig herumfahre."

Shannon stöhnte.

„Was?", wollte Gigi wissen. „Du hast gesagt, ich sollte gehen. Ich gehe. Ich bin in einer Stunde zurück."

„Ich meinte, zurück nach Los Angeles." Shannon warf aus purem Frust die Hände in die Luft. „Du kannst das Silas nicht ständig antun. Er wird zusammenbrechen, und dann, wo ist dann dein Star?"

„Er ist kein zerbrechliches Blümchen, Shannon. Kümmere dich um deine eigenen Angelegenheiten." Sie drehte sich um und marschierte ins Wohnzimmer.

Shannon musste laufen, um sie einzuholen, und stellte sich vor die Tür, hinderte sie am Hinausgehen. Sie hätte niemals gedacht, dass sie das tun würde. „Es ist meine Angelegenheit, Mom. Silas ist zu mir gekommen, um sich helfen zu lassen, weil du ihn erdrückst. Ich habe ihm gesagt, er soll sich ein paar Wochen freinehmen, sich ausruhen …"

„Ein paar Wochen! Hast du eine Ahnung, was du da sagst?", rief sie und klang entsetzt. „In zwei Wochen wird dieser Sponsoringvertrag nicht mehr da sein. Wir müssen jetzt aktiv werden. Nachdem er fertig mit dem Trotzen ist, ziehst du deinen Ratschlag zurück. Die Göttin weiß, dass er nicht mehr auf mich hört. Vielleicht hört er auf dich."

„Du machst es schon wieder, hörst niemandem zu", sagte

Shannon, ihre Stimme war heiser, weil sie ihren Zorn kaum beherrschen konnte. „Ich wollte sagen, dass ich glaube, er braucht eine längere Pause als das. Er braucht Abstand von dir, von der Arbeit, von Hollywood. Es ist zu viel, Mom. Lass ihn den restlichen Sommer hier verbringen, und wenn es an der Zeit ist, dass *Timekeeper* gedreht wird, bringe ich ihn persönlich zurück und …"

„Nein." Sie griff nach dem Türknauf, doch Shannon trat davor, zwang ihre Mutter, entweder zurückzuweichen oder sie aus dem Weg zu schieben, um durch die Tür zu kommen. Gigi mahlte mit den Zähnen und sagte: „Ich werde nicht zulassen, dass Silas tut, was du getan hast. Du hast dein Leben weggeworfen, als du hierher gezogen bist. Silas ist für Großes bestimmt. Ich werde nicht zulassen, dass du seinen Verstand mit deinem negativen Gerede über das Geschäft vergiftest. Jetzt hilf mir entweder, ihn in den nächsten paar Tagen zurück nach Hause zu bekommen, oder ich werde es für euch beide wirklich ungemütlich gestalten, hierzubleiben."

„Was meinst du, wenn du sagst, du wirst es für uns wirklich ungemütlich gestalten?" Shannon schaute ihre Mutter finster an. Das klang nach einer Drohung. Und was wollte sie genau tun? Es war bereits ungemütlich genug, wenn die Paparazzi draußen herumhingen. Etwas meldete sich in einer abgelegenen Ecke ihres Verstandes, als sie an die Fotografen dachte, aber bevor sie einen weiteren Gedanken ausformen konnte, sprach ihre Mutter wieder.

„Dein Dad und ich werden dieses Haus verkaufen. Ich werde euch beiden keinen Ort bieten, an dem ihr euch verstecken könnt. Ihr werdet gezwungen sein, nach Hause zu kommen. Es besteht nicht die Möglichkeit, dass du in diesem Süßwarenladen genug verdienst, dass du dir selbst etwas kaufst."

Shannon machte sich nicht einmal die Mühe, ihre Mutter wegen *Ein Löffelchen Magie* zu verbessern. Es war kein Süßwarenladen. Dort wurden alle möglichen Confiseriewaren verkauft. Doch darum ging es ja wohl kaum, und es war nicht das, worauf sie sich im Augenblick konzentrieren sollte. „Das Haus verkaufen?" Der Gedanke war unvorstellbar. Sie hatte einen großen Teil ihrer Kindheit und auch ihr gesamtes Leben als Erwachsene in dem kleinen Häuschen verbracht. Ihre Mutter konnte das doch nicht ernst meinen, oder? „Du würdest mich aus Omas Haus rauswerfen?"

„Es ist nicht mehr das Haus deiner Oma, Shannon. Es ist mein Haus. Ich habe gestattet, dass du hier wohnst, ohne Miete zu bezahlen, vergiss das nicht, und zwar viel zu lange. Es ist sowieso an der Zeit, dass du dein Leben in Griff bekommst. Aber das ist deine Entscheidung. Überzeuge Silas, nach Hause zu kommen, oder ich werde dafür sorgen, dass du keine Wahl mehr hast."

Shannon war von Gigis Drohung so verblüfft, dass sie einfach zur Seite trat, als die Frau den Türgriff packte, und sie gehen ließ. Während sie ihrer Mutter nachsah, wie sie zu ihrem Mietwagen ging, brodelte ihr Mageninhalt, und als nächstes lief Shannon ins Haus zum Bad, um sich zu übergeben.

KAPITEL 15

*B*rian und William Knox marschierten in das elegante Büro von Robert Manchester, beide bereit, Feuer zu speien. Da sie tatsächlich Feuerhexen waren, bestand durchaus die Möglichkeit, dass sie es wahr machten.

„Manchester", knurrte William Knox. „Was soll dieser Unsinn wegen der Klage, wenn mein Sohn nicht Ihre Tochter heiratet? Warum zum Teufel sollten Sie wollen, dass ein Mann, der sie nicht liebt, ihr einen Ring auf den Finger steckt?"

„Ihr Sohn hat sie und unsere Familie beschämt", fauchte Robert zurück, in genau dem gleichen Tonfall. Es war, als hätte er denselben Kurs in Sachen Arschloch belegt. „Er *wird* etwas in die Wege leiten, um sie aus diesem Schlamassel zu holen, oder wir stehen vor einem größeren Problem. Ich werde nicht zulassen, dass meine Tochter zum Gelächter von Orange County wird."

Brian stand hinten, die Arme vor der Brust verschränkt. Es war, als würde man zwei Kampfhähne beobachten, die sich herausputzten, ehe sie aufeinander losgingen. Egos wie die ihren war nur einer der Gründe, weshalb er L.A. verlassen hatte und nach Keating Hollow gezogen war. Er konnte nicht glauben, dass er wegen etwas so unfassbar Dummem zurückbeordert worden war.

„Ihre Tochter hat sich Lügen für einen Sponsoring-Vertrag einfallen lassen", sagte William. „Glauben Sie bloß nicht, ich hätte nicht von dem sechsstelligen Betrag erfahren, den sie erhalten hat, weil sie diese Geschichte mit der Hochzeit herausgerückt hat. Wenn Sie das vor Gericht bringen, kommt auch das raus. Was, meinen Sie, wird passieren, wenn die standesamtlichen Aufzeichnungen erweisen, dass es niemals Hochzeitspläne gab? Sie wird dieses Geld zurückzahlen, vermutlich mit einem gewissen Aufschlag. Lassen Sie es fallen, lassen Sie Ihre Tochter eine Richtigstellung veröffentlichen, und wir können alle wieder zurück und uns ums Geschäft kümmern."

„Sie hat nicht gelogen." Der klein gewachsene, fast schon kahlköpfige CEO der Manchester Corp stand auf und ging um den Schreibtisch. Er öffnete eine glänzende Ausgabe von *Cali Style* und schlug den fraglichen Artikel auf. Nachdem er sich geräuspert hatte, sagte er: „Das direkte Zitat lautet: ‚Ja, wir haben über eine Hochzeit gesprochen. Ich denke über eine Herbsthochzeit nach.' Was daran ist falsch? Wir haben darüber gesprochen, dass die beiden heiraten. Mehrfach. Und Cara hat immer gesagt, dass sie gern im Herbst am Strand heiraten möchte."

„Das *wir* in diesem Satz legt nahe, dass sie sich auf meinen Sohn bezieht, Manchester. Sie sprechen von Semantik, während ich mich auf Integrität beziehe. Wir lassen uns das nicht gefallen." William trat einen Schritt näher und schnappte sich das Magazin aus Manchesters Händen. „Sie und ich wissen beide, dass sie eine Grenze überschritten hat. Wenn Sie das vor Gericht austragen wollen …"

Brian räusperte sich, verlor bereits die Geduld. „Diese ganze Sache ist lächerlich. Ich werde eine Aussage vor der Presse machen, dass wir nicht verlobt sind, dass wir es niemals waren, und dass Cara und ich schon immer einfach nur Familienfreunde gewesen sind. Und dabei werde ich es belassen. Das impliziert, dass der Reporter es falsch verstanden hat, und wir können alle mit unserem Leben weitermachen."

Manchester kniff die Augen zusammen. „So wird das nicht laufen. Vorerst tun wir gar nichts. In ein paar Monaten werden wir durchsickern lassen, dass die Verlobung abgeblasen ist, und das wird dann das Ende der Sache."

Kurz fragte sich Brian, ob das womöglich die einfachste Lösung war. Es scherte ihn überhaupt nicht, was die Gesellschaft in Südkalifornien von ihm hielt. Wenn nicht Shannon gewesen wäre, hätte er vielleicht einfach ja gesagt, sich alles schriftlich geben lassen und die Stadt verlassen, ohne die Absicht, jemals wieder mit diesem Bastard zusammenzuarbeiten. Aber er musste an Shannon denken. Oder zumindest hatte er kurz davor gestanden, an sie denken zu müssen, ehe ihm diese Fake News um die Ohren geflogen waren. Und er hatte absolut vor, ihr Vertrauen zurückzuerobern. Das konnte er jedoch nicht, wenn er sich stillhalten und so tun musste, als wäre sie jemand, den er unter Verschluss hielt.

„Ich bin mit jemandem zusammen", sagte Brian. „Das werde ich nicht verstecken, und ich werde Ihre Tochter auch nicht den Anschein erwecken lassen, dass ich sie betrüge. Also funktioniert dieses Szenario für mich nicht."

„William", sagte Manchester, der Brians Dad mit einem betonten Blick ansah. „Bringen Sie Ihrem Sohn noch mal etwas Vernunft bei. Keiner will hier einen Skandal. Was ist denn dabei so eine große Sache? Dann verbringt er halt ein paar Monate damit, sich bedeckt zu halten. Das muss doch keine so große Tortur sein."

Brian trat näher an Manchester, sein Körper vibrierte inzwischen vor Zorn. „Mein Vater ist heute nur aus dem Grund da, dass Sie mit einer Klage gegen seine Firma gedroht haben. Er ist nicht da, um an meiner statt zu verhandeln, wenn es darum geht, was ich wegen Ihrer Tochter tue oder lasse. Haben Sie das verstanden? Was immer Sie zu sagen haben, sagen Sie es mir oder lassen Sie es ganz."

William Knox stieß ein leises zustimmendes Knurren aus und sagte: „Ich schätze, es ist das Beste, wenn wir die Partnerschaft auflösen, die wir eingeleitet haben, Robert. Es ist klar, dass wir nicht dieselben Werte teilen. Ich lasse von meinem Anwalt die notwendigen Dokumente aufsetzen."

„Das können Sie nicht machen!", brüllte Manchester, sein Gesicht wurde so rot, dass es aussah, als würde ihm gleich ein Blutgefäß platzen. „Wir müssen doch Investoren zufriedenstellen und haben Projekte in Arbeit."

„Sie haben vielleicht Investoren", sagte William, „aber ich nicht. Zumindest keinen, der tatsächlich schon Geld eingesetzt hätte. Dieser Abschluss war nicht in Stein gemeißelt, und das wissen Sie auch. Sie verlassen sich auf die Tatsache, dass Sie glauben, wir brauchen ihn. Das tun wir nicht. Es gibt andere Möglichkeiten, dasselbe Ziel zu erreichen, andere Firmen, die nur zu gerne eine Partnerschaft mit der Knox Corp eingehen würden." Er wandte sich an seinen Sohn. „Brian, bist du bereit?"

Brian schaute seinen Vater mit offenem Mund an. Er hatte nicht erwartet, dass sein Vater die Verbindung zu diesem Mann auflösen würde. Sie kannten einander schon ewig und hatten jahrelang über diese Partnerschaft gesprochen. Ganz gleich, was sein Vater sagte, es würde ein herber Schlag sein, dieses gemeinsame Unternehmen jetzt aufzulösen. Der einzig mögliche Grund, aus dem William Knox sich nun abwandte, lag darin, dass er es nicht mit sich vereinbaren konnte, nach dieser Auseinandersetzung noch mit Manchester zusammenzuarbeiten. War es die Art, wie er Brian behandelt hatte, oder war es die angedrohte Klage? William Knox war kein Top-CEO geworden, weil er ein Narr war. Jeder Mann, der impulsiv mit einer lächerlichen Klage drohte, war einer, dem man geschäftlich nicht vertrauen konnte, ganz gleich, wie lange sie einander schon kannten.

„Ich bin bereit." Brian schaute Manchester in die Augen. „Ich gebe Cara bis Samstag, um die Sache zu bereinigen. Falls sie das nicht tut, gebe ich selbst ein Statement heraus."

„Samstag!", rief Manchester. Er plapperte davon, dass er mehr Zeit brauchte, und dass Cara wegen der ganzen Sache ein gebrochenes Herz hatte, doch Brian achtete überhaupt nicht auf ihn, während er seinem Vater zur Tür folgte. Er würde sich nicht manipulieren lassen.

„Sie haben sich diese Suppe eingebrockt, jetzt müssen Sie sie auch auslöffeln", rief ihnen Manchester nach. „Ich hoffe, Sie haben eine Menge Geld für Anwaltsgebühren, denn ich werde diese Auflösung der Partnerschaft mit allem bekämpfen, was ich habe, Knox! Und Ihr Sohn wird mit Ihnen fallen, weil Leistungen bezahlt wurden, die niemals erbracht wurden."

Brian hielt im Eingang zum Büro des Mannes inne und warf einen letzten Blick zurück. „Ihre Anzahlung wird bis zum Ende des Tages zurückerstattet, Sir. Betrachten Sie unseren Vertrag als null und nichtig." Dann schloss er die Tür hinter sich und sagte kein Wort mehr, bis sein Vater auf den Parkplatz des Gebäudes der Knox Corporation fuhr.

„Glaubst du, du kommst aus dieser Partnerschaft heraus,

ohne dass es irgendwelche rechtlichen Fallstricke gibt?", fragte Brian.

Sein Vater zuckte mit den Schultern. „Vielleicht. Vielleicht nicht. Ich treffe mich mit der Rechtsabteilung, sobald ich wieder im Büro bin."

Brian zwang sich dazu, nicht im Sitz zusammenzusinken, als wäre er ein trotziger Teenager. Er hatte nichts falsch gemacht. Es gab nichts, wofür er sich schuldig fühlen sollte. Trotzdem verabscheute er es, dass etwas, das mit seinem Privatleben zu tun hatte, der Firma seines Vaters Schwierigkeiten bereitete. „Gibt es etwas, das ich tun kann?"

Sein Vater stieß ein bellendes Lachen aus. „Gestern hätte ich gesagt, du sollst mit Cara ausgehen und herausfinden, ob ihr vielleicht zusammenpasst."

Brian war empört und wollte schon widersprechen, doch sein Vater hob eine Hand und hielt ihn auf. „Heute ist mein Ratschlag das genaue Gegenteil. Halte dich von ihr und Manchester fern. Sie sind beide instabil. Ich weiß nicht, weshalb ich diese Seite an Robert bisher noch nicht gesehen habe. Ich schätze, ich habe immer seinen aggressiven Stil in Geschäftsbehandlungen bewundert, aber das ist das erste Mal, dass ich gesehen habe, dass er es so persönlich werden lässt. Wir werden keine Partner von jemandem, der so ist."

Die Anspannung in Brians Nacken ließ nach, und er fühlte sich etwa fünf Kilo leichter als heute Morgen beim Aufwachen im Haus seiner Eltern. Es gab allerdings noch immer geschäftliche Konsequenzen, um die man sich sorgen musste. „Wie ernst, meinst du denn, ist es ihm, dass er uns verklagt?"

„Es ist wohl keine leere Drohung, aber er wird sie vermutlich fallenlassen, sobald es kurz davor steht, tatsächlich vor einen Richter zu kommen. Das ist nur eine Taktik, um zu sehen, ob er uns zum Einknicken bewegen kann, indem er uns eine Menge Geld kostet. Mach dir deswegen keine Sorgen. Ich lasse die Rechtsabteilung der Knox Corporation daran arbeiten und sie auch alle Ansprüche gegen Knox Designs abdecken."

Brian hatte erwartet, dass sein Vater seine Ressourcen anbieten würde. Es hätte nicht zu seinem Charakter gepasst, es nicht zu tun. Robert Manchester war nicht der einzige CEO, der sein Kind beschützen wollte. Aber Brian konnte das nicht zulassen. Er war erwachsen. Er würde sich um seine eigenen Angelegenheiten kümmern. „Danke, Dad. Das weiß ich zu schätzen, aber ich werde damit fertig."

William Knox hob die Augenbrauen und schaute seinen Sohn an. „Du willst nicht, dass ich mich um etwas kümmere, das bestimmt ein paar Jahre lang Anwaltskosten verursacht, weil mein Geschäftspartner versucht hat, dich über den Tisch zu ziehen?"

„Als ich die Knox Corp verlassen habe, habe ich dir gesagt, dass ich mich um mich selbst kümmern würde. Und das habe ich. Es gibt keinen Grund, das jetzt zu ändern."

Sein Vater stieß ein bellendes Lachen aus. „Stur wie ein Maultier. Genau wie ich. Jetzt weiß ich, dass deine Firma ein großer Erfolg wird." Seine Miene wurde ernst, während er seinen Sohn anschaute. „Hör mal, Brian. Ich will, dass du weißt, dass ich dir zugehört habe. Ich habe mich als junger Mann auch selbstständig gemacht. Es wäre überhaupt nicht in die Tüte gekommen, dass ich mir von meinem Alten hätte helfen lassen. Ich wollte mich beweisen, und ich musste es auf den eigenen Beinen schaffen. Ich verstehe das."

„Aber ...", sagte Brian mit einem leisen Lachen. „Es gibt immer ein Aber."

„Aber ich kann dich nicht die Kosten für einen Rechtsstreit übernehmen lassen, der durch Robert Manchester auf dich zukommt. Das liegt an mir und deiner Mutter, weil wir eine Angelegenheit vorwärtsgetrieben haben, die wir kein Recht hatten, so vorwärtszutreiben. Lass mich dafür die Verantwortung übernehmen. Bitte."

Brian sah seinen Vater einen langen Augenblick an. Dann nickte er langsam, verstand, dass das die Art seines Vaters war, sich bei ihm zu entschuldigen. „In Ordnung. Danke dir."

„Kein Dank nötig. Jetzt essen wir was zu Mittag." Sein Vater sprang aus dem BMW und wartete in der Nähe der Aufzüge aus der Tiefgarage, bis Brian auf ihn aufholte.

William Knox begann ein Gespräch über die jüngste Marketingkampagne für die Hotels, und es war klar, dass sie damit fertig waren, über Robert und Cara Manchester zu sprechen.

KAPITEL 16

*N*ach dem Essen verabschiedete sich Brian von seinem Vater und ging hinaus an die warme Sommersonne, um auf Cara zu warten. Er hatte versprochen, mit ihr zu reden, ehe er die Stadt verließ, doch er hatte auch bereits sein Uber zum Flughafen bestellt, damit das Treffen kurz ausfallen würde. Es gab einfach nicht sonderlich viel zu sagen. Er setzte sich auf eine der Bänke am Bürgersteig, als Cara zu ihm eilte.

„Oh, zum Glück habe ich dich nicht verpasst", sprudelte es aus ihr heraus, während sie sich neben ihn setzte. Sie war völlig atemlos und sah aus, als wäre sie gelaufen.

„Cara, ich glaube nicht, dass wir viel zu bereden haben", sagte er mit einem eisigen Unterton. „Ich habe deinem Vater bereits alles erzählt, was du wissen musst."

„Ich bin gekommen, um mich zu entschuldigen." Sie schaute zu ihm empor, ihre blauen Augen ganz sanft. „Ich habe einen Fehler gemacht, und ich will wissen, ob du mir vergeben kannst. Ich wollte nicht solche Probleme verursachen."

„Du hast der ganzen Welt erzählt, dass wir heiraten,

obwohl wir nicht mal zusammen waren", brüllte er sie fast an, weil ihm bereits all seine Geduld abhandengekommen war. Wegen des plötzlichen Flugs runter nach Südkalifornien und des Treffens mit ihrem Vater hatte Brian die ganze Sache bereits satt.

„Psst!" Sie schaute sich vorsichtig um, dann biss sie sich auf die Unterlippe.

„Ich muss nicht leise sein", sagte er. „Ich bin nicht derjenige, der sich eine Geschichte einfallen lassen hat, nur um an einen Sponsorenvertrag zu kommen."

Sie ließ den Kopf hängen, versuchte nicht einmal, ihre Taten zu leugnen. „Es war ein ... Fehler." Ihr Kopf schoss wieder nach oben, und es standen unvergossene Tränen in ihren Augen.

„Cara, ich kann das jetzt gerade nicht tun. Mein Taxi ist bald hier." Brian stand auf und schaute auf sein Telefon, um zu sehen, wann sein Fahrzeug tatsächlich ankommen würde. Verdammt. Er musste sie noch weitere vier Minuten ertragen.

Eine Träne lief ihr über die Wange, und er hielt sich gerade noch so an der Kandare, dass er nicht losbrüllte. Diese Frau brauchte einen Therapeuten oder so was. Sie schob ihm ein gefaltetes Blatt Papier hin. „Hier. Sieh dir das an."

Er stieß ein Seufzen aus, machte aber, worum sie ihn gebeten hatte, einfach, damit die Zeit verging. Er faltete es auf, um seine eigene Handschrift und die Zeichnung eines Strichmännchens und einer -frau zu sehen, die heirateten.

Im Text stand: *An Cara, das hübsche Mädchen in der Kunststunde. Da unsere Eltern entschlossen zu sein scheinen, uns zusammen zu bringen, wie wäre es, wenn wir einen Pakt schließen, dass wir, wenn wir mit fünfunddreißig noch nicht verheiratet sind, einfach einander heiraten. Kreise eines ein. Ja oder nein.*

Das Ja war mit rotem Filzstift eingekreist, und unter der Handschrift war ein lippenförmiger Abdruck aus Lippenstift.

Ach, zum Teufel. Brian war bereits sechsunddreißig, und da sie ein paar Jahre jünger war, schätzte er, dass sie bald fünfunddreißig werden würde. Hatte er in der Highschool so viel geflirtet? Die Nachricht hatte er bis zu diesem Augenblick völlig vergessen gehabt. Offensichtlich waren das nur Streiche eines Highschool-Jungen, der Aufmerksamkeit wollte. Er erinnerte sich genau daran, ein paar ähnliche Nachrichten an andere Mädchen geschrieben zu haben, die er gekannt hatte. Eine in der elften Klasse, und eine am College. In diesem Alter hatte es ihm offensichtlich gefallen, ein paar Optionen in der Hinterhand zu halten.

„Das war doch nur ein Teenager-Witz", sagte Brian sanft, reichte ihr das Blatt wieder zurück. Die Tatsache, dass sie es all die Jahre aufgehoben hatte, gab ihm ein unbehagliches Gefühl. Hatte sie es denn auf ihn abgesehen gehabt, seit sie klein gewesen waren?

„Ich weiß", sagte sie leise. „Es ist nur so, dass unsere Eltern davon gesprochen haben, dass wir heiraten, als wir zum letzten Mal alle zusammen waren, und du hast einen Witz darüber gemacht, wie unsere Kinder aussehen würden. Und ich habe allmählich gedacht, dass das keine so schlechte Idee wäre."

Er hatte einen Witz über ihre Kinder gemacht? Schon möglich, schätzte er. Er machte oft Witze über Dinge, die er unbehaglich fand. Und die familiäre Erwartung und der Druck, die beiden Imperien durch eine Hochzeit zusammenzubringen, war ihm immer unbehaglich gewesen.

„Auf jeden Fall hast du dann diesen Frühling gesagt, dass ich zu Jacobs Hochzeit bei dir schlafen könnte, und ich … Ich hatte, kurz nachdem wir diese Pläne geschmiedet hatten, dieses Interview, und ich war mir so sicher, dass wir diesen Sommer schließlich etwas anfangen würden. Ich habe mich komplett vergaloppiert. Ich muss mich bei dir entschuldigen." Er sah auf sie hinab, völlig verblüfft. Die ganze Situation war so surreal.

„Ich weiß, dass ich verrückt klinge", sagte sie und wandte sich von ihm ab. „Ich verspreche, ich werde nicht zu einer Stalkerin oder so was. Ich habe einfach ... ich habe meine Tagträume mit mir durchgehen lassen. Es tut mir leid."

„Schon gut", sagte er leise, weil er nicht wusste, was er sonst sagen sollte. Er wollte sie auffordern, eine Gegendarstellung herauszugeben, ihren Vater zurückzupfeifen und dann dafür zu sorgen, dass sie sich verdammt noch mal von ihm und Keating Hollow fernhielt. Doch er sagte nichts dergleichen, denn sie zitterte wie Espenlaub, und er wollte ihr keine weiteren Schmerzen mehr verursachen. Stattdessen öffnete er die Arme für sie und zog sie an sich. „Es wird schon gut werden, Cara. Da wächst schon Gras drüber, und eines Tages wird sich keiner mehr daran erinnern oder sich darum kümmern."

Sie stieß schnaubend ein ungläubiges Lachen aus. „Doch, das werden sie."

„Nein, das glaube ich nicht. Hier unten sind die Dinge völlig irre, und es gibt immer eine neue Geschichte, an die man sich klammern kann. Nächste Woche um diese Zeit hat ein anderer Star aus einer Realityshow irgendwo was geklaut, und das wird dann die Klatschseiten dominieren."

Cara zog sich zurück und schaute auf, lächelte ihn unsicher an. „Du bist ein guter Kerl. Weißt du das?"

„Ich versuche es. Aber es bringt mich manchmal in Schwierigkeiten." Er ließ sie los und schob sich die Hände in die Taschen.

„Ich werde das richtigstellen, Brian", sagte sie und starrte wieder auf ihre Füße hinab. „Ich frage mich nur, ob du mir ein paar Wochen geben könntest, bevor ich die Ankündigung mache."

„Ich kann nicht so tun, als wäre ich dein Verlobter, Cara. Ich habe jemanden in meinem Leben. Das werde ich nicht verstecken. Die Presse ist da bereits dran, unterstellt mir, dass ich fremdgehe, und belästigt sie."

Sie verzog das Gesicht. „Silas Ansells Schwester. Ich weiß. Ich wollte da keine Probleme verursachen."

„Na, das hast du aber. Sie erwidert im Augenblick nicht mal meine Anrufe." Seine Stimme war barscher, als er vorgehabt hatte, doch es hatte keinen Sinn, zu verstecken, wie wütend er über die ganze Sache war.

„Es tut mir leid." Sie schloss die Augen und holte tief Luft. „Der einzige Grund, weshalb ich frage, ist, dass ich ... äh, ich muss zur gleichen Zeit eine andere Ankündigung machen, und das wäre dann wirklich gute Publicity."

Bat sie ihn tatsächlich um einen Gefallen, nach all dem Ärger, den sie ausgelöst hatte? „Das meinst du doch nicht ernst. Also dreht sich alles wieder nur um dich?", fragte er in einem Tonfall, in dem sowohl Erschöpfung als auch Ärger mitschwangen. Er schaute sich nach dem Toyota Camry um, der ihn abholen sollte.

„Nein, ich ..." Sie schloss den Mund und murmelte vor sich hin. „Stimmt. Ich habe mich nur um mich gesorgt. Es tut mir leid. Es ist ... Du weißt doch, wie diese Stadt ist. Jede Publicity ist gute Publicity."

Er stimmte da nicht zu und konnte es nicht erwarten, nach Hause zu kommen, weg von diesen Irren. Dann beäugte er sie, fragte sich, was genau sie vorhatte. „Wozu ist denn diese Publicity? Doch hoffentlich kein weiteres Sponsoring, das irgendwie mit dieser falschen Verlobung zusammenhängt?"

Diesmal hatte sie zumindest den Anstand, rot zu werden, als er ihr ihre Lächerlichkeit vorhielt. „Nein, nichts dergleichen." Sie schaute sich um, als würde sie nachsehen, ob ihnen auch niemand zuhörte. Dann senkte sie die Stimme und sagte: „Ich werde bei einer Realityshow dabei sein, für die Leute neunzig Tage lang in ein Haus eingeschlossen werden, während die Kameras vierundzwanzig Stunden täglich drehen. Meine Teilnahme ist noch geheim, und ich soll darüber noch gar nichts sagen. Aber wenn ich die Ankündigung mache, dass unsere Verlobung aufgelöst ist, gleich nachdem herauskommt, wer dabei ist, wird es mir wirklich mit den Fans helfen. Ich dachte ..."

„Heilige Scheiße", murmelte er vor sich hin. Sie war ganz sicher irre. Das bedeutete auch, dass sie vermutlich eine ziemlich gute Chance hatte, diese Show zu gewinnen. Nicht, dass es ihn gekümmert hätte. Er wollte nur nach Hause. „Hör mal, Cara. Mach, was immer du machen willst. Ich gehe nach Hause. Ich werde daran arbeiten, mit meinem Mädchen ins Reine zu kommen. Falls die Promi-Blogs über uns schreiben, dann tun sie das eben. Ich werde meine Ankündigung machen, die besagt, dass wir niemals ein Paar waren, wenn mir danach ist. In Ordnung? Und ich erwarte von dir, dass du ankündigst, dass wir niemals tatsächlich verlobt waren, und dass wir innerhalb von zwei Wochen unserer Wege gegangen sind. Und wenn du deinen Dad im Gegenzug dazu bringen kannst, die Klage fallen zu lassen, verspreche ich, dass ich nirgends sonst noch etwas an die Presse weitergebe. Einverstanden?"

„Einverstanden. Ich bin ziemlich sicher, dass ich das für mich hinbiegen kann, selbst wenn du verkündest, dass wir niemals verlobt waren." Sie strahlte und streckte ihm eine Hand entgegen.

Was meinte sie damit, es ‚für sich' hinbiegen zu können? Er bekam allmählich Kopfschmerzen, und er zog in Erwägung, ihr nicht die Hand zu schütteln. Er wollte sie nicht mal berühren. Doch er wollte eine Absprache treffen, darum nahm er ihre Hand, schüttelte sie, und dann marschierte er zu dem Toyota Camry, der endlich angekommen war, um ihn zum Flughafen zu fahren.

KAPITEL 17

*J*ch glaube, ich sterbe vielleicht", sagte Shannon, während sie in einen der Sessel im *Incantation Café* sank. „Ich spüre meine Arme nicht mehr."

Silas saß ihr gegenüber und legte sofort den Kopf auf den Tisch, stöhnte über Schmerzen in seinem Rücken. „Niemals wieder. Wir hätten eine Umzugsfirma anheuern sollen. Was haben wir uns nur gedacht?"

„Wir haben uns gedacht, dass wir im Augenblick kein Geld für die Umzugshelfer zur Verfügung haben", sagte Shannon verärgert. Sie hatte geglaubt, sie hätten sich mit ihrem Geld so klug angestellt. Sie hatte die letzten zehn Jahre damit verbracht, fleißig ihre Studienkredite zurückzuzahlen, während sie auch für ihre Rente gespart hatte. Auf dem Papier stand sie finanziell topfit für eine Einunddreißigjährige da, die einen Confiserieladen führte. Sie hatte nur nicht sonderlich viele Geldreserven, die ihr sofort zur Verfügung standen.

Das war ein kleines Problem, da sie gerade zwei Monatsmieten und eine Kaution für ein kleines Haus drei Häuser weiter von dem ihrer Großmutter bezahlt hatte. Oder vielmehr dem Haus, in dem ihre Eltern sie nicht mehr mietfrei wohnen lassen wollten.

Silas hätte nur zu gern geholfen. Der Junge schwamm im Geld. Doch da er minderjährig war, hatte er jeden Monat nur Zugriff auf einen kleinen Betrag. Den Rest musste ihre Mutter genehmigen. Wenn er achtzehn wurde, würde sich das ändern.

„So sehr mein Körper jetzt wehtut, freue ich mich trotzdem, dass Bellatrix weg und zurück in Los Angeles ist", sagte Silas, der sich aufrichtete und die Beine vor sich ausstreckte.

„Du glaubst doch nicht ernsthaft, dass sie wegbleiben wird, oder?", fragte Shannon, während sie einen Blick hinüber zu Hanna warf, die hinter der Kasse stand und ein paar Touristen abkassierte.

„Nein. Aber vorerst ist sie weg, und das allein ist wichtig", sagte Silas. Er folgte Shannons Blick. „Schnick, schnack, schnuck, um zu sehen, wer aufsteht und uns was zu trinken holt?"

„Meine Arme funktionieren nicht, weißt du noch?" Shannon spannte die Finger an und stieß ein Stöhnen aus. Sie hatten Shannons Sofa und Polstersessel, ihre Schlafzimmermöbel, die Esszimmergarnitur und die Barhocker umgezogen, zusammen mit einer Reihe Kisten mit Zeug, das Shannon im Lauf der Jahre angesammelt hatte. Da das Haus nur drei Häuser weiter war, hatten sie sich nicht die Mühe gemacht, einen Laster zu mieten. Das war eine weitere Entscheidung, die Geld sparte, für die sie bezahlen würden, wenn sie am nächsten Morgen nicht einmal mehr aus dem Bett kommen würden.

„Schade, dass Brian nicht in der Stadt war. Ich wette, er hätte alles für uns getragen", sagte Silas sehnsüchtig.

„Wir reden nicht über ihn", erwiderte Shannon und schickte Hanna einen flehenden Blick.

Hanna stieß ein lautes Lachen aus, dann kam sie hinter dem Tresen hervor und zu ihnen herüber. „Ihr beiden seht aus, als würdet ihr jemanden brauchen, der euch hier rausträgt."

„Ist das ein Angebot?", fragte Shannon. „Denn ich würde nicht Nein sagen. Aber zuerst brauche ich einen Kaffee. Und ein Stück von diesem Kaffeekuchen. Mach lieber zwei Stücke und den größten Milchkaffee, den du hinkriegst. Mit doppelt Espresso."

„Nehme ich auch", sagte Silas. „Und Wasser."

Hanna lachte. „Kommt gleich."

Shannon reichte ihr eine Kreditkarte. „Nimm dir auch dreißig Prozent Trinkgeld, weil du unsere lahmen Hintern bedienst."

Hanna schüttelte den Kopf. „Das ist zu viel."

„Nein, ist es nicht. Vergiss es. Ich schreibe es einfach auf den Beleg." Shannon lächelte zu der umwerfenden Cafébesitzerin auf. „Danke noch mal. Ich weiß, dass wir nervig sind."

„Nein, seid ihr nicht, und macht euch keine Sorgen deswegen." Hanna schob sich ihre dunklen Locken aus den Augen und winkte jemandem zu, als die Türglocken läuteten.

Hope Scott trat ins Café und an den Tresen. Nachdem sie bestellt hatte, kam sie herüber zu Shannon und Silas. „Hey, ihr. Ich habe gehört, ihr hattet einen schlimmen Tag."

„Umzugstag. Es war furchtbar", sagte Silas.

Sie nickte. „Davon hatte ich im letzten Jahr auch viel zu viel. Obwohl Luftmagie normalerweise hilft. Habt ihr schlappgemacht oder was?"

„Shannon hat nach etwa einer halben Stunde ihren

Zauberstab zerbrochen, und danach flog uns alles um die Ohren", grollte Silas.

„Ist ja nicht so, als wärst du eine große Hilfe gewesen", schoss sie zurück. „Hättest du jemals geübt, würdest du nicht so sehr dazu neigen, alles fallen zu lassen."

Er hob beide Hände, die Handflächen nach oben, als wolle er sagen, *was kann ich denn dafür*, doch dann verzog er das Gesicht, weil seine Muskeln schmerzten.

„Wow. Ihr beiden habt euch richtig zugrunde gerichtet", sagte Hope. Sie beäugte sie. „Wisst ihr, ich habe ein paar freie Plätze heute Abend im Spa. Wollt ihr reinkommen und mich an diesen Schmerzen arbeiten lassen?"

„Urgs", stöhnte Silas. „Ich würde nur zu gerne, aber Levi hat mich eingeladen. Morgen?" Er klimperte vor ihr mit den Wimpern und schaute sie an wie ein Hundewelpe.

Sie kicherte. „Hat er schließlich beschlossen, dich wieder an sich ran zu lassen, was?"

Silas' Wangen wurden tiefrot, während er auf den Tisch hinabschaute. „Er ist nicht so begeistert von den Artikeln in der Klatschpresse."

„Nein. Ist er nicht", sagte Hope, die ihn sanft anlächelte. „Doch er weiß auch, dass das nichts ist, was du kontrollieren du kannst. Solange du also kein Gefolge mitbringst, bin ich sicher, alles wird sich fügen."

„Ein Gefolge. Bei den Göttern." Er legte den Kopf wieder ab. „Kann ich nicht einfach den Rest des Jahres freinehmen und hier eine Weile in Frieden wohnen?"

Shannon tätschelte ihm die Hand. „Es ist vermutlich besser, wenn du deine Verpflichtungen bei *Timekeeper* einhältst. Aber was immer du tun willst, ich unterstütze dich."

Er wandte ihr den Kopf zu und schaute sie an. Als er etwas

sagte, war seine Stimme voller Hoffnung. „Heißt das, du hast dich entschlossen, meine Managerin zu sein?"

„Ja", sagte sie mit einem Seufzen und rieb sich über die Unterarme. „Aber das kann ich nicht machen, bevor du Geburtstag hast."

„Du kannst, wenn ich Mom überzeugen kann, dich damit eher anfangen zu lassen", sagte er, die Augen zusammengekniffen, wie er es immer machte, wenn er mit seinem scharfen Verstand etwas berechnete.

„Si, wir sollten das Ganze nicht in noch größere Unruhe versetzen", sagte Shannon behutsam.

„Doch. Doch, sollten wir." Er erhob sich plötzlich und ging hinüber zum Tresen, um ihre Bestellung abzuholen. Seine Bewegungen waren anmutig und selbstsicher.

„Wie macht er das bloß?", murmelte Shannon. „Ich glaube nicht, dass ich auch nur aus diesem Stuhl komme, ohne mir einen Muskel zu zerren."

Hope kicherte. „Er ist jung. Die erholen sich schneller."

„Nicht so schnell." Shannon beobachtete, wie Silas sich seine Getränke und Süßigkeiten schnappte und sie dann aus der Eingangstür brachte. Hey! Hätte er ihr nicht zumindest ihre zum Tisch bringen können, ehe er ging? Sie schaute ihm immer noch finster nach, als Hanna kurz danach mit Shannons Hälfte der Bestellung und ihrer Kreditkarte erschien.

„Silas hat sich um das Trinkgeld gekümmert", sagte Hanna, während sie Shannon die Rechnung reichte.

Shannon schürzte die Lippen, musterte die Cafébesitzerin. „Das sagst du nicht nur so, oder?"

„Nö." Sie zog einen Zwanziger aus der Tasche. „Er hat mich auch kein Wechselgeld geben lassen."

Shannon spürte, wie sich in ihrer Brust Stolz breitmachte.

Ihr Bruder war ein guter Mensch. Und wenn man bedachte, dass er von ihren Eltern aufgezogen worden war, war es erstaunlich, dass er so freundlich geworden war. „Vielen Dank, Hanna."

„Immer doch, meine Liebe. Jetzt lass dir von Hope heute Abend diese schmerzenden Muskeln bearbeiten, damit du dich morgen auch tatsächlich bewegen kannst." Sie tätschelte Shannon die Schulter, ehe sie zurück zum Tresen ging, wo Rex Holiday zusammen mit Rhys stand, Hannas Verlobtem.

Auf Rex' Gesicht bildete sich ein Lächeln, als er Shannon sah. Er sagte etwas zu Rhys und kam dann herüber. „Hey, die Damen. Wie läuft euer Freitagabend?"

„Gut", sagte Hope. „Ich habe Pause, bevor ich wieder an die Arbeit gehe."

Sie drehten sich beide um, um ihre Aufmerksamkeit Shannon zuzuwenden. Sie stieß ein wenig erheitertes Lachen aus. „Mir ging's schon besser. Ich bin heute umgezogen, und ich glaube, ich brauche zwei neue Arme und Beine. Hope denkt, dass sie sie mit einer Massage retten kann."

„Dabei würde ich auf Hope vertrauen", sagte Rex.

„Du hast vermutlich recht." Obwohl Shannon sich nur zu bewusst war, dass es Freitag Abend war, der Abend, an dem sie und Brian eigentlich ihre Paar-Massage hätten haben sollen. Sie hatte immer noch keinen seiner Anrufe angenommen. Tatsächlich hatte sie seine Nummer blockiert. Kindisch? Vielleicht. Aber sie glaubte nicht, dass ein Mann, der sie anlog, ihre Zeit wert war.

Shannon konnte allerdings immer noch hören, wie Silas die Geschichte von Brians Verlobung infrage stellte, und das beunruhigte sie. Vielleicht hätte sie mit ihm reden sollen, um sich zumindest anzuhören, was er zu sagen hatte. Sie schüttelte den Kopf. Jetzt war nicht die Zeit, Brian nachzutrauern. Nicht, wenn der sexy Rex Holiday vor ihr stand. Shannon deutete auf den leeren Stuhl neben ihr. „Setz dich."

„Ich dachte schon, du würdest nie fragen." Rex setzte sich neben sie und strich sofort sanft mit dem Finger über den blauen Fleck auf ihrem Handrücken. „Was ist denn da passiert?"

„Die habe ich am Treppengeländer angeschlagen, als mein Bruder und ich meine Matratze nach oben geschleppt haben."

„Und das?" Seine Finger strichen weiter zu einem Kratzer auf ihrem Unterarm.

Nach einem Tag körperlicher Arbeit war die Verbindung angenehm, aber seine Berührung ließ sich gar nicht mit der von Brian vergleichen. Sie spürte weder ein Prickeln noch das köstliche Glitzern des Verlangens. Verdammt. Es wäre schon schön gewesen, sich von einem Typen angezogen zu fühlen, der auch tatsächlich zur Verfügung zu stehen schien. Sie unterdrückte ein enttäuschtes Seufzen, als sie sagte: „Ich weiß es nicht mal. Ich bin mir nicht sicher, ob ich das gespürt habe, als es passiert ist."

„Das kenne ich. Die Arbeit auf Farmen bedeutet, dass man alle möglichen Kratzer und blauen Flecken bekommt, die man sich letztlich nicht erklären kann." Er lehnte sich zurück und legte die Hand auf den Tisch.

„Wie läuft es auf dem Weinberg der Pelshes?", fragte Shannon, dann nahm sie einen großen Schluck von ihrem Milchkaffee. Das Koffein war wie eine Injektion in den Arm, die sie sofort aufrichtete.

„Gut. Sie haben einen echt schönen kleinen Weinberg da draußen."

Hanna kam und grinste ihn an, während sie ihm seinen

Kaffee reichte. „Der ist nur schön, weil wir eine famose Erdhexe haben, die dafür sorgt, dass wir es richtig angehen."

„Vielen Dank für dieses wunderbare Kompliment", sagte er und drückte ihr leicht die Hand. „Aber dein Dad hat schon fabelhaft vorgearbeitet, ehe ich auch nur wusste, dass es einen Pelsh-Weinberg gibt. Ich glaube nicht, dass ich mir eine bessere Lese hätte wünschen können."

„Das hören wir gerne." Sie warf einen Blick auf Hope und Shannon. „Sagt mir Bescheid, wenn ihr sonst noch was braucht."

„Ich habe alles", erwiderte Shannon, die ihren Milchkaffee hob. „Der ist perfekt." Sie wandte ihre Aufmerksamkeit wieder Rex zu. „Erzähl mir mehr über den Weinberg. Was machst du eigentlich genau für die Pelshes?"

„Ich kümmere mich im Grunde nur um die Trauben, sorge dafür, dass die Lese bestmöglich ausfällt. Je besser der Anfang, umso mehr steigert sie sich im Lauf der Zeit."

„Also bist du die Art Berater, der reinkommt, um den Laden tipp-top in Form zu bringen?", fragte Hope, die sich vorbeugte, um ihm ihre ganze Aufmerksamkeit zu schenken.

„So was in der Art", sagte Rex. „Bisher läuft es hervorragend, aber es wird noch besser, wenn wir eine weitere Lufthexe finden, die uns hilft, die Reben hochzubinden und daran arbeitet, den Most zu lüften."

„Ihr braucht eine Lufthexe? Ich bin eine Lufthexe", sagte Shannon, die sich näher heranbeugte. Die Muskeln in ihrem Rücken brüllten sie an, weil sie sich bewegt hatte, aber sie achtete nicht auf den Schmerz, ließ ihre ganze Aufmerksamkeit auf Rex gerichtet. Er brauchte eine Lufthexe. Sie war eine Lufthexe. Ein zweiter Job würde ihr mehr Geld verschaffen. Geld, das sie brauchen würde, wenn sie versuchen wollte, sich das Haus ihrer Großmutter zu kaufen, sobald es auf den Markt kam. Das Problem wäre dann nur, wie viele Arbeitsstunden sie einbringen musste. Sie hatte immer noch ihren Job als Geschäftsführerin bei *Ein Löffelchen Magie*. „Gibt es irgendwelche konkreten Arbeitsstunden, oder sind die flexibel?"

Seine Miene hellte sich interessiert auf. „Flexibel. Auf jeden Fall. Bist du interessiert?"

Shannon nickte. „Ich brauche einen Teilzeitjob."

„Sie ist auch eine talentierte Lufthexe", wandte Hope ein. „Wenn du je gesehen hast, wie sie diesen Zauberstab schwingt, dann weißt du, wovon ich rede."

Zauberstab. Genau. Sie musste ihren sofort ersetzen. Vermutlich bis morgen, wenn sie nicht darauf zurückverfallen wollte, alles von Hand zu erledigen. Sie war nicht gut in der Vorgabe von Richtungen, wenn sie nur ihre Finger benutzte.

„Klingt perfekt. Hast du Zeit, morgen raus zum Weinberg zu kommen?", fragte er.

Shannon beugte sich vor, wandte ihm ihre ungeteilte Aufmerksamkeit zu. „Wenn du am Nachmittag Zeit hast, auf jeden Fall."

„Ich sorge dafür, dass ich dort bin." Er hielt ihr eine Hand hin.

Shannon nahm sie und sagte: „Ich kann es kaum erwarten."

Als Rex mit Rhys aufbrach, wandte Shannon sich zu Hope. „Bist du immer noch für diese Massage heute Abend zu haben?"

„Auf jeden Fall." Hope erhob sich und wies Shannon an, ihr zu folgen. „Ich wollte Laufkundschaft annehmen. Du kannst den Anfang machen."

KAPITEL 18

$\mathcal{N}$ervosität machte sich in Shannon breit, als sie durch die Türen von *A Touch of Magic* marschierte. Weshalb hatte sie zugestimmt, am Freitagabend hierher zu kommen? Dem Abend, an dem sie mit Brian auf ihrem zweiten Date hätte sein sollen?

Genau, dachte sie, während sie sich auf einen der Sessel im Wartebereich setzte. Sie konnte sich kaum bewegen, ohne das Gesicht zu verziehen. Das hatte sie sich hundert Prozent selbst zuzuschreiben. Sie würde nicht zulassen, dass Gedanken an Brian es für sie ruinierten.

Während Hope nach hinten ging, um ihren Arbeitsbereich vorzubereiten, blätterte Shannon durch eine Ausgabe der *Witch Times* und bewunderte eine neue Serie von Zauberstäben. Da gab es einen glitzernden roten, der nach ihr schrie.

„Shannon?", rief Lena, die Empfangsdame des Spa.

Shannon warf das Magazin auf den Tisch und zuckte zusammen, als sie sich hochschob. „Ich bin da."

„Oh, gut. Gleich hier entlang." Lena lächelte sie an und

führte sie durch den Gang, wo die Massageräume waren. Aber anstatt sie in eines dieser Zimmer zu bringen, ging sie weiter, bis sie draußen im hinteren Gartenbereich waren.

Shannon sah ihn sofort. Brian saß an einem Tisch für zwei, Kerzen beleuchteten sein gut aussehendes Gesicht. Ein Anflug von Ärger ließ sie beinahe umdrehen und zurück durch die Tür eilen. Doch Silas' Worte erklangen weiterhin in ihren Gedanken, sodass sie sich fragte, was genau er zu seiner angeblichen Verlobung zu sagen hatte. Zumindest verdiente sie einen gewissen Abschluss, oder?

„Shannon?", fragte Lena mit gerunzelter Stirn. „Ist alles in Ordnung?"

Shannon räusperte sich. „Ich dachte, ich würde einfach nur eine Massage bei Hope bekommen. Dieses Date hätte abgesagt werden sollen."

Lenas Augen wurden groß, und sie warf dann einen Blick auf Brian und zurück zu Shannon. „Äh, okay. Wenn du mir bitte nach drinnen zurück ins Spa folgen willst, dann kann ich nach Hope sehen und …"

Shannon wedelte mit der Hand, um sie aufzuhalten. „Nein, keine Sorge. Das ist nicht nötig. Lass Hope einfach nur wissen, dass ich hier draußen bei Brian bin. Solange am Ende des Abends für mich eine Massage rausspringt, ist alles in Ordnung."

„Natürlich", sagte Lena rasch. „Diese Verwechslung tut mir so leid."

„Es ist nicht deine Schuld. Danke, Lena."

Shannon ließ sich Zeit, während sie den restlichen Abstand zu dem Tisch überbrückte, an dem Brian saß und auf sie wartete. Als sie schließlich dort ankam, hielt sie inne und legte eine Hand auf die Lehne des leeren Stuhls. „Ich dachte nicht, dass du hier sein würdest."

„Natürlich bin ich hier. Wir waren verabredet", sagte er, stand auf und zog für sie den Stuhl hervor.

Sie verabscheute es, dass er so ritterlich war. Das machte es ihr schwerer, ihn zu hassen. Und in diesem Augenblick war sie ziemlich sicher, dass sie ihn hasste. Oder dass sie zumindest hasste, was für ein Gefühl er ihr gegeben hatte, und dass sie sich tatsächlich hinsetzen und ihn das erklären lassen würde. Ließ sie das schwach dastehen? Machte es sie zu einer schlechten Feministin? Vielleicht. Vielleicht auch nicht. Sie schob die zerstörerischen Gedanken aus ihrem Verstand und setzte sich auf den Stuhl, die Arme vor der Brust verschränkt.

„Hast du irgendwelche von meinen Nachrichten erhalten?", fragte Brian, sobald er ihr wieder gegenüber saß.

Sie schüttelte den Kopf. „Es war eine heftige Woche. Ich habe dich letztlich blockiert."

Schmerz blitzte in seinen dunklen Augen auf, nur kurz sichtbar, ehe er langsam nickte. „Ich verstehe."

„Echt?", forderte sie ihn heraus. „Ich bin mir nicht sicher, ob du wirklich irgendeine Vorstellung davon hast, wie es ist, herauszufinden, dass der Typ, mit dem du gerade zusammengekommen bist, verlobt ist." Da. Sie hatte es gesagt.

Brian holte tief Luft und nickte. „Du hast recht. Weiß ich nicht. Aber kannst du dir vorstellen, als allererstes am Morgen einen Anruf zu bekommen und zu erfahren, dass du mit jemandem verlobt bist, mit dem du niemals zusammen warst?"

Shannon starrte ihn an, als hätte er zwei Köpfe. Hatte sie ihn richtig verstanden? Wollte er sagen, dass er nicht einmal von der Verlobung gewusst hatte? Das klang … im besten Fall weit hergeholt. Oder nicht? Silas hatte sie vor der Presse gewarnt. Sie hatte nur nicht in Betracht gezogen, dass er recht haben könnte. „Willst du mir das vielleicht erklären?"

„Bist du bereit, es zu hören?", fragte er. In seiner Stimme lag keine Herausforderung, nur eine sanfte Neugier.

Verdammt noch mal, wenn das nicht liebenswert war. „Ich glaube schon." Sie holte rasch Luft und stieß sie wieder aus. „Hör mal. Mein Bruder ist ein großer Star. Als ich am College war, habe ich etwas Zeit in Hollywood verbracht. Ich verstehe, wie verrückt es sein kann, da unten zu sein. Ich weiß auch, dass Leute dazu neigen, die Wahrheit zu biegen oder einfach nur Lügen aufzutischen, um zu bekommen, was sie wollen. Ich bin bereit, zuzuhören, aber wenn du nicht ehrlich bist, und ich es herausfinde, gibt es keine weitere Chance. Verstanden? Ich hasse Drama. Ich hasse die Presse. Und am allermeisten hasse ich Lügner."

„Dann haben wir mehr gemeinsam, als mir klar war, Shannon, denn mir geht es ganz genauso." Als er sie diesmal anlächelte, stand darin sein ganzer Charme, und er wirkte, als wäre er erheitert. Als hätte sie etwas gesagt, das ihn freute.

„Also gut. Rück raus damit." Sie nahm ein Sektglas, das vor ihr stand, und nippte daran.

Brian beugte sich vor, stützte die Ellbogen auf den Tisch. „Es ist ziemlich verrückt. Bist du dafür bereit?"

„Das bezweifle ich. Aber es war eine verrückte Woche, also leg los. Es kann nicht schlimmer sein als meine Mutter, die mich aus meinem Haus geworfen hat." Ups. Das hatte sie nicht sagen wollen. Sie hatte ihm keine Einzelheiten zu ihrer Woche geben wollen, bis sie gehört hatte, was er zu sagen hatte.

Er hob eine Augenbraue, diejenige, durch die eine Narbe lief. Kurz fragte sie sich, wie das passiert war, und nahm sich vor, ihn später zu fragen. „Darauf kommen wir auf jeden Fall zurück."

Sie zuckte mit einer Schulter, achtete nicht auf den Schmerz und wartete. Das Kerzenlicht um ihn herum ließ seine Haut schimmern, und sie verabscheute sich dafür, dass ihr das auffiel. Sie sollte sich nicht schon wieder für ihn erwärmen. Er hatte noch nicht einmal seine Erklärung abgegeben.

„Cara Manchester ist die Tochter eines der ältesten Freunde meines Vaters. Oder zumindest waren sie bis vor ein paar Tagen noch Freunde. Sie zogen auch ein gemeinsames Geschäft auf. Manchester und Knox Corps. Hotels und Spas. Richtig viel Geld."

„Okay", sagte Shannon und runzelte die Stirn. „Na und? Ist das eine von diesen arrangierten, das Geschäftsimperium erweiternden Hochzeiten?"

Brian lachte, aber daran war gar nichts erheiternd. „Irgendwie schon? Jahrelang haben unsere Familien Bemerkungen darüber gemacht, dass ich doch Cara heiraten sollte. Ich habe es immer ins Lächerliche gezogen, denn der Druck, den sie ausgeübt haben, war mir unbehaglich. Ich hatte niemals auf irgendeine Weise vor, mit Cara zusammen zu kommen oder sie zu heiraten. Tatsächlich ist sie so eine verrückte Hollywood-Type, und nichts könnte mich mehr abturnen. Da ist gar nichts."

„Warum hat sie dann gedacht, dass es im nächsten Herbst eine Hochzeit geben würde?", fragte Shannon, ihre Neugier übertrumpfte dabei ihre Geduld.

Diesmal war sein Lachen bitter. „Das hat sie nicht wirklich geglaubt. Es war alles eine Lüge, ein Publicity-Stunt für einen Sponsorenvertrag und eine Realityshow, für die sie gecastet wurde."

Shannon lehnte sich zurück, war völlig verblüfft. Als sie schließlich wieder etwas sagen konnte, merkte sie an: „Das klingt nach einer unglaublichen Geschichte, Brian."

„Ich weiß, aber es ist die Wahrheit." Er hob sein Sektglas auf und stürzte den Inhalt hinunter. „Ich musste dort runterfliegen und mich mit ihrem Vater auseinandersetzen, der sich Sorgen macht, dass seine Tochter lächerlich gemacht wird. Er und mein Dad bedrohen einander mit Klagen, denn so wie sich der alte Manchester benommen hat, will mein Vater nichts mehr mit ihm zu tun haben. Es ist ein ziemlicher Schlamassel und genau der Grund, aus dem ich die Knox Corp verlassen habe. Ich habe kein Interesse an dem ganzen Drama. Ich will nur ein ruhiges Leben hier in Keating Hollow, wo ich auf Skye aufpassen und meine Arbeitsstunden selbst festlegen kann. Und wieder mit dir zusammenkommen, wenn du dafür zu haben bist."

Shannon starrte Brian an, das Entsetzen machte sie sprachlos. Seine Geschichte war unfassbar. Und trotzdem glaubte sie ihm hundertprozentig. Es war genau die Art von Verrücktheit, vor der sie vor zehn Jahren weggelaufen war. Es war genau dieselbe Art von Verrücktheit, die ihre Mutter früher in der Woche an ihre Eingangstür gebracht hatte.

„Shannon?", fragte Brian. „Ist alles in Ordnung? Du wirkst ein bisschen ..."

Sie warf den Kopf in den Nacken und brach in Gelächter aus. Sie konnte einfach nicht anders. Wie war es möglich, dass sie genau dasselbe Leben führten, nur mit anderen Einzelheiten? „Ach, Teufel auch, Brian. Es tut mir leid. Ich lache nicht über dich. Das verspreche ich."

„Bist du sicher?", fragte er, während sie weiter kicherte.

„Warte mal, bis du gehört hast, was mit meiner Mutter passiert ist." Sie schüttelte den Kopf, wischte sich über die Augen, die wegen ihres hysterischen Gelächters tränten. Sie erklärte dann, wie Gigi Ansell versuchte, Silas' Leben zu kontrollieren, und sich dazu herabgelassen hatte, sie zu erpressen, als Shannon nicht willens gewesen war, ihr zu helfen.

„Also hat sie dich aus dem Haus deiner Großmutter geworfen, weil du dich nicht auf ihre Seite stellst, was Silas' Pläne für seine Karriere angeht?", fragte Brian.

„O nein, Brian. Es ist nicht Omas Haus. Es ist *ihr* Haus. Das sagt sie zumindest. Praktisch hat Oma das Haus meinem Dad hinterlassen, aber er tut, was immer sie sagt, darum kommt es auf die Einzelheiten kaum an."

„Das ist … eiskalt." Sein Blick umwölkte sich plötzlich, er war wütend an ihrer statt, und das brachte sie zum Lächeln.

„Hey", sagte sie und griff über den Tisch, um ihre Hand auf seine zu legen. „Ist schon gut. Meine Mom und ich sind und uns schon seit Jahren nicht einig. Ich will nur sicherstellen, dass es Silas gut geht. Sie macht ihm im Augenblick alle möglichen Probleme. Das macht sein Leben elend, und ich fürchte, er wird seine Karriere aufs Spiel setzen, wenn sie nicht nachlässt."

„Wie du es getan hast?" Er schob seine Finger zwischen ihre.

„Ach nein. Mir hat das Schauspielen gefallen, aber niemals gut genug, um mich mit diesem Schwachsinn herumzuschlagen. Silas liebt, was er tut. Ich will einfach nicht, dass sie es für ihn zerstört."

„Wird sie nicht", sagte er.

„Und woher weißt du das?"

„Weil du es nicht zulassen wirst." Brian drückte ihre Finger, gab ihr Sicherheit. „Silas wusste, was er getan hat, als er hierherkam. Du bist die Einzige, auf die er sich verlassen kann."

Er hatte recht. Shannon war die Einzige im Leben ihres Bruders, der es nur um ihn ging und um das, was er wollte. Sie war sein Fels in der Brandung. Und würde es immer sein. Auf keinen Fall würde sie ihn jetzt im Stich lassen.

„Vielen Dank", flüsterte Shannon, warf einen Blick auf ihre verbundenen Hände hinab. Sie konnte nicht anders, als zu denken: Verdammt, das fühlt sich gut an. Die niederschmetternde Enttäuschung, die sich auf sie gelegt hatte, seit sie diesen Artikel online gesehen hatte, war weg. Ihr Herz war leichter, und ihr Verstand war es auch. Zum ersten Mal seit Tagen fühlte sie sich, als könne sie tatsächlich atmen. Und das lag allein daran, dass sie sich in ihn verliebt hatte.

KAPITEL 19

*D*er Schmerz in Brians Eingeweiden ließ schließlich nach. In dem Augenblick, in dem Shannon ihn angelächelt und zugelassen hatte, dass er ihre Hand hielt, war die Nervosität der letzten paar Tage verflogen. Die Tatsache, dass sie auf keine seiner Nachrichten geantwortet hatte, hatte ihn verstört, doch als sie gesagt hatte, dass sie seine Nummer blockiert hatte, war er sicher gewesen, dass er seine Chance verspielt hatte. Aber aus irgendeinem glücklichen Umstand heraus schaffte sie es, die Gerüchteküche hinter sich zu lassen, hinter ihnen, und hatte im Augenblick tatsächlich Spaß.

„Hier, versuch mal das." Brian hielt ihr eine Gabel von seinem Hummer-Risotto hin, damit sie es versuchen konnte. Und als sich ihre Lippen um das Besteck schlossen, dachte er, er würde hier und jetzt in Ohnmacht fallen. Was hätte er nicht gegeben, diese Lippen auf seinen zu spüren … und an anderen Stellen.

„Warum siehst du mich so an?", fragte sie mit einem verführerischen Blick, als wüsste sie genau, was ihm durch den Kopf ging.

„Ich habe nur an die Massagen gedacht, die auf uns warten." Die Vorstellung, wie sie nackt neben ihm lag, selbst wenn es auf einem Massagetisch zwei Meter entfernt war, machte ihn wahnsinnig. Er hatte keine Ahnung, wie er das eine Stunde lang überleben sollte, in der er wusste, dass sie gleich da war, ohne dass es ihm möglich sein würde, sie zu berühren. Eine Paarmassage klang plötzlich nach einer ziemlich miesen Idee.

„Ich glaube, wir hätten uns erst massieren lassen sollen, und dann essen", überlegte Shannon. „Ich werde vermutlich ins Fresskoma fallen und die Hälfte davon versäumen."

Er stimmte zu, doch es bestand nicht die Möglichkeit, dass ihm das passieren würde. Sein Körper war zu sehr auf ihren eingeschwungen. Hätte er vorher gewusst, dass sie vom Umzug erschlagen war, hätte er vielleicht vorgeschlagen, die Massagen im Spa ausfallen zu lassen, und ihr angeboten, diese Aufgabe selbst zu übernehmen. Aber dafür war es noch zu früh. Sie hatte gerade erst angefangen, wieder mit ihm zu reden.

Mach mal langsam, befahl er sich und nahm einen weiteren Schluck Sekt.

„Dein Risotto wird noch kalt", sagte sie, ihre Augen funkelten schelmisch.

„Wen kümmert's?", erwiderte er, sah auf sie hinab, als wäre sie sein nächster Bissen.

„Okay, mein Lieber. Ich verstehe. Du bist bereit für den Massageteil des Abends. Sollten wir unsere Bedienung heranwinken und sie wissen lassen, dass wir …"

Ein lautes Krachen, gefolgt von Schreien und Rufen, kam von weiter vorne im Spa. Brian war als erster aus seinem Stuhl hochgefahren, Shannon gleich nach ihm. Er warf einen Blick über die Schulter und bemerkte, wie sie das Gesicht verzog, als sie sich beeilte, mit ihm mitzuhalten. Verdammt. Sie hatte wirklich Schmerzen. Er wollte für sie langsamer werden, doch der Instinkt ließ ihn in den Empfangsbereich des Gebäudes laufen.

Faith Townsend stand mitten in einem Haufen zerschmetterten Glases, starrte aus dem Loch, wo ihr Fenster gewesen war, während sie ins Telefon brüllte. „Drew? Wir haben ein Problem. Wie schnell kannst du hier sein?"

„Heilige Scheiße, Lena!", rief Shannon hinter ihm. „Was ist passiert?"

Brian warf einen Blick zurück und sah, wie Shannon sich eine Hand an die Kehle legte, während sie sich mit aufgerissenen Augen umschaute.

„Jemand hat einen Stein durch das Fenster geworfen", sagte Lena mit bebender Stimme.

In Brian vibrierte nervöse Energie. Der Drang, etwas zu tun, pulsierte durch seine Adern, und hier zu stehen und auf den Sheriff zu warten, stand gar nicht zur Debatte. „Shannon, sieh mal nach, ob es Lena gut geht. Ich gehe nach draußen und finde heraus, ob jemand Hilfe braucht."

Shannon schnappte sich seine Hand und hielt ihn auf. „Ich glaube nicht, dass du rausgehen solltest, bevor Drew kommt."

Er beugte sich hinab und streifte ihre Stirn zu einem Kuss. „Ich komme schon klar. Vertraue mir." Ohne ein weiteres Wort trat er aus dem Spa und wurde von Blitzlichtern geblendet. Er hob die Hände und wandte sich ab, versuchte, sich von den großen leuchtenden Punkten zu erholen, die durch sein Sichtfeld trieben.

„Brian!", rief ein Mann. „Wurde jemand verletzt? Bluten Sie?"

„Mr. Knox, können Sie uns sagen, was Ihre Verlobte davon hält, dass Sie mit Ms. Ansell zu Abend essen?"

„Steht die Hochzeit noch?"

„Hat der Stein, der durch das Fenster geworfen wurde, etwas mit Cara Manchester zu tun?"

Die Fragen drangen aus jedem Winkel auf ihn ein. Wie viele Reporter kampierten denn draußen vor dem Spa? Einer von ihnen hatte doch bestimmt etwas gesehen, oder? Er hob die Arme, wedelte damit in der Luft, versuchte, alle zu beruhigen.

Aber die Fragen kamen einfach immer weiter, zusammen mit den Blitzlichtern, und er gab schließlich auf und ging zurück nach drinnen, um festzustellen, dass ihn alle einfach nur anstarrten. Es gab keinen Grund, etwas zu sagen. Sie hatten alle die Fragen gehört. Er ging hinüber zu Shannon, und nahm sie ohne ein Wort in die Arme. „Geht es dir gut?"

Sie schlang die Arme um ihn, schüttelte aber den Kopf. „Überhaupt nicht. Kommen wir hier raus, ohne dass man über uns herfällt?"

„Ich weiß es nicht", sagte er in ihre Haare.

Shannon zog sich zurück und wandte sich an Faith. Die hübsche Blonde war gerade wieder zurückgekehrt, weil sie einen Besen geholt hatte, und sah aus, als wäre sie bereit, mit den Aufräumarbeiten zu beginnen.

Lena hielt sie allerdings auf. „Noch nicht, Faith. Wir müssen Bilder machen, für die Versicherung. Drew wird Fotos für den Polizeibericht machen wollen."

„Stimmt." Sie lehnte den Besen an die Wand und musterte den Bereich, verzog das Gesicht, als sie eine zerbrochene Vase und das Regal mit Verkaufsartikeln sah, das zerstört worden war.

„Faith?", sagte Shannon.

„Ja?" Die Besitzerin des Spa wirkte erschüttert, und Brian fragte sich, ob sie bereits ihren Verlobten Hunter angerufen hatte.

Vermutlich nicht. Er zog sein Telefon aus der Tasche und rief Jacob an. Er hatte Hunters Nummer nicht, doch Faiths Schwester Yvette hatte sie vermutlich. Er sprach leise, ließ Jacob wissen, was passiert war, informierte ihn auch über die Schar Paparazzi.

Nachdem Jacob die Information an seine Frau weitergegeben hatte, damit sie Hunter anrief, sagte er: „Himmel, Mann, das ist irre. Glaubst du, dass sie auch draußen an deinem Haus kampieren?"

„Na, jetzt schon." Er strich sich mit den Händen durch die Haare und hatte das Gefühl, dass er gleich aus der Haut fahren wollte. Wie sollte er so zwei weitere Wochen leben, ehe Cara sich endlich aufraffte, alles aufzuklären? Das konnte er nicht.

Er würde sein eigenes Statement herausgeben, aber er wusste, dass niemand darauf aufmerksam werden würde, bis Cara etwas erwiderte. Fremdgehen war ein viel zu guter Skandal, um ihn zu ignorieren.

Vielleicht konnte er Keating Hollow verlassen und sich ein wenig verstecken. Er warf einen Blick auf Shannon und wusste, dass er sie nicht in diesem Schlamassel zurücklassen konnte. Er hätte sie sofort mitgenommen, aber wer konnte schon sagen, dass die Fotografen ihnen nicht folgen würden? Besonders, wenn Silas bei ihnen war. Es war eine Situation, in der man nicht gewinnen konnte.

„Du kannst herkommen und das Gästezimmer nehmen, wenn du willst", sagte sein Freund, und dann lachte er, während er anfügte: „Oder dir ein Zimmer mit Skye teilen."

„Das klingt sehr nach Ruhe", sagte Brian trocken. „Ich bin vermutlich in ein paar Stunden da, nachdem ich Shannon sicher nach Hause gebracht habe."

„In Ordnung, Mann", sagte Jacob. „Ich lasse dir das Licht an."

„Danke." Er beendete den Anruf und ging los, um zu sehen, was er tun konnte, um zu helfen.

Eine Stunde später hatte Drew die Paparazzi aufgelöst, ihnen gesagt, dass er sie alle auf der Polizeistation brauchte, um sie zu befragen, und wenn sie sich wehren würden, würde er sie selbst dorthin bringen.

„Danke, Mann." Brian hielt dem Hilfssheriff eine Hand hin. „Du hast keine Ahnung, wie sehr du mir hilfst."

„Es tut mir leid, dass sie dich immer weiter belästigen, Brian", sagte er und schüttelte ihm die Hand. „Das ist nichts, woran wir hier gewöhnt sind."

„Ja, klar. Das war einer der Gründe, weshalb ich hergezogen bin." Er klopfte Drew auf die Schulter und ging an ihm vorbei, um Shannon abzuholen. Als er sie auf einem der Sessel im Empfangsraum fand, setzte er sich neben sie und nahm ihre Hand in seine. „Bist du bereit zu gehen?"

„Ja. So was von." Sie schaute ihn an, als würde sie gleich tot umfallen, und nach dem Tag, den sie erlebt hatte, überraschte ihn das nicht.

„In diesem Fall ..." Brian hob sie hoch und hielt sie sich an die Brust, während er sie hinaus zu seinem SUV trug. Sie kicherte und erklärte ihm, dass es nicht nötig war, sie zu tragen, aber ihm fiel auf, dass sie nicht zu sehr widersprach.

„Du bist süß. Weißt du das, Brian Knox?", sagte sie auf seinem Beifahrersitz.

Brian warf einen Blick zu ihr hinüber, bevor er den Motor startete und spürte, wie eine Woge aus Zärtlichkeit über ihn hinwegging, während er in ihre whiskeyfarbenen Augen schaute. Er konnte nicht verhindern, dass er sie in die Arme nehmen und dort immer festhalten wollte. Was lächerlich war, denn wenn es jemals eine Frau gegeben hatte, die sich um sich selbst kümmern konnte, war es Shannon Ansell.

„Küsst du mich jetzt, oder wirst du mich die ganze Nacht lang anstarren?", fragte sie, während ihre Lippen erheitert zuckten.

„Mache ich. Lass mir nur einen Augenblick." Er beugte sich herüber und legte seine Hände an ihre Wangen, genoss die Art, wie sie ihn anschaute. Ihre Miene war verschlafen, aber voller Liebe und Vertrauen, und etwas, das sich schon ziemlich nach Heimat anfühlte. „Ich kann den Tag nicht erwarten, an dem ich dich die ganze Nacht lang festhalten kann, Shannon."

Ihr stockte der Atem, und sie flüsterte: „Ich auch nicht."

„Aber nicht heute Abend. Du brauchst deine Ruhe", fuhr er fort.

„Ich kann schlafen, während du dich an mich kuschelst", sagte sie mit leicht verzogenen Lippen.

Brian lachte. „Nö. Ganz und gar nicht, du umwerfendes Mädchen. Ich könnte doch meine Hände nicht stillhalten."

Bei seinen Worten erschauerte sie sichtlich, und es ließ ihn seine Entscheidung, sie nicht mit nach Hause zu nehmen, nur noch mehr bedauern. Allerdings war er nicht unterwegs nach Hause, oder? Er wusste es noch nicht, aber er würde darauf wetten, dass eine Schar Fotografen seine Zufahrt belagerte, genau in diesem Augenblick. „Gut, dann küss mich endlich."

Er spürte, wie sein Inneres entflammte, als ihre Lippen seine streiften. Und in diesem Augenblick war alles perfekt.

KAPITEL 20

erfekt. Das war das Wort, das Brian gesagt hatte, gleich nach diesem erstaunlichen Kuss, den Shannon und er in seinem SUV vor *A Touch of Magic* geteilt hatten. Aber an Shannons Wirklichkeit war im Augenblick nichts perfekt. Sie sollte ihre erste Nacht abseits vom Haus ihrer Großmutter verbringen – dem Haus, das sie sich als ihr eigenes vorgestellt hatte – in ihrem neuen Miethaus, und stattdessen saß sie in Brians SUV, starrte auf einen Ring aus Fotografen, die auf ihrem Bürgersteig kampierten. „Ich kann hier nicht bleiben. Nicht nach dem, was in Faiths Spa passiert ist."

„Auf keinen Fall", sagte Brian. „Du kannst mit mir zu mir kommen, wenn du möchtest."

In seinem Tonfall lag keine Zweideutigkeit und kein Flirten, nur Sorge. Sie runzelte die Stirn und drückte sich eine Hand an den pochenden Kopf. „Glaubst du nicht, dass sie auch dort sein werden?"

„Vermutlich. Jacob hat bereits gesagt, dass ich sein

Gästezimmer haben kann. Ich bin sicher, es wird ihnen nichts ausmachen, wenn noch jemand mitkommt, falls du das willst."

„Ich schätze, ich könnte in Noels Pension gehen", sagte Shannon, doch sie verwarf den Gedanken rasch. „Nur dass ich wetten möchte, dass einige dieser Arschlöcher dort abgestiegen sind."

„Vermutlich", stimmte Brian zu.

Es gab nicht viele Orte, wo man in Keating Hollow übernachten konnte, wenn man nicht bei jemandem zu Gast war. Shannon zog ihr Handy heraus und rief Hope an. Nachdem sie die Lage erklärt hatte, bestätigte Hope, dass Silas immer noch bei Levi war und nirgends Paparazzi zu sehen waren.

„Ihr könnt über Nacht bleiben, wenn du möchtest", sagte Hope. „Levis Zimmer ist frei. Er bleibt unten, während sein Knöchel heilt."

„Das wäre toll. Danke. Wir sehen uns in fünf Minuten." Sie beendete den Anruf und bat Brian, sie bei Hope und Chad rauszulassen.

„Ja, okay", sagte er und klang leicht enttäuscht. Aber er lächelte sie schwach an, als er das SUV startete.

Shannon starrte aus dem Fenster auf die hübsche baumgesäumte Straße und die idyllischen Häuschen und sagte: „Ich verstehe einfach nicht, weshalb jemand einen Stein durch das Fenster im Spa werfen sollte. Was könnte man damit erreichen wollen?"

Brian stieß ein humorloses Lachen aus. „Mich nach draußen bringen, oder ist das etwa nicht passiert? Sie haben ihr Foto. Nur dass sie nicht wissen konnten, dass ich derjenige sein würde, der herauskam, also habe ich keine Ahnung. Das scheint ziemlich willkürlich, oder? Paparazzi lassen sich normalerweise nicht dazu herab, Sachbeschädigung zu begehen."

„Nein. Machen sie nicht. Normalerweise kommt es zu so etwas nur, wenn die Promis durchdrehen und handgreiflich werden. Ich verstehe es einfach nicht."

„Es fühlt sich an, als wäre die ganze Welt verrückt geworden", sagte Brian.

„Nicht die ganze Welt", sagte Shannon mit einem Seufzen. „Ich habe immer noch gute Freunde, die für uns da sind, wenn wir sie brauchen." Während sie hörte, wie sie diese Worte aussprach, senkte sich ein seltsames Gefühl des Friedens auf sie herab. Shannon hatte niemals wirklich das Gefühl gehabt, dass sie irgendwohin passte. Sie hatte all die Jahre Miss Maple gehabt, und Wanda, aber Wanda war ein so geselliger Schmetterling, dass sie nicht sonderlich viel Zeit nur zu zweit verbrachten. Es gab andere Einwohner von Keating Hollow, mit denen sie befreundet war, aber bis Hope eingetroffen war, hatte sie nie das Gefühl gehabt, dass sie eine Freundin hatte, auf die sie sich verlassen konnte. Auch keinen Freund, was das anging. Sie war natürlich mit Typen ausgegangen, aber keiner hatte ihr jemals genug bedeutet, um in ihr den Wunsch aufkommen zu lassen, die Beziehung weiterzuführen.

Das hatte sich geändert, als Brian in ihr Leben getreten war. Sie sah ihn im Auto von der Seite an. Schatten überlagerten seine Züge, aber sie konnte immer noch sein kantiges Kinn und den Bartschatten erkennen. Es juckte sie in den Fingern, seine Wangen zu berühren, seine Lippen, seine weichen Haare. Der Mann war umwerfend; daran gab es keinen Zweifel. Und plötzlich bedauerte sie es, nicht auf sein Angebot eingegangen zu sein, mit ihm zu Yvettes und Jacobs Haus zu kommen.

„Worüber denkst du gerade nach?", fragte er mit rauer Stimme.

Sie kicherte. „Nichts." Er wandte ihr seinen verhangenen

Blick zu. Ja, er wusste, worüber sie nachgedacht hatte, oder zumindest erriet er es, und er dachte genau dasselbe. Ihr Körper wurde wärmer, und auf ihrem Nacken brach Schweiß aus.

„Ist es hier drin heiß, oder bin das nur ich?", fragte sie, während sie das Fenster einen Spalt weit öffnete.

„Du bist auf jeden Fall heiß, Shannon."

Sie spürte, wie ihre Wangen warm wurden, als sie errötete.

„Hör auf. Diese Unterhaltung wird uns nur beide frustrieren."

Er lachte. „Du kannst es dir immer noch anders überlegen, weißt du."

Sie hatte darüber nachgedacht, wenn auch nur unterbewusst. Aber in Wahrheit musste sie bei Silas sein. Wenn die Paparazzi ihnen weiter nachjagten, musste er ihre erste Priorität bleiben. „Ich wünschte, ich könnte, aber mein Bruder …" Sie zuckte mit den Schultern. „Dieser Scheiß nimmt ihn wirklich mit. Ich muss in seiner Nähe bleiben."

„Verstehe ich." Er fuhr in die Zufahrt des Häuschens, das sich Hope und Chad teilten. Das Licht auf der vorderen Veranda war an, beleuchtete die hübschen roten Fensterläden. Er legte ihr eine Hand an die Wange. „Kann ich dich morgen anrufen?"

Sie lehnte sich an ihn, schloss die Augen. „Mach das lieber mal."

„Zähl darauf." Er gab ihr einen langsamen, zarten Kuss, und sie betete, dass die Fotografen so bald wie möglich interessantere Ziele finden würden. Sie war sich nicht sicher, ob sie noch einen weiteren Tag durchstehen konnte, ohne ihn in ihrem Bett zu haben.

Schließlich löste sich Shannon und hastete aus dem SUV. Sobald sie es auf die Veranda geschafft hatte, drehte sie sich um und warf ihm einen letzten Luftkuss zu.

~

BRIAN SAß MITTEN auf dem Boden des Kinderzimmers, konnte den Kuss nicht vergessen, den Shannon ihm geschickt hatte, nachdem sie am vorigen Abend aus dem SUV gesprungen war. Er hatte ihn mitten in die Brust getroffen, war durch seine Glieder gewandert und hatte seine Finger und Zehen mit ihrer Magie prickeln lassen. Shannon Ansell hatte ihm einen magischen Kuss geschickt, den er noch tagelang spüren würde. Er hatte lange gebraucht, um am Abend einzuschlafen, und hatte dann von ihr geträumt.

Verdammt. Hatte er sich so schlimm in Shannon Ansell verliebt?

Das kleine Mädchen, das im Zimmer um ihn herumlief, stieß ein lautes Kichern aus, holte ihn aus seinem Shannon-Nebel. Er lachte, als Skye ihm einen pinken Bären hinschob und sich daran machte, kleine rosarote und blaue Schleifen in seinen Haaren zu befestigen. Sie trug ein grünes Tutu und eine rosarote Strumpfhose, während sie herumkrabbelte, und übte die Bewegungen, die sie in ihrer Mutter-Kind-Ballettstunde gelernt hatte.

„Sieht gut aus, Skye", sagte er und hielt einen blauen Plastikspiegel hoch, um sein Abbild zu betrachten. „Wenn du mal älter bist, wirst du eine tolle Friseurin."

Die Kleine kicherte, ließ ihren braun-weißen Plüschhund auf seinen Schoß fallen und summte weiter, während sie noch mehr Schleifen in seinen Haaren anbrachte.

„Sieht gut aus, Mann", sagte Jacob, der am Eingang kicherte. „Bist du gleich bereit für dein Fotoshooting? Ich wette, die Paparazzi würden richtig gut zahlen, wenn sie davon eins machen könnten."

„Mann, sei doch kein A... äh, Armleuchter. Sei kein

Armleuchter." Er beugte sich vor und drückte Skye einen Kuss auf die Wange. „Hör nicht auf Daddy. Er ist nur neidisch, dass er nicht das Charisma hat, um diesen Look wirklich strahlen zu lassen."

Skye hielt ihrem Vater eine rosarote Schleife hin.

Er nahm sie entgegen und schaffte es, sie an einer kurzen Strähne mitten auf seinem Kopf anzubringen. Er grinste seine Tochter an und duckte sich, damit sie sein Werk sehen konnte. „Was meinst du? Süß oder?"

„Süß!", stimmte sie zu und krabbelte in den Gang.

Jacob beobachtete sie einen Augenblick lang, dann grinste er. „Sieht aus, als hätte jemand Hunger." Er wandte seine Aufmerksamkeit wieder Brian zu. „Sie hat Yvette gefunden. Sie werden jetzt frühstücken."

Brian nickte. Er war früh aufgestanden und hatte festgestellt, dass Skye vor sich hin sang, darum war er heraufgekommen, um sie zu unterhalten, bis Yvette und Jacob aufwachten. „Sie wird so schnell größer, Jay."

„Da sagst du was. Als nächstes wird sie wohl fragen, ob sie sich Onkel Brians SUV ausleihen kann." Er kicherte. „Oder sie fragt Onkel Bri, ob er ihr ein pinkes Cabrio kauft."

Brian lachte. „Das würde ich glatt machen. Das Mädchen wird eine Fashiondiva."

„Vermutlich." Er griff hoch und holte die rosarote Schleife aus seinen Haaren, ließ das Utensil in den Plastikeimer neben Brian fallen. „Ich mache Eier und Speck. Bist du dabei?"

„Solange es Kaffee gibt", sagte Brian, der die Spielsachen einsammelte, mit denen Skye gespielt hatte, und sie in eine Truhe an der Wand legte.

„Mensch, es gibt doch immer Kaffee." Jacob verschwand durch den Gang, als gerade Brians Telefon anfing zu klingeln.

„Knox", sagte er, als er die Nummer nicht erkannte.

„Brian? Hier ist Drew Baker."

„Guten Morgen, Drew", grüßte er. „Hast du was Neues wegen letzter Nacht?" Er konnte sich nicht vorstellen, weshalb ihn der Hilfssheriff sonst anrufen sollte.

„Habe ich. Wir haben die Verdächtige in Gewahrsam, aber ich wollte, dass du dir über die Situation im Klaren bist, bevor es in die Nachrichten kommt."

„Rück raus damit", sagte Brian mit mehr Mut, als er tatsächlich verspürte. Er trat aus Skyes Zimmer und in den Gang, wo er hören konnte, wie Yvette Skye etwas vorsang. Er ging an der Küche vorbei und hinaus auf die Veranda, die über das Tal von Keating Hollow blickte. Meilenweit standen dort Mammutbäume, und wenn der Nebel sich hob, konnte man der Krümmung des Flusses beinahe bis ganz zur Küste folgen.

„Die Verdächtige, die den Stein durch das Fenster von *A Touch of Magic* geworfen hat, betreibt eine Webseite mit Gerüchten über Promis. Sie hat sich online über die Beziehung von dir und Cara Manchester und außerdem Shannon ausgelassen. Sie glaubt offensichtlich, dass du Cara betrogen hast, und die Verdächtige hat es auf sich genommen, dich für deine Taten bezahlen zu lassen."

„Was? Das meinst du doch nicht ernst. Cara und ich waren nicht mal zusammen", sagte Brian, während ihm klar wurde, dass es Drew vermutlich völlig egal war, ob es so oder so war, und mit wem Brian zusammen oder verlobt war. Ihm war nur wichtig, die Einwohner zu beschützen.

Drew räusperte sich. „Das spielt keine Rolle. Was eine Rolle spielt, ist, dass Ms. Boxer das Gefühl hat, Cara wäre übel mitgespielt worden, und dass sie gegen dich und Shannon online Drohungen ausgestoßen hat. Ms. Boxer wurde verwarnt, und wir sammeln inzwischen Beweise."

„Auch Shannon?", fragte Brian, dem übel wurde. „Hat irgendjemand versucht, ihr etwas anzutun?"

„Niemand hat Shannon direkt bedroht ... noch nicht", sagte Drew. „Aber wir behalten sie genau im Auge. Das Zeug, das wir online gefunden haben, ist ziemlich verstörend." Drew hielt inne und holte Luft. „Hör mal, Brian. Ich versuche nicht, dir Sorgen zu bereiten. Ich will nur, dass Shannon und du informiert seid. Ich werde sie anrufen, sobald wir hier fertig sind."

Brian wurde flau im Magen bei der Vorstellung, dass Shannon vielleicht seinetwegen in Gefahr war. Das hätte niemals passieren dürfen. Er wollte vom Leder ziehen und brüllend auf irgendetwas einschlagen, aber nichts davon würde helfen. Alles, was er tun konnte, war, sich fernzuhalten, bis Cara die Sache richtigstellte. Er musste tun, was er tun konnte, um das zu beschleunigen. „Ich verstehe. Hältst du mich auf dem Laufenden darüber, was mit Ms. Boxer passiert?"

„Das machen wir. Versuch, dir nicht zu viele Sorgen darum zu machen. Wir nehmen diese Situation ernst."

Was sollte Brian denn darauf sagen? Wie konnte er sich keine Sorgen machen? Er würde sich selbst verabscheuen, wenn Shannon oder ihrem Bruder etwas zustieß, oder sonst jemandem. Dieser Stein hätte jemanden umbringen können, wenn auf einem der Stühle neben dem Fenster jemand gesessen hätte.

„Brian?", fragte Drew. „Bist noch bei mir?"

„Ja. Ich bin hier. Hör mal, woher wusste sie denn, wo man uns findet? Weißt du das? Shannon und ich haben zu Abend gegessen, als sich der Vorfall ereignet hat. Wir waren schon eine Weile dort."

„Sie hatte eine beeindruckende Menge an Notizen über

dich und Shannon in ihrem Fahrzeug, darunter eure Nummernschilder und eure Adressen."

„Das ist ... verstörend", sagte Brian, dem bei der Tatsache ganz schlecht wurde, dass jemand nicht nur ihm nachstellte, sondern auch Shannon.

„Ist es, und darum nehmen wir es auch sehr ernst", sagte Drew.

Drews Antwort half überhaupt nicht, ihn zu beruhigen. Aber er vertraute diesem Mann, darum sagte er nur: „Danke für den Anruf, Mann."

„Natürlich. Zögere nicht, mich wissen zu lassen, falls du etwas Verdächtiges siehst."

Nachdem Brian den Anruf mit Drew beendet hatte, scrollte er durch seine Kontakte und holte die Nummer seines Vaters hervor.

Als William Knox sich meldete, sagte Brian: „Dad, ich brauche eine gute Publizistin."

Eine Stunde später schrieb er eine E-Mail an die Publizistin, mit einem Statement, in dem er leugnete, dass es eine romantische Beziehung mit Cara Manchester oder Hinweise auf irgendeine Verlobung gegeben hätte. Sie versicherte ihm, dass es spätestens am nächsten Vormittag auf allen Gerüchteseiten einschlagen würde.

KAPITEL 21

„Shannon? Geht's dir gut?", fragte Silas.

Sie hob den Blick von ihrem Platz auf der Verandaschaukel, um festzustellen, dass er an der Hintertür stand und zwei Kaffeetassen hielt. Sie war in den hinteren Garten geflohen, als sie ans Telefon gegangen war, um mit Drew zu sprechen, der angerufen hatte. Und dann war sie völlig durch den Wind gewesen, als sie erfahren hatte, dass sie das Ziel eines Online-Gerüchteblogs war. Sie lehnte sich an die Schaukel und schüttelte den Kopf. „Äh, nein. Nicht wirklich."

Silas setzte sich neben ihr auf die Schaukel und reichte ihr eine der Tassen. „Was hat denn der Hilfssheriff gesagt?"

„Danke", sagte sie und nickte zur Tasse hin. Dann holte sie tief Luft und teilte ihm die Neuigkeiten mit. „Ich bin im Grunde das Ziel eines hasserfüllten Klatschblogs für etwas, das ich gar nicht getan habe."

Ihr Bruder lächelte sie mitfühlend an. „Ich weiß, wie furchtbar das ist. Aber versuch, daran zu denken, dass neunundneunzig Prozent der Zeit nur geredet wird."

Shannon runzelte die Stirn und schaute Silas verärgert an. „Nur dass diese Irre bereits versucht hat, jemandem wehzutun. Sie hat einen Ziegelstein durch Faiths Fenster geworfen, weißt du noch?"

„Du hast recht. Tut mir leid." Er rieb sich den Schlaf aus den Augen und seufzte. „Zumindest ist die Besitzerin der Seite bereits in Gewahrsam. Vielleicht wird sich die Empörung legen, wenn die Rädelsführerin im Gefängnis ist."

„Vielleicht, aber was soll denn einen dieser anderen hasserfüllten Typen davon abhalten, dort weiterzumachen, wo sie aufgehört hat?", fragte Shannon. Sie wusste, dass sie in einer Spirale war und sich wegen der Möglichkeit einer Wiederholungstat einfach unvernünftig benahm. Silas hatte recht. Die meisten Leute redeten nur und handelten nicht.

„Niemand, der in der Öffentlichkeit steht, ist jemals immun gegen Stalker. Das weißt du, Shan", sagte Silas sanft. „Aber es hilft schon mal, dass Keating Hollow eine Kleinstadt ist, in der jeder aufeinander aufpasst. Und Sheriff Drew scheint ein anständiger Typ zu sein, nach allem, was Levi mir erzählt hat."

„Ist er." Shannon nahm einen großen Schluck von ihrem Kaffee, den ihr Bruder perfekt hinbekommen hatte, genau, wie sie ihn mochte. Sie schaute sich in dem hübschen Garten um und sagte: „Meinst du, ich könnte Hope überzeugen, hier einen Pool einzubauen? Ich vermisse unseren."

Silas lachte. „Wenn du dafür bezahlen möchtest, und für die Pflege, dann vielleicht schon."

„Ich schätze, ich muss einfach anfangen, im Fluss zu schwimmen." Mit am liebsten am Haus ihrer Großmutter mochte Shannon den Pool im hinteren Garten. Im Sommer nutzte sie ihn die ganze Zeit zum Entspannen und um fit zu bleiben. Aber nun, da ihre Mutter sie hinausgeworfen hatte, würde es kein Schwimmen mehr geben. Das verbitterte Shannon beinahe mehr als alles andere.

„Zumindest kannst du die Temperatur steuern", überlegte Silas, der sich auf ihre Fähigkeit bezog, Wasser mit ihrer Luftmagie aufzuheizen. In der nächsten Stunde schlug sich ihr Bruder sehr gut darin, über alles und nichts zu plaudern, bis es für sie an der Zeit war, zur Arbeit zu gehen.

„Danke, Si", sagte sie und streckte einen Arm in seine Richtung.

„Wofür?", fragte er.

„Dass du mich beruhigt hast. Das Gespräch. Dass du einfach nur da warst, damit keiner von uns an die verrückten Leute denken musste, die den Wahnsinn in unser Leben bringen. Das war genau, was ich heute Vormittag gebraucht habe."

Er stand auf und umarmte sie. „Ich hatte das schon mal, Schwester. Jetzt geh in die Arbeit und verdien Geld."

Sie stieß ein Schnauben aus. „Bin dabei."

„ROT ODER LILA?", fragte sich Shannon, während sie vor einem Aufsteller mit Zauberstäben stand. Der rote war ihr sofort ins Auge gefallen. Er war schlank und glänzte und hatte die perfekte Schattierung von etwas, das sie als Nuttenrot bezeichnete. Doch der in Lila glitzerte. Und ach, wie es ihr gefiel, wenn ihr Zauberstab glitzerte.

„Vielleicht beide? Sie könnten einen in Reserve halten", sagte der Verkäufer.

Shannon hob eine Augenbraue zum Besitzer von *Stäbe und mehr*. Der Laden war ein paar Häuser weiter von *Ein Löffelchen Magie*, und Shannon hatte rasch reingeschaut, ehe sie den

Confiserieladen öffnete. „Einen Ersatz? Machen das Leute sonst so? Meine werden immer besser und mächtiger, je mehr ich sie gebrauche. Der einzige Grund, weshalb ich jetzt hier bin, liegt darin, dass ich den letzten kaputtgemacht habe."

Der Verkäufer setzte zu einem Vortrag darüber an, dass man sich niemals mit heruntergelassenen Hosen ohne Zauberstab erwischen lassen sollte, und Shannon fragte sich kurz, ob sie einen Sexshop betreten hatte, der irgendeine verruchte Version von Zauberstäben verkaufte. Aber nein. Ein Blick durch den Laden, und es war auf jeden Fall ein normales Geschäft für magischen Bedarf. Sie kicherte vor sich hin, als ihr Telefon summte.

Ein Bild von Brian blitzte auf dem Bildschirm auf, und sie ging ran, während sie immer noch vor sich hin kicherte. „Hallo, du. Ich habe gehofft, bald von dir zu hören."

„Hallo auch." Sein Tonfall war ernst, sehr viel verhaltener als sonst. Drew hatte ihr gesagt, dass er mit Brian geredet hatte, darum versuchte er vermutlich noch, die Ereignisse des vorigen Abends zu verarbeiten.

Weil sie unbedingt von dem Verkäufer wegwollte, der immer noch die Vorteile eines Ersatzzauberstabs auflistete, griff sie nach dem schlanken roten und brachte ihn zum Tresen. Während sie den Mann bezahlte, der an der Kasse stand, sprach sie ins Telefon: „Kommst du klar?"

„Nicht wirklich.", sagte Brian. „Hast du mit Drew gesprochen?"

„Schon." Ihre ganze Erheiterung verflog, und sie spürte ein erdrückendes Gewicht der Schuldgefühle für das, was womöglich in Faiths Spa hätte passieren können, wenn dieser Ziegelstein tatsächlich jemanden getroffen hätte. „Ich bin niedergeschlagen und beschämt, um ehrlich zu sein, aber ich könnte nicht dankbarer sein, dass niemand verletzt wurde."

„Das sehe ich genauso", sagte Brian, seine Stimme plötzlich heiser. Er räusperte sich, aber das half nicht. Er sprach noch immer rau, als er sagte: „Ich glaube, wir sollten einander nicht mehr treffen."

Sie fühlte sich, als hätte sie einen Schlag in den Magen bekommen. Die Luft ging zischend aus ihr heraus, und sie brachte kein Wort heraus.

„Das war's dann, Ma'am. Einen schönen Tag noch." Der Verkäufer reichte ihr ihren Zauberstab und lächelte sie an, als hätte Brian ihr nicht gerade das Herz herausgerissen.

Sie nickte im Gegenzug und eilte aus dem Laden.

„Shannon?", fragte Brian. „Bist du noch da?"

„Ja", hauchte sie, während sie die Eingangstür zu *Ein Löffelchen Magie* aufsperrte. „Ich gehe nur gerade zur Arbeit."

„Oh. Okay. Willst du mich zurückrufen?" Er klang jetzt normaler, und das ärgerte sie.

„Nein. Ich will dich nicht zurückrufen. Ich will, dass du mir sagst, weshalb du mich fallen lässt." Die Worte kamen aus ihrem Mund, ehe sie auch nur richtig darüber nachdenken konnte.

„Das mache ich nicht. Ich schwöre, dass ich dich nicht fallen lasse." Er hielt inne. „Ich glaube nur, dass es sicherer für dich, für alle wäre, wenn ich mich eine Weile stillhalte, bis sich diese Sache mit Cara beruhigt hat. Ich will nicht, dass irgendwer verletzt wird."

Bezog er sich auf das körperliche oder geistige Wohl? Es war schwer zu sagen, so, wie er sich ausdrückte. „Das will ich auch nicht", sagte Shannon.

Er stieß angehaltene Luft aus, als wäre er erleichtert, dass sie ihm zustimmte. „Gut. Okay, also … verdammt. Es tut mir leid, Shannon. Ich stelle das ganz falsch an."

Sie lehnte sich an den Tresen und sagte: „Ja. Dieser Anruf ist ein wenig heftig."

„Es tut mir leid. Ich wollte einfach nur sagen, dass ich nicht will, dass jemand Schwierigkeiten bekommt, am allerwenigsten du. Ich mache mir Sorgen. Und ich glaube, wenn wir uns dem Blick der Öffentlichkeit entziehen, niemandem etwas geben, worüber sie schreiben können, bis Cara ihr Statement an die Presse herausgibt, dann wird hoffentlich rasch Gras darüber wachsen, und wir werden keinen weiteren Vorfall wie gestern Abend mehr erleben."

„Okaaaay. Wann soll denn Cara dieses Statement veröffentlichen?", fragte Shannon.

„Irgendwann in den nächsten beiden Wochen", erwiderte Brian, sein Tonfall war völlig verbittert. „Aber ich habe gerade der Publizistin meines Vaters ein Statement geschickt. Das sollte morgen rausgehen."

„Darauf wird keiner was geben", sagte Shannon. „Nicht diejenigen, die bereits aufgewiegelt sind zumindest."

„Ich weiß, aber ich musste es rausgeben. Dann bin ich damit fertig. Wirklich fertig."

Sie hörte, wie verstört er war, und konnte sich nur vorstellen, wie schuldig er sich wegen Faiths Laden fühlte, darum beschloss sie, es ihm leichter zu machen. „Du hast recht. Steigen wir ein bisschen auf die Bremse bei dem, was immer das hier ist, und sehen wir, wo wir stehen, wenn die Paparazzi das Städtchen verlassen."

Er stöhnte.

„Was? Du hast doch gesagt, dass du das willst.", sagte Shannon.

„Es ist das, was ich glaube, das wir tun sollten. Es ist nicht, was ich will. Überhaupt nicht. Und du gehst immer noch in ein paar Wochen mit mir zur Hochzeit von Faith und Hunter.

Verstanden? Diese Wette gebe ich nicht auf." Sein koketter Tonfall war zurück, und sie konnte nicht anders, als ein bisschen dahinzuschmelzen. „Nicht, wenn für mich eine Nacktmassage herausspringt."

Sie lachte. „Natürlich gibst du nicht auf. Also gut, so sei es. Das gibt uns etwas, worauf wir uns freuen können. Aber mach dich nicht rar. Mein Telefon funktioniert perfekt. Ruf mich an, okay?"

Brian kicherte ins Telefon, während er sagte: „Zähl darauf, du Hübsche."

KAPITEL 22

„*D*as ist wunderschön", sagte Shannon, während sie durch den Weinberg der Pelshes ging. Es war später Nachmittag, und die Sonne stand tief am Himmel, sodass ein weiches Licht über die Weinreben fiel, das ihr den Atem raubte. „Du fühlst dich bestimmt wie im Himmel, dass du jeden Tag hier arbeitest."

Rex grinste. „Es ist kein schlechtes Leben."

„Das sehe ich."

„Lass mich dir den Schuppen zeigen, wo wir den Wein abfüllen." Er wies mit dem Kopf auf ein großes Gebäude, das eher wie ein Haus aussah als wie eine Scheune.

Shannon folgte ihm, bemerkte, wie die nachmittägliche Sonne sein ausgebleichtes Haar und die gebräunte Haut betonte. Sie konnte nicht anders, als ihn mit einem Surfer zu vergleichen. Er wirkte einfach wie ein Strandjünger. Er leuchtete regelrecht, und seine Muskeln hatten es in sich. Er trainierte bestimmt. So fit wurde man doch nicht nur von der Arbeit auf einem Weinberg. Trotzdem, obwohl er ein wirklich gut aussehender Mann war, konnte sie nicht verhindern, dass sie sich wünschte, sie wäre stattdessen bei Brian. Nach ihrem Telefonat am Vormittag konnte sie an nichts anderes mehr denken, als hinüber zu seinem Haus zu fahren und die Arme um ihn zu schließen.

„Wie geht's Brian?", fragte Rex, als könne er ihre Gedanken lesen. „Ich habe gehört, was gestern Abend im Spa passiert ist. Kommt er zurecht? Ich hatte noch keine Gelegenheit, mit ihm zu reden."

Die gute Laune, die sie sich erarbeitet hatte, verflog, aber sie nahm es Rex nicht übel. Er machte sich nur Sorgen um seinen Freund. „Es ist schon okay, schätze ich. Er ist aufgerüttelt, weil er gestalkt wurde und indirekt dafür verantwortlich ist, was mit Faiths Fenster passiert ist. Er hält sich einfach bedeckt, bis der Sturm in den Medien nachlässt und die Paparazzi sich langweilen und die Stadt verlassen."

Rex verzog das Gesicht. „Das klingt heftig."

„Ist es."

Rex hielt vor der Eingangstür des Schuppens inne und sagte: „Stimmt ja, dein Bruder muss mit so Zeug auch manchmal fertig werden. Das ist bestimmt erschöpfend."

Sie holte tief Luft und stieß sie aus. „Kann es schon sein, aber es passiert eigentlich nicht so oft. Nur wenn jemand das Drama auslöst." Sie setzte ein Lächeln auf. „Aber genug davon. Zeig mir deine Arbeit. Ich will unbedingt wissen, wie ich helfen kann."

„Alles klar", erwiderte er gut gelaunt, schien zu verstehen, dass sie nicht über ihre Probleme reden wollte. Rex war ganz aufgeregte Erdhexe, während er ihr zeigte, wo sie den Most fermentierten, wo er verarbeitet und gelüftet wurde, und dann, wo sie die Fässer zur Lagerung aufbewahrten. „Wir hätten gern deine Hilfe dabei, die Chargen zu lüften. Hast du deinen Zauberstab dabei?"

Shannon zog ihren brandneuen nuttenroten Zauberstab heraus und grinste. „Ist sie nicht toll?"

Er lachte. „Sie?"

„Klar doch. Wer sonst würde so eine Farbe tragen?" Sie zwinkerte ihm übertrieben zu und wedelte mit der Hand in einer großen Geste, sodass ein Luftzug ihm die Haare zerraufte.

„Perfekt. Sehen wir uns doch an, was du drauf hast."

Shannon verbrachte eine halbe Stunde damit, genug Wind anzufachen, um ein paar große Chargen Most zu lüften. Bis sie damit fertig war, schwitzte sie und war selbst ein wenig außer Atem. „Wow, das war ja wie ein Fitnessprogramm."

„Das war beeindruckend", sagte Rex mit einem Nicken. „Du wirst für dieses Team ein fantastischer Neuzugang sein."

„Bedeutet das, ich bin eingestellt?", fragte sie, ehrlich aufgeregt über die Möglichkeit. Sie konnte nicht glauben, wie sehr sie diesen Ort liebte. Von der Landschaft bis hin zur Nutzung ihrer Luftmagie, um etwas zu erzeugen. Und von dem Geruch des Weinbergs nach frischer Erde konnte sie gar nicht genug bekommen.

„Auf jeden Fall. Wann kannst du anfangen?"

„Heute?", schlug sie mit einem Lachen vor.

Rex kicherte. „Sind wir etwa aufgeregt? Dir gefällt es hier wirklich, nicht wahr?"

„Schon. Es ist anders, und ich stelle mich gern neuen Herausforderungen", sagte sie und lehnte sich an eine der Edelstahlarbeitsflächen. „Versteh mich nicht falsch, ich arbeite liebend gern bei *Ein Löffelchen Magie*, aber das mache ich schon sehr lange. An den meisten Tagen fahre ich komplett auf Autopilot."

„Ich fürchte, das wird auch hier passieren. Es geht

eigentlich nur darum, sich um die Reben zu kümmern und den Most während der Fermentierung zu lüften", sagte Rex.

„Das funktioniert. Wenn mir langweilig wird, habe ich diese unfassbare Aussicht zur Unterhaltung." Sie drehte sich um und schaute aus dem Fenster, gerade rechtzeitig, um die Sonne über dem Berg untergehen sehen. „Schau mal, Rex. Das ist magisch."

„Das ist es auf jeden Fall", sagte er direkt hinter ihr, und sie glaubte, einen Hauch Verlangen in seinem Tonfall zu hören. Aber als sie sich umdrehte, um seine Miene zu mustern, ging er gerade schon wieder von ihr weg zur Tür. „Bereit? Es ist Zeit, Feierabend zu machen."

„Klar." Sie steckte ihren Zauberstab weg und folgte ihm hinaus in den Weinberg. „Also, arbeitest du sonntags?"

„Ich schon", sagte er. „Du?"

Sie freute sich, dass er gefragt hatte. Das bedeutete, dass er sich um die Bedürfnisse seiner Mitarbeiter kümmerte. „Mache ich. Ich arbeite normalerweise am Vormittag ein paar Stunden im Laden, und dann gebe ich abends einen Yogakurs. Doch das Spa hat morgen geschlossen, weil Hunter das neue Fenster einbaut, darum habe ich Zeit, falls du mich brauchst."

„Perfekt. Wie wäre es mit mittags?", sagte er und führte sie zu dem Golfmobil, das sie zurück zum Haupthaus bringen würde, wo ihr Auto geparkt war.

Sie stieg in das Golfmobil, schnallte sich an und sagte: „Ich freue mich darauf."

„LIEBLING, ich bin zu Hause!", rief Shannon, während sie in Hopes Haus trat.

„Hier drin", rief Silas zurück.

Sie folgte dem Klang seiner Stimme in die Küche, wo sie ihren Bruder und Levi beim Kartenspielen am Tisch sitzen sah. Levi hatte seinen verletzten Knöchel auf ein Kissen auf einem der Stühle gelegt. „Wo ist das glückliche Paar?"

„Sie sind auf einem Date", sagte Levi, ohne von seinen Karten aufzuschauen.

„Schön für sie." Shannon warf einen Blick auf die Küche, und ihr fiel auf, dass ein Stapel Geschirr in der Spüle stand, doch es sah nicht aus, als hätte irgendjemand tatsächlich etwas gekocht. „Habt ihr beiden Pläne fürs Abendessen?"

Silas' Kopf fuhr hoch. „Abendessen? Kochst du was?"

Shannon verdrehte die Augen. „Vielleicht."

„Wir können Pizza holen", sagte Levi. „Hope hat mir etwas Geld auf dem Tresen hingelegt."

Sie warf einen Blick hinüber auf den Umschlag auf der rechten Seite und verkniff sich ein Stöhnen. Auf keinen Fall würde sie Hope und Chad das Abendessen bezahlen lassen, während sie und Silas bei ihnen eingefallen waren. „Wollt ihr das?"

Silas und Levi riefen beide enthusiastisch: „Ja!"

„Also dann, Pizza." Shannon holte ihr Telefon aus der Tasche und rief beim *Mystyk Pizza Parlor* an. Es war einer der neueren Läden der Stadt und hatte viele tolle Sachen zur Auswahl.

Vierzig Minuten später war Shannon auf dem Heimweg vom Abholen der Pizza, als ihr ein weißer Lieferwagen auffiel, der auf der anderen Straßenseite von Hopes Haus geparkt war. Unbehagen machte sich in ihren Eingeweiden breit. War dieser Lieferwagen vorher schon da gewesen? Sie schaute ins Fenster, während sie vorbeifuhr, konnte aber im düsteren Zwielicht nichts erkennen. Sobald sie aus dem Auto gestiegen war und den Weg zur Eingangstür nahm, schaute sie sich nach irgendetwas Verdächtigem um. Sie sah niemanden, doch die Haare in ihrem Nacken standen ihr zu Berge, sodass sie rasch ins Haus eilte.

„Silas?", rief sie.

Ihr Bruder erschien im Wohnzimmer, das Telefon ans Ohr gedrückt, während er die Augen verdrehte und ein Gesicht zog, das nahelegte, wie verärgert er war. Lautlos sagte er *Mom* und murmelte etwas ins Telefon, das ziemlich nach „das kannst du dir abschminken" klang.

„Was will sie?", zischte Shannon, während sie mit der Pizza vorbeikam. Sie hatten von ihrer Mutter nichts gehört, seit sie sie vor ein paar Tagen darüber in Kenntnis gesetzt hatte, dass sie aus dem Haus ihrer Großmutter ausziehen mussten. Shannon vermutete, dass ihre Mutter erwartete, dass sie anriefen und sie um Vergebung baten, oder sich einschmeichelten, um das Haus zurückzubekommen. Shannon würde nichts dergleichen tun.

„Das Gleiche wie immer", flüsterte Silas. „Mir Schuldgefühle einreden."

„Natürlich." Shannon ging an ihm vorbei und brachte die Pizza zum Tisch, wo Levi im Stuhl zusammengesunken war und sehr elend wirkte. „Hi, Levi. Was ist los? Tut dir dein Fuß weh?"

„Nicht wirklich. Ich habe ihn erst vor ein paar Minuten auf Eis gelegt."

Shannon schnappte sich ein paar Teller und Besteck, ehe sie sich neben ihn setzte. „Willst du drüber reden?"

Er warf einen Blick zum Wohnzimmer, und Sorge blitzte in seinen Augen auf, ehe er seinen Blick wieder auf die Karten richtete, die immer noch vor ihm lagen. „Was gibt's denn da zu bereden? Silas wird wieder nach Hause gehen, wohin er auch gehört, und ich werde hier sein."

„Und ihn vermissen", schloss sie für ihn.

Levi seufzte. „Wer würde das denn nicht? Ich meine, er ist Silas."

„Er wird zurückkommen", sagte sie und drückte ihm die Hand. „Er hat bereits gesagt, dass er die Winterpause hier verbringen möchte."

„Oder auf den Bahamas mit seinen Serienkollegen." Er wandte sich an Shannon. „Er hat heute eine Einladung bekommen."

Shannon kicherte. „Wie kommst du denn darauf, dass er dort hingeht, wenn er hier hochkommen und uns treffen kann?"

„Komm schon, Shannon", sagte Levi, der den Kopf schüttelte. „Glaubst du wirklich, er kommt in diese Kleinstadt, wenn er stattdessen Rum am Strand trinken kann?"

„Ja, tut er", sagte Silas, der zurück ins Esszimmer kam.

„Silas, ich ..."

„Nein. Jetzt bin ich dran mit Reden." Silas setzte sich neben Levi, beugte sich dichter heran, sodass ihre Schultern sich berührten.

Shannon stand auf und ging ins Wohnzimmer, um Levi und Silas ein wenig Privatsphäre zu gönnen. Sie fühlte mit Levi mit. Es war niemals einfach, derjenige zu sein, der zurückgelassen wurde. Aber sie wusste auch, dass es Silas ernst damit meinte, die freien Tage hier in Keating Hollow zu verbringen. An diesem Vormittag hatte er ihr erzählt, er hätte sich trotz des Aufruhrs mit ihrer Mutter und den Paparazzi niemals so friedlich gefühlt, wie er es hier zwischen den Mammutbäumen tat. Er sagte, es wäre gut, Zeit mit Leuten zu verbringen, denen er wirklich wichtig war. Sie wusste, dass mit „Leute" sie und Levi gemeint waren, und dass es genau das war, was er am allermeisten brauchte, dass sie ihn, nur ihn, und nicht seine Schauspielkünste oder seinen Ruhm oder sein Bankkonto wertschätzten.

Sie ging zum Fenster, beäugte den weißen Lieferwagen, der immer noch auf der anderen Straßenseite stand. Ein schwarzes SUV parkte inzwischen dahinter, aber sie sah noch immer keine Fotografen. War sie paranoid? Vielleicht. Sie zog ihr Handy heraus, um Brian anzurufen, doch bevor sie seine Nummer suchen konnte, fing ihr Telefon an zu läuten.

Gigi. Toll. Genau diejenige, mit der sie nicht reden wollte. Aber sie wusste, wenn sie den Anruf ignorierte, würde ihre Mom es einfach weiter versuchen. Sie war unnachgiebig, wenn sie etwas wollte.

„Shannon, wird aber auch Zeit, dass du mal rangehst. Ich habe schon ewig versucht, zu dir durchzukommen", sagte ihre Mom, ohne sie auch nur zu begrüßen.

„Einen schönen Abend, Mutter. Wie war dein Wochenende?", fragte Shannon.

„Lass das Gehabe. Ich rufe an, weil ich gerade von deiner Stalkerin gehört habe. Es ist Zeit, dass ihr nach Hause kommt, Shannon. Du und Silas seid nicht sicher in dieser kleinen Stadt. Es gibt keinen Schutz vor den Irren, die was von Silas wollen."

„Mom, ich habe es dir bereits gesagt, Silas ist nicht daran interessiert, jetzt nach Hause zu kommen. Er braucht seine Pause."

„Das ist mir wirklich egal, Shannon. Dort ist es für keinen von euch sicher. Kommt einfach nach Hause, wo wir das Grundstück umzäunt haben und die irren Internetrolle von dir und deinem Bruder fernhalten können. Wenn Gras über die Sache wächst, könnt ihr zurück in dein Kleinstädtchen. Ich sage das nur, weil ich mir Sorgen mache. Ich habe die Dinge gesehen, die sie online über dich sagen. Hast du das auch?"

„Nein. Du weißt doch, dass ich mir das Zeug nicht ansehe."
Shannon beäugte die Fahrzeuge vor dem Haus und fühlte sich
wieder ganz unbehaglich.

„Das musst du, Liebling. Es ist nicht gut. Bitte kommt nach
Hause und lass deinen Vater und mich uns dieser Bedrohung
annehmen. Weißt du, was passiert, wenn Silas verletzt wird?"

Shannon knirschte mit den Zähnen. Und da war er. Der
echte Grund, weshalb Gigi Ansell wollte, dass sie alles
zusammenpackte und nach L.A. floh. Silas. Sie wollte ihn zu
Hause, und sie würde alles tun, um ihren Willen
durchzusetzen. Aber anstatt mit ihr darüber zu streiten, sagte
sie: „Ich rede mit Silas, und wir melden uns wieder."

„Shan…"

„Mom, ich habe gesagt, wir reden darüber. Das ist das
Beste, was ich tun kann." Shannon beendete den Anruf, und
dann schaltete sie das Telefon ab, ehe Gigi es hochgehen lassen
konnte, wenn sie versuchte, zurückzurufen.

„Sie hat dich erwischt, oder?", fragte Silas, der sich an die
Wand lehnte, die der Küche am nächsten war.

Shannon fuhr mit der Hand durch sein dichtes Haar.
„Irgendwie schon. So sehr ich überhaupt nicht da runter
möchte, es ist was dran an dem, was sie sagt. Das Haus ist
umzäunt. Niemand wird es schaffen, zu dir durchzukommen."

Silas kniff die Augen zusammen, und als er wieder etwas
sagte, hatte es einen leicht giftigen Unterton. „Shannon, hast
du dich je gefragt, wer wirklich hinter dem Zirkus steckt, den
wir im Augenblick durchleben?"

„Was soll das heißen? Drew hat gesagt, sie hätten eine
Klatschbloggerin festgenommen, und …"

Silas schüttelte den Kopf. „Nein. Ich meine, wer diesen
ganzen Schlamassel angefangen hat. Wer hat der Presse gesagt,
wo wir sind? Wer hat ihnen den Tipp mit Brians Drama

gegeben? Weshalb sind sie noch da, obwohl es hier nichts zu berichten gibt? Paparazzi bleiben niemals so lange, außer es gibt eine wirklich deftige Geschichte, oder jemand bezahlt sie für ihre Mühen."

„Du meinst so was wie Bestechung?", fragte Shannon, die Augenbrauen überrascht gehoben. „Wer würde denn so etwas tun?" Vielleicht Caras Leute. Falls sie versuchte, Publicity für die Realityshow zu bekommen, ergab das einen gewissen Sinn.

„Leute, die versuchen, das zu bekommen, was sie wollen, meine liebe Schwester. Und was Mom am allermeisten will, ist nicht nur mich zu haben, sondern auch dich, zu Hause bei sich, wo sie Kontrolle über unser Leben ausüben kann. Denk mal drüber nach." Er war inzwischen wütend, vibrierte mehr oder weniger vor Gefühlen. „Darin ist sie am besten, Shannon. Fall nicht auf ihre Scheiße rein. Bitte."

Shannon wusste nicht, was sie sagen sollte. Der letzte Abend war unheimlich gewesen. Wenn sie so etwas noch einmal mitmachen mussten, sah sie wirklich keine Wahl, außer zu tun, worum ihre Mutter gebeten hatte. Sie würde nicht Silas aufs Spiel setzen, nur weil er wütend auf ihre Mutter war. Das war Shannon auch, aber bei all dem Drama, das Gigi in ihr Leben gebracht hatte, hatte sie sie noch kein einziges Mal einer körperlichen Gefahr ausgesetzt. Sie konnte einfach nicht glauben, dass ihre Mutter hinter dem Angriff steckte. „Mom würde niemanden anheuern, um einen Ziegelstein durch das Fenster des Spa zu werfen", sagte sie leise.

Silas schloss die Augen und stieß ein tiefes Seufzen aus. Als er sie wieder öffnete, um sie anzuschauen, sagte er: „Weißt du, Shannon, vor einem Jahr hätte ich dir zugestimmt. Jetzt bin ich mir nicht mehr so sicher. Aber es gibt eines, worüber ich mir mit dir einig bin."

„Und das ist?"

Er warf einen Blick zurück zur Küche, wo er Levi zurückgelassen hatte. „Wir können nicht hierbleiben, wenn es zu weiterer Gewalt kommt. Ich werde nicht riskieren, dass unsere Freunde verletzt werden oder ihr Grundstück Schaden nimmt, nur weil ich berühmt bin."

Shannon wollte etwas einwenden, darauf beharren, dass es nicht seine Schuld war. Aber sie tat es nicht, denn sie war sicher, dass er das bereits wusste. Das änderte nichts an der Tatsache, dass nichts von dem ganzen Paparazzi-Zeug passiert wäre, wenn Silas nicht in die Stadt gekommen wäre. „In Ordnung. Treffen wir eine Übereinkunft." Sie ging hinüber zu ihm und streckte die Hand aus. Silas nahm sie und drückte sie fest. Shannon verzog leicht das Gesicht und fuhr fort: „Wenn es auch nur einen Hinweis auf weitere Gewalt oder Sachbeschädigung gibt, sind wir unterwegs nach L.A., bis Gras über die Sache wächst. Zusammen."

Silas stöhnte, doch er nickte und schüttelte ihr die Hand. Dann schaute er auf zur Decke und sagte, als würde er zu einer höheren Macht beten: „Bitte lass den Unsinn der letzten paar Tage vorbei sein. Wir würden wirklich gern den Rest des Sommers mit unseren Freunden genießen, ohne dass jemand verletzt wird."

„Amen", sagte Shannon.

Silas grinste sie trocken an und verschwand in die Küche.

KAPITEL 23

Zum gefühlt hundertsten Mal ging Brian in seinem Wohnzimmer auf und ab. Es hatte sich herausgestellt, dass keine Fotografen vor seinem Haus kampierten, und sie hatten es auch in den letzten vierundzwanzig Stunden nicht getan. Er wusste nicht, ob sie aufgegeben und zurück nach L.A. gekehrt waren, oder ob sie einfach nur nicht an ihm interessiert waren. Es war mehr als wahrscheinlich, dass die Bilder mit ihm und Shannon die Geldquellen waren, und wenn sie sie und Silas beobachteten, wussten sie bereits, dass Brian nicht bei ihnen war.

Diese Gedanken beruhigten ihn nicht. Es war über zwei Tage her, seit er mit Shannon gesprochen hatte, und er machte sich allmählich Sorgen. Sie hatte ihm eine Nachricht hinterlassen, doch als er zurückgerufen hatte, war ihre Sprachbox bereits voll gewesen. Er war nur Minuten davon entfernt, in sein SUV zu springen und in die Stadt zu fahren, nur um nachzusehen, ob sie in Ordnung war, als sein Telefon summte.

„Jacob, was ist los?", fragte er seinen Freund.

„Erzähl du es mir. Was zum Teufel war heute auf dem Weinberg der Pelshes los?", fragte Jacob.

Brian runzelte die Stirn. „Was meinst du?"

„Ach, Teufel auch. Du weißt es nicht?"

„Offensichtlich nicht. Ist alles in Ordnung? Hat es was mit Rex zu tun?", fragte Brian.

„Schalt den Fernseher ein, Kanal 4. Da gibt es was, und du wirst es mir nicht glauben, wenn du es nicht siehst."

Brian ging hinüber zu seinem Multimediacenter und nutzte die Fernbedienung, um den richtigen Sender zu finden. Sobald der Bildschirm scharf wurde, zeigte die Kamera eine Luftaufnahme des Weinbergs der Pelshes. Es gab Reihe um Reihe von Weinstöcken, und … war das Shannon, die durch die Reben lief? Es ließ sich schwer sagen, denn sie trug einen Hut, um ihr Gesicht vor der Sonne zu schützen, und hatte einen roten Zauberstab in der Hand. War Shannons Zauberstab nicht glitzernd türkis? Aber es sah durchaus nach ihr aus. Niemand sonst hatte rote Haare und Kurven wie sie.

„Jacob, was zum Teufel sehe ich da? Warum läuft Shannon durch den Weinberg?"

„Sieh dir die Weinstöcke am Rande des Grundstücks an."

Brian musterte den Bildschirmrand und murmelte dann einen Fluch, als er Feuerblitze sah, die auf die Weinreben abgeschossen wurden. Ein kleiner Bereich war schon zu Asche verbrannt. „Wer zum Teufel macht das?"

„Das weiß niemand. Es ist eine kleine Gruppe, in der alle schwarz tragen. Sie sind einfach aufgetaucht und haben Shannon angebrüllt, sie eine Hure genannt."

Brians ganzer Körper erstarrte. „Sie nennen sie eine Hure? Meinetwegen?"

„Ich glaube schon, Mann." Jacob stieß ein tiefes Seufzen aus. „Das ist noch nicht alles."

„Was?", stieß er brüllend hervor, so wütend, dass er auf die Wand einschlagen wollte. Er hielt sich jedoch zurück, weil er wusste, dass das nichts bringen würde, außer womöglich ein paar Knochenbrüche. Er würde seine Fäuste für jemanden aufheben, der es verdient hatte.

„Jemand hat Vandalismus im Haus ihrer Großmutter begangen. Auf die Tür wurde *Brian und Cara 4 ever* gesprüht, und die gleiche Nachricht mit Feuermagie in den Rasen gebrannt."

„Heilige Scheiße." Brian sank auf seine Couch hinab, sein Kopf pochte. „Wer sollte das tun? Ich bin doch in dieser Welt niemand."

„Aber Cara schon", sagte Jacob leise. „Du kennst doch diese Szene da unten. Das Image ist alles, und Cara hat einen Tiefschlag erlitten durch diese Gerüchte, dass du fremdgegangen bist und alles."

„Aber bin nicht fremdgegangen!", knurrte Brian.

„Ich weiß, Mann. Ich meine nur, das ist, was die Klatschpresse jeden denken lässt", sagte Jacob. „Du weißt doch noch, wie es ist. Es ist zum Teil der Grund, weshalb wir jetzt hier sind."

Hatte Brian nicht erst ein paar Tage vorher genau dasselbe gedacht? „Ja. Ich weiß. Es ist nur ... verflixter Irrsinn."

„Da stimme ich zu", sagte Jacob. „Bist du sicher, dass du in Ordnung bist, Mann? Soll ich rüberkommen? Mit dir zum Weinberg fahren und nach dem Rechten sehen?"

„Mir geht's gut. Und nein, aber danke", sagte Brian, der nicht wollte, dass Jacob in seinen Schlamassel gezogen wurde. Er hatte Skye und Yvette, um die er sich kümmern musste. Wenn irgendwelche Leute den Weinberg niederbrannten, wer wusste schon, was sie sonst noch tun würden.

Nachdem Jacob den Anruf beendet hatte, setzte Brian sich auf seine Couch und versuchte es einmal mehr bei Shannon.

Sprachbox voll.

Verdammt! Er tippte eine Nachricht aus nur zwei Worten ein: *Ruf an.*

Dann wartete er und starrte auf den Fernseher.

Der Nachrichtensprecher erzählte erst von Silas, und dass er in der Stadt gewesen wäre, um seine Schwester zu besuchen, während er eine Pause von der Filmindustrie nahm. Es gab Spekulationen über eine neue Realityshow, und ob er im Herbst zu seiner normalen Serie zurückkehren würde oder nicht. Dann wandelte sich die Geschichte zu den Gerüchten um Brians und Caras Verlobung und Brians angebliche Untreue. Sie zeigten kurz ein Bild von Shannon, die ihr Haus verließ, und dann ließen sie es zu einem übergehen, auf dem Shannon und Rex vor dem Haus der Pelshes standen und … sich küssten.

Brians Augen traten ihm beinahe aus dem Kopf, während er das Bild anstarrte. Rex küsste sein Mädchen? Das war unmöglich, oder? Shannon würde das nicht tun. Und Rex auch nicht. Aber der Beweis war genau dort vor seinen Augen. Rex hatte beide Hände auf ihren Wangen, und seine Augen waren geschlossen, seine Lippen berührten ihre. Bilder logen nicht.

Etwas in Brian verkümmerte, und er fühlte sich genauso, wie er sich an dem Tag gefühlt hatte, als er herausgefunden hatte, dass er nicht wirklich Skyes Vater war. Er wusste, dass die Situationen sich nicht einmal annähernd ähnelten, aber das hielt ihn nicht davon ab, das Gefühl zu bekommen, als würde ihm das Herz direkt aus der Brust gerissen. Er drückte sich eine Hand ans Brustbein und tat sein Bestes, um das metaphorische Ausbluten aufzuhalten.

Er stand auf und ging in die Küche. Ohne einen bewussten

Gedanken zu verfolgen, holte er die Whiskeyflasche herab und goss sich zwei Finger breit in ein Glas. Whiskey pur. Das war es, was sein Vater nach einem beschissenen Tag trank. Brian stieß ein leises, bellendes Lachen aus. Nach all der Zeit, die er damit verbracht hatte, zu versuchen, nicht sein Vater zu sein, schien es, dass der Apfel doch nicht allzu weit vom Stamm fiel.

Während er an seinem Whiskey nippte, erinnerte er sich an all die Gelegenheiten, bei denen er mental nicht für Sienna verfügbar gewesen war. Dass er immer gewusst hatte, dass er nicht gut für sie war. Seine Anwesenheit in ihrem Leben hatte die Dinge nur verschlechtert. Und obwohl Shannon eine Frau war, die so sehr das Gegenteil von Sienna war, wie es nur sein konnte, schien es, dass er auch nicht gut für sie war. In der kurzen Zeit, in der sie zusammen gewesen waren – Wette oder hin oder her – war sie von Paparazzi verfolgt worden, hatte eine Fake-Geschichte über sich in der Presse vorgefunden, Cyberstalking erlebt und war von irgendwelchen Irren terrorisiert worden, die Fiktion nicht von Realität zu unterscheiden zu können schienen.

Er warf einen Blick auf den Fernseher, wo er das Bild von Rex und Shannon eingefroren hatte. Sein Freund machte einen verdammt guten Job, indem er sich um sein Mädchen kümmerte. Vielleicht wäre es besser, wenn sie zusammen wären. Brian brachte ihr nichts als Schwierigkeiten. Und das war das letzte, was er sich für Shannon wünschte. Sie hatte alles verdient, nur keinen Mann, der beschloss, dass es das Beste war, sie auf Abstand zu halten, wenn die Dinge schwierig wurden.

Angewidert von sich selbst schaltete er den Fernseher ab, goss den Rest seines Drinks in die Spüle und zog dann seine Laufklamotten an, entschlossen, zu laufen, bis die Schmerzen in einem Herzen nachließen.

KAPITEL 24

„Ich kann nicht glauben, dass wir zurück sind", sagte Shannon, die das Lenkrad ihres Mietwagens so fest hielt, dass ihre Hände allmählich krampften. Sie starrte auf die geschlossenen Tore des Hauses ihrer Eltern in Hollywood Hills und fragte sich, ob ihre Kreditkartenfirma ihr Limit ausweiten würde, damit sie stattdessen ein Hotelzimmer buchen konnte. Die Schulden wären es wert, wenn sie nicht unter ihrem Dach schlafen musste.

Silas sank in seinem Sitz zusammen, und trotz der Tatsache, dass es draußen über fünfundzwanzig Grad hatte, trug er ein Sweatshirt und hatte die Kapuze so weit herabgezogen, dass seine Augen im Dunkeln lagen. „Erinnere mich nicht daran. Ich hatte gehofft, es wäre alles ein Albtraum, und ich würde in Levis Zimmer aufwachen und mich fragen, warum ich derjenige auf der Luftmatratze bin, und nicht du."

„Die Antwort lautet, weil ich alt bin und krumm gehen würde wie eine Greisin, wenn ich auf einer Luftmatratze schlafen müsste", sagte sie zum dritten Mal in dieser Woche. In den Nächten, die sie bei Hope und Chad verbracht hatten, hatte Levi auf der Couch geschlafen, während Shannon und Silas sich Levis Zimmer teilten. Shannon schlief in seinem Bett, und Silas auf einer Luftmatratze. Es war nicht ideal gewesen, aber es war besser, als von Irren verfolgt zu werden.

„Stimmt. Du bist so alt", sagte er. „Sieh lieber mal zu, dass dein Windelvorrat ausreicht."

Sie spürte, wie ein grollendes Lachen in ihrer Brust aufstieg, und war dankbar darum. Der Tag war ein reiner Albtraum gewesen. Er hatte ganz normal angefangen. Shannon war zu *Ein Löffelchen Magie* gegangen, hatte einige Bestellungen verpackt und ein paar Verwaltungsaufgaben erledigt, und dann war sie auf dem Weinberg der Pelshes gewesen, mittags, wie sie versprochen hatte. Sie und Rex hatten die nächste Stunde damit verbracht, ein paar neue Reben hochzustecken, und als sie gerade bereit für eine Pause gewesen waren, war eine Gruppe Feuerhexen aufgetaucht und hatte einen Bereich des Weinbergs angezündet. Sie hatten immer wieder *Hure, Hure, Hure* gerufen, während Shannon und Rex davongelaufen waren.

Bis Yvette und die anderen freiwilligen Feuerhexen eingetroffen waren, war die Gruppe bereits weg gewesen. Da sie sich ihre Gesichter bemalt hatten, hatte sie niemanden erkannt, es gab keine Hinweise. Das i-Tüpfelchen war noch, dass sie erfahren hatte, dass Vandalen am Haus ihrer Großmutter gewesen waren. Die Fenster waren zerbrochen, und außen hatte man ein Graffiti aufgesprüht. Das war der Augenblick, in dem sie wusste, dass sie Silas nehmen und die Stadt verlassen musste. Das Ironische daran war, dass er nicht das Ziel gewesen war; sondern sie. Aber sie würde die Stadt nicht ohne ihren kleinen Bruder verlassen.

Silas war nicht erfreut gewesen, Keating Hollow zu verlassen, oder Levi. Die beiden hatten sich lange umarmt, ehe

Silas schließlich losgelassen hatte und ins Auto geeilt war. Levi hatte auf der Veranda gestanden, sich auf seine Krücke gelehnt und still zugesehen, wie sie weggefahren waren. Es war ein bittersüßer Moment, und Shannon wurde dabei erneut wütend, weil sie gezwungen waren, Keating Hollow zu verlassen.

Die Tore öffneten sich langsam, und Shannon stöhnte. Sie hatte ein paar Minuten lang im Leerlauf dagestanden und noch nicht den Mut gefunden, auf den Klingelknopf der Sprechanlage zu drücken. Wie es sich erwies, war das nicht nötig, um ihre Ankunft kundzutun. „Sie haben uns gesehen."

„Mom hat vermutlich vom Dienstmädchen die Sicherheitskameras beobachten lassen, damit sie es in dem Augenblick erfährt, in dem wir ankommen", sagte Silas.

Shannon warf einen Blick zu ihm hinüber. „Ernsthaft? Ihr habt ein Vollzeit-Dienstmädchen?"

Er schlug die Kapuze zurück, um sie anzuschauen. „Ich finde die Tatsache, dass es dich überrascht, dass Mom ein Dienstmädchen hat, viel verstörender als die Tatsache, dass sie vom Personal die Sicherheitskameras beobachten lässt."

Shannon lachte laut, während sie weiter auf das Ansell-Anwesen fuhr. Das Anwesen war nicht groß, doch es war durchaus geräumig, mit einem schönen Blumengarten vor dem Haus und einem Parkbereich vor der Garage, auf den locker bis zu fünf Autos passten. Im Rückspiegel sah Shannon, wie sich die Tore schlossen. Die Nervosität, die sie seit dem Vorfall bei dem Pelsh-Weinberg in der Magengrube mit sich herum getragen hatte, verflog. Sie atmete leichter, fuhr das Auto an die Stelle, an der sie die Zufahrt nicht zuparkte, und schaltete den Motor ab. Sie wandte sich an Silas. „Bereit?"

„Nö." Doch er stieg aus dem Auto und holte bereits ihr Gepäck, bis sie zu ihm kam.

„Mr. Silas, bitte, ich übernehme das", sagte eine ältere Frau in einer schwarz-weißen Dienstmädchenuniform, die zu ihnen herübereilte. Ihre grauen Haare waren streng hochgesteckt, doch ihr Gesicht war makellos geschminkt, sodass sie mindestens zehn Jahre jünger aussah. „Ihre Mutter wartet bereits ungeduldig auf Sie."

„Ach nein, Bett, ich mach das schon. Es ist für mich sowieso besser, wenn ich hin und wieder mal einen Muskel anspanne", sagte er und schob sie sanft zur Seite, während er seinen und Shannons Koffer nahm.

„Hi, Bett", sagte Shannon, die ihre kleine Tragetasche hielt und der Frau die Hand hinstreckte. „Ich bin Shannon, Gigis Tochter."

„Ach, Ms. Shannon. Es ist wunderbar, Sie kennenzulernen." Bett drückte Shannon die Hand, während sie ihr das Handgepäck abnahm. „Das trage ich. Ms. Gigi wird es nicht gefallen, wenn ich Sie beide alles tragen lasse."

Shannon ließ los, denn sie bezweifelte nicht, dass das stimmte. „Vielen Dank. Das ist sehr nett."

„Silas?", rief Gigi in dem Augenblick, in dem sie durch die Tür kamen. „Bist du das? Ich habe Neuigkeiten."

Silas verdrehte die Augen und flüsterte: „Natürlich hat sie die."

Shannon schaute sich im Haus um. Es war nicht dasselbe, in dem sie gewohnt hatten, während sie an die UCLA gegangen war. Es war größer, in einem besseren Viertel, und es war eingerichtet wie etwas aus *Schöner Wohnen*. Alles war Weiß, mit Akzenten aus Türkis und blassem Rosarot.

„Hier entlang." Silas wies mit dem Kopf auf ein ausladendes Treppenhaus links und ging hinauf in den ersten Stock, während Gigi weiter nach ihm rief, irgendwo weiter hinten im Haus.

„Ms. Gigi ruft nach Ihnen, Mr. Silas", sagte Bett.

„Sagen Sie ihr, dass ich in ein paar Minuten runterkomme, ja?" Er schenkte ihr sein typisches strahlendes Lächeln, und das Dienstmädchen wurde rot, ehe sie sich aufmachte, um seiner Bitte nachzukommen.

„Du hast sie um den Finger gewickelt", sagte Shannon.

„Das liegt daran, dass ich der Einzige bin, der sie wie einen Menschen behandelt", grollte er und ließ seinen Koffer in einem Zimmer fallen, das ganz in Schwarz und Weiß eingerichtet war, und beinahe keine persönlichen Besitztümer zeigte.

„Ist das dein Zimmer?" Shannon steckte den Kopf hinein. „Sieht eher aus wie ein schickes Airbnb."

Er schnaubte. „So fühlt es sich auch an." Dann grinste er und ging hinüber zu einer Tür, von der Shannon angenommen hatte, dass es ein Schrank war.

Doch als er sie öffnete, traten Shannon beinahe die Augen aus dem Kopf, weil es einen schicken Bildschirm gab, gepolsterte Ledersessel und einen Berg aus Videospielen in der Ecke. Es gab auch einen Bartresen, auf dem Limo, Wasser und Säfte standen, zusammen mit verschiedenen Snacks. „Du liebe Zeit. Das ist die hübscheste Man Cave, die ich je gesehen habe."

„Ja. Kein schlechter Platz, um sich zu verstecken."

Shannon runzelte die Stirn. Es gab an diesem Ort immer noch nichts, das eindeutig Silas sagte. Es gab keine Bilder von ihm mit seinen Freunden, oder Familienfotos oder Kindheitserinnerungen. Woran lag das?

Er schloss die Tür, führte sie hinaus aus seinem Zimmer und über den Gang zu einem wunderschön eingerichteten Gästezimmer, und stellte dort ihren Koffer ab. „Lass deine Sachen hier, und nachdem wir die Erziehungsberechtigten begrüßt haben, treffen wir uns in meiner Höhle. Wir können einen Film sehen und so tun, als hätten wir Keating Hollow nie verlassen."

Shannon ließ ihre Tasche in der Ecke fallen und sagte: „Klingt gut für mich."

Nachdem sie sich frisch gemacht hatte, folgte Shannon Silas nach unten und durch einen Gang, der zu einem überdimensionierten Büroraum führte, in dem ihre Mutter hinter einem großen Managerschreibtisch saß.

„Silas. Endlich", sagte sie, erhob sich und kam herum, um ihn in die Arme zu nehmen. „Ich habe dich vermisst, mein Lieber."

Ihr Bruder tätschelte seiner Mutter den Rücken, sagte aber nichts.

Gigi, die einen weißen Hosenanzug aus Leinen und eine pfirsichfarbene Seidenbluse trug, zog sich zurück und musterte ihn, machte missbilligende Geräusche und schüttelte den Kopf, während sie murmelte: „Ich muss hier gleich morgen Vormittag als erstes den Stylisten herbestellen. Deine Haare brauchen Strähnchen, die Brauen gehören gemacht, und wir sollten vermutlich eine Gesichtsbehandlung und eine Maniküre ansetzen. Für die Meetings morgen Nachmittag musst du optimal aussehen."

Ein Muskel zuckte in Silas' Kinn. „Welche Meetings?"

Shannon lehnte sich an den Türrahmen des Büros ihrer Mutter und fragte sich, ob der Frau überhaupt aufgefallen war, dass sie dort stand.

Gigi ließ Silas los und kehrte zu ihrem Schreibtischstuhl zurück, lehnte sich nach hinten, die Finger hinter dem Kopf verschränkt. „Produzenten für die Fernsehsender. Wenn wir dieses Projekt starten wollen, müssen wir loslegen."

Silas starrte sie einen Augenblick lang an. Dann schüttelte er den Kopf und ging aus dem Zimmer.

„Silas! Reiß dich zusammen. Ich habe deine trotzige Haltung inzwischen satt!", rief sie ihm nach, ihre Lippen verzogen sich zu einer Grimasse. Als er immer noch nicht antwortete, wandte sie ihre Aufmerksamkeit den Papieren zu, die auf ihrem Schreibtisch verteilt lagen.

Shannon beobachtete sie durch zusammengekniffene Augen, und als die Frau ihre Anwesenheit immer noch nicht zur Kenntnis nahm, ging sie ganz hinein und schloss die Tür hinter sich.

„Ich will es nicht hören, Shannon", sagte Gigi, ohne von etwas aufzuschauen, das wie ein altmodisches Terminbuch aussah.

„Ach, dir ist aufgefallen, dass ich hier bin", ächzte Shannon, die auf einem Stuhl gegenüber des Schreibtisches ihrer Mutter Platz nahm.

„Natürlich. Du hast mich die ganze Zeit angefunkt. Ich bin nicht in der Stimmung, um mich mit dir zu streiten. Ich sollte wohl nicht noch einmal erklären müssen, dass ich das alles tue – alles, was in meiner Macht steht –, um Silas zu helfen, nicht, um ihn zu ärgern."

„Es hilft ihm vermutlich nicht, wenn deine Pläne für seine Karriere ihn dazu bringen, Hollywood für immer verlassen zu wollen", sagte Shannon ruhig.

Ihr Kopf fuhr hoch. „Er ist nicht du. Es besteht keine Möglichkeit, dass er das Geschäft aufgibt."

„Vielleicht nicht", sagte Shannon. „Aber er wird dich verlassen, sobald er die Gelegenheit bekommt, wenn du so weitermachst."

Gigi verdrehte die Augen. „Wieso sollte er mich denn verlassen? Ich habe aus ihm einen sehr reichen jungen Mann gemacht."

„Du meinst, er hat sich selbst zu einem sehr reichen jungen

Mann gemacht", verbesserte Shannon. „Du hast ihm nur Türen geöffnet."

„Ich habe mehr gemacht als nur Türen zu öffnen", zischte Gigi, jetzt war ihre Wut voll entfaltet, als sie sich erhob und die Handflächen auf den Schreibtisch stemmte. „Du hast keine Ahnung, was ich tun musste, um Gelegenheiten für diesen Jungen aufzutun. Und wenn er glaubt, dass er mich verlässt, um zu einem der anderen Haie in dieser Stadt zu gehen, dann muss er erwachsen werden. Niemand kümmert sich mehr um ihn als ich."

„Echt, Mom? Ich glaube, du irrst dich." Shannon erhob sich und bewegte sich zur Tür.

„Wovon redest du da?", wollte Gigi wissen.

Shannon schüttelte den Kopf und ging hinaus. Es gab keinen Grund, jetzt schon eine Zielscheibe auf ihren Rücken zu malen. Wenn ihre Mutter wüsste, dass Silas bereits Shannon gefragt hatte, ob sie ihn managte, sobald er achtzehn wurde, würde sie alles in ihrer Macht Stehende tun, um diese Entscheidung in den nächsten acht Monaten zu hintertreiben. Shannon hätte vermutlich gar nichts sagen sollen, doch als sie beobachtet hatte, wie ihre Mutter versucht hatte, Silas plattzumachen, war sie in ihren Beschützer-Modus übergegangen. Sie wollte nichts mehr, als dass sie und Silas zurück in ein Flugzeug nach Keating Hollow stiegen und sich niemals wieder umschauten. Aber das konnten sie nicht, das wussten sie beide.

„Hey! Da ist ja mein Mädchen", dröhnte eine vertraute männliche Stimme aus der Küche heran, während sie vorbeiging. „Komm her und umarme deinen alten Vater."

Shannon spürte, wie ein Lächeln um ihre Lippen spielte, und sie trat in die Umarmung ihres Vaters. „Dad! Ich wusste nicht mal, dass du zu Hause bist."

„Bin gerade von einem Geschäftstreffen unten in San Diego zurück", sagte Nate Ansell, der sie fest umarmte. „Sieht aus, als würde dein alter Vater in eine Kleinbrauerei investieren."

„Echt?" Während er sie noch festhielt, schaute sie in sein freundliches Gesicht auf. „Ich hatte keine Ahnung, dass du etwas über Kleinbrauereien weißt."

„Weiß ich auch nicht." Er kicherte. „Aber meine Geschäftspartner schon. Meine Aufgabe ist es, die Investoren ranzubringen." Er zwinkerte ihr zu. „Das bedeutet, dass ich Bares hinlege und meine Pokerkumpels dazu bringe, es genauso zu machen."

Shannon trat zurück und lachte. „Na, solange du glücklich bist und Spaß hast, kommt es nur darauf an, schätze ich."

„Das sage ich auch immer zu deiner Mutter." Er schaute sich um. „Hast du deinen Bruder mit dir nach Hause gebracht?"

Sie nickte. „Er ist oben und kocht wegen der Meetings, die er nicht wahrnehmen will."

„Hat deine Mutter die bereits anberaumt?" Seine Miene umwölkte sich, während er schon durch den Gang gehen wollte.

„Scheint so."

Er warf einen Blick zu ihr zurück. „Ich habe ihr gesagt, sie soll euch Kinder erst mal auf die Beine kommen lassen, ehe sie wieder mit dieser verdammten Realityshow anfängt. Nach allem, was ihr durchgemacht habt …" Er schüttelte den Kopf. „Jeden Tag ist sie mehr und mehr wie eine Maschine. Sag Silas, er soll sich keine Sorgen darum machen. Ich kümmere mich darum." Er marschierte durch den Gang, und einen Augenblick später hörte sie, wie die Bürotür ihre Mutter zuknallte.

Shannon starrte mit offenem Mund ihrem Vater nach. War das der gleiche Mann, mit dem sie aufgewachsen war? Er hatte immer ihre Mutter bestimmen lassen und bei allem, was Management betraf, auf sie verwiesen. Sie war die treibende Kraft dahinter, ihr Geschäft zum Erfolg zu machen, darum hatte er es ihr überlassen. Es schien, als hätten sich die Zeiten geändert. Endlich und zum Besseren. Er hatte immer ein gutes Herz gehabt. Vielleicht hatte er schließlich die Augen geöffnet, um zu sehen, welchen Schaden Gigi anrichtete. Sie liebte ihn dafür, dass er sich für Silas einsetzte.

Als Shannon zurück nach oben ging, nahm sie sich einen Augenblick, um zu versuchen, Brian wieder anzurufen. Nun, da ihre Mutter und die Presse aufhörten, ihr Telefon alle fünf Minuten hochgehen zu lassen, hatte sie es wieder eingeschaltet und ihre Sprachbox geleert. Sie hatte eine Nachricht von Brian gefunden, in der er sie bat, ihn anzurufen, und Schuldgefühle hatten sie aufgefressen. Sie hätte ihn gleich nach dem Vorfall auf dem Weinberg der Pelshes anrufen sollen, aber sie war so damit beschäftigt gewesen, sich darum zu kümmern, die Stadt zu verlassen, und das hatte erfordert, Miss Maple, Rex und Faith zu kontaktieren und sie wissen zu lassen, dass sie eine oder zwei Wochen lang nicht in die Arbeit kommen würde. Bis sie und Silas auf dem Weg zum Flughafen waren, war sie einfach umgefallen und in einen unruhigen Schlaf gesunken.

Es war ein Höllentag gewesen.

Brians Telefon leitete sie direkt auf die Sprachbox. Sie hinterließ ihm eine Nachricht und ließ ihn wissen, wo sie war, und weshalb, doch dass sie zu Faiths und Hunters Hochzeit zurück sein würde, selbst wenn sie nur für den einen Tag herkam. Das wollte sie um nichts in der Welt verpassen.

„Silas?", fragte sie, während sie an seiner Schlafzimmertür klopfte.

Die Tür wurde aufgestoßen, und ihr Bruder marschierte zurück in sein Zimmer, das aussah, als hätte eine Bombe eingeschlagen. Überall lag Kleidung, zusammen mit einem Haufen Bilder und ein paar alten Stofftieren, die sie nicht gesehen hatte, seit er ein kleiner Junge gewesen war.

„Was ist los?", fragte sie zögernd und überlegte, wo er diese ganzen Kindheitserinnerungen aufbewahrt hatte. Unter dem Bett?

„Ich bin hier raus. Sie ist wahnsinnig." Er zerrte einen zweiten großen Koffer aus dem Schrank und fing an, willkürlich Klamotten hineinzuwerfen.

„Okay. Das sehe ich auch so. Sie ist bekloppt. Aber wohin gehst du?"

Er hielt plötzlich inne und starrte an die Decke, während er sich mit beiden Händen durch die Haare fuhr. „Ich habe keine Ahnung, Shan. Einfach … irgendwo anders als hier."

Tränen brannten in ihren Augen, während sie beobachtete, wie ihr wunderbarer Bruder eine komplette Kernschmelze erlebte. Doch sie blinzelte sie weg und tat, was ihre Mutter hätte tun sollen. Sie ging zu ihm hinüber und umarmte ihn fest. „Es wird besser, Si. Ich verspreche es."

„Ich will das nicht mehr. Ich ertrage es nicht." Er drückte sein Gesicht an ihre Schulter und hielt sich fest.

„Ich weiß." Sie strich ihm mit der Hand über den Rücken, versuchte ihn zu trösten. Nach einem Augenblick sagte sie: „Ich glaube, Dad stellt sich gerade jetzt um deinetwillen quer. Als er erfahren hat, dass sie diese Meetings für dich ohne dein Einverständnis angesetzt hat, ist es irgendwie mit ihm durchgegangen."

Silas zog sich aus ihrer Umarmung zurück und schob sich die Hände in die Jeanstaschen. „Was meinst du damit?"

„Er ist da reinmarschiert, unglaublich wütend, und hat die Tür zugeknallt." Shannon setzte sich auf das Bett. „Ich weiß nicht, was daraus erwächst, aber ich habe noch nie erlebt, dass er so was schon mal gemacht hätte."

Silas setzte sich neben sie, seine Augenbrauen waren verwirrt zusammengezogen. „Das ist seltsam. Er stellt sie nie infrage."

Gedämpfte Schritte erklangen im Gang vor Silas' Tür, kurz bevor ihr Vater erschien. Er kam herein, das Gesicht verärgert verkniffen, doch als er seine Kinder sah, wurde seine Miene weicher. „Es ist so schön, euch beide zusammen zu sehen."

Shannon rückte beiseite, machte Platz zwischen sich und Silas, und klopfte auf das Bett. „Komm und setz dich her."

Er lächelte, als er sich zwischen sie setzte, legte die Arme um ihre Schultern und zog sie zu seitlichen Umarmungen heran. „Ich habe euch beide vermisst."

„So lange war ich nicht weg, Dad", sagte Silas.

„Körperlich nicht, aber geistig schon", sagte er. „Du dich schon eine Weile zurückgezogen."

Silas seufzte. „Ja, vielleicht."

„Er ist zu gestresst, Dad. Mom hat …", setzte Shannon an.

„Eure Mutter und ich hatten gerade ein Gespräch, und wir sind zu einer Übereinkunft gekommen", sagte Nate Ansell.

„Und wie sieht die aus?", fragte Silas, der sich nicht die Mühe machte, seine Skepsis zu verbergen.

„In der nächsten Woche wird es keine Geschäftsbesprechungen geben. Da Shannon hier ist, werden wir einfach eine Familie sein. Keine Meetings, keine Verhandlungen, nichts, das mit dem Geschäft in Verbindung steht, außer es gibt einen echten Notfall."

Silas schnaubte. „Im Leben nicht, Dad. Du weißt, dass das niemals funktionieren wird. Sie wird die Produzenten und Regisseure einfach ‚total unerwartet' zu

‚Freundschaftsbesuchen' ab morgen Nachmittag vorbeikommen lassen."

„Na, wenn sie das tut, steigen wir drei ins Auto und fahren nach Disneyland oder so. Sie kann sich mit ihnen herumschlagen."

Shannon stieß ein bellendes Lachen aus. „Weißt du was, alter Mann?"

„Was?", fragte er, wandte sich an sie, während Erheiterung in seinem Blick funkelte. In Augen, die den ihren so sehr ähnelten.

„Du bist in Ordnung." Shannon beugte sich vor und küsste ihn auf die Wange, fühlte sich plötzlich okay mit der Tatsache, dass sie nach Hause gekommen war.

KAPITEL 25

*B*rian saß in seinem SUV vor dem Haus, in dem Shannon bis vor ein paar Tagen gewohnt hatte, bedauerte den sinnlosen Vandalismus, den er dort sah, und hörte sich ihre Sprachnachricht zum fünften Mal an. Sie hatte ihn am Abend zuvor angerufen, um ihn wissen zu lassen, dass sie in der nächsten Zukunft in L.A. sein würde, aber er hatte sie noch nicht zurückgerufen. Er konnte nicht. Nicht jetzt. Nicht nachdem er gesehen hatte, wie sie Rex küsste, ganz zu schweigen von der Tatsache, dass er in jüngster Zeit viel zu viele Probleme verursacht hatte. Er musste ihnen beiden einfach erst mal ein wenig Raum geben. Und wenn er sie anrief, wenn er ihre Stimme hörte, würde er nur in ein Flugzeug steigen und nach L.A. fliegen wollen, sobald es ihm möglich war, um herauszufinden, wen sie wirklich wollte: ihn oder Rex. Aber der Mediensturm, der darauf folgen würde, ließ ihn angewidert erschauern.

Nein. Wenn die geringste Chance bestand, dass seine Anwesenheit in ihrem Leben sie oder ihren Bruder in Gefahr brachte oder ihnen Schmerzen verursachte, konnte er es nicht rechtfertigen, sich mit ihr zu treffen. Er musste vorerst Abstand zu ihr wahren. Und wenn er durch Anrufe mit ihr in Kontakt blieb, würde es nur schwerer werden. Mit einem Herzen, das ihm gegen die Rippen hämmerte, tippte er eine Nachricht an Shannon, in der stand, dass er eine Geschäftsreise ins Ausland unternahm und zumindest ein paar Tage lang weg sein würde. Nachdem er *Senden* gedrückt hatte, spürte er ein seltsames Gefühl des Verlustes und der Traurigkeit über sich hinwegströmen, als ob er sie gerade für immer hätte gehen lassen.

Auf seinem Telefon summte sofort eine Nachricht, und obwohl er sich sagte, dass es besser wäre, sie zu ignorieren, öffnete er die Nachricht von Shannon und lächelte, als er ein Bild von ihr sah, auf dem sie ihm einen Kuss zuwarf. In der Bildunterschrift stand: *Gute Reise. Ich kann es nicht erwarten, dich auf Faiths Hochzeit zu sehen.*

Er stöhnte. Sollte er trotzdem noch zu dieser Verabredung kommen? Er hatte keine Ahnung. Das Einzige, was er wusste, war, dass er dafür sorgen musste, dass die Paparazzi sie nicht mehr belästigten. Und wenn er das auf die harte Tour machen musste, dann würde er das eben tun.

Er tippte auf den Namen seines Vaters in der Kontaktliste, und als William Knox sich meldete, sagte Brian: „Dad? Ich brauche deine Hilfe."

„Schieß los", erwiderte sein Vater.

„Kennst du jemanden, der eine Geschichte platzieren kann? Ich will nicht länger darauf warten, dass Cara das Richtige tut", sagte Brian.

Sein Vater stieß ein leises Lachen aus. „Tatsächlich kenne ich genau den richtigen."

Als Brian schließlich fünf Minuten später den Anruf beendete, fühlte er sich leichter als in den letzten Tagen. Er sprang aus seinem SUV, schnappte sich die Malerutensilien, die er dabei hatte, und machte sich an die Arbeit, den Vandalismus an dem Häuschen zu reparieren, das Shannon so lange ihr Zuhause genannt hatte.

DREI TAGE WAREN VERGANGEN, seit Shannon und Silas in L.A. eingetroffen waren. Nachdem ihr Dad ein Gespräch mit ihrer Mom geführt hatte, war etwas Magisches passiert; Gigi Ansell hatte mit keinem Wort mehr die Serie erwähnt, für die sie Silas einspannen wollte.

Shannon war verhalten glücklich, während Silas darauf wartete, dass das Unvermeidliche zuschlug. Er hatte Schwierigkeiten, zu glauben, dass sie sich von der Vorstellung verabschiedet hatte, nur weil Nate sie darum gebeten hatte.

„Ich bin schon so oft um diesen Block marschiert", erklärte Silas Shannon, während er sie zu einer Beachparty fuhr, die von einem seiner Mitdarsteller gegeben wurde. „Einen nicht näher spezifizierten Zeitraum lang benimmt sie sich, und dann lässt sie die Bombe platzen. Ich warte einfach nur auf den radioaktiven Niederschlag."

„Für einen Siebzehnjährigen ist das ziemlich zynisch", sagte sie und fühlte sich ein wenig lächerlich, weil sie ihren kleinen Bruder begleitete, doch Silas hatte darauf bestanden, dass es Gäste in allen Altersklassen geben würde.

„So wird man eben im Showbusiness", sagte er.

„Ich weiß." Auf ihrem Telefon summte eine eintreffende Nachricht. Shannon schaute danach und stöhnte.

„Was ist?"

„Mom hat mir einen Artikel über Brian und Cara geschickt." Sie zog in Erwägung, den Text einfach zu löschen.

Wollte sie wirklich den jüngsten Klatsch hören? Sie glaubte Brian, als er gesagt hatte, dass dort nichts lief. Sie wollte wirklich nichts Gegenteiliges lesen.

Aber dann kam eine weitere Nachricht von ihrer Mutter. *Sieht aus, als hättest du diesmal einen Vertrauenswürdigen gefunden.*

Das konnte Shannon nicht ignorieren. Sie klickte auf den Link und las Silas die Schlagzeile vor. „Cara Manchester und Brian Knox waren niemals verlobt."

„Endlich", sagte er. „Ist es eine respektable Quelle?"

„Ja. Die *Cali Style*, dasselbe Magazin, das die ursprüngliche Geschichte gebracht hat", bestätigte Shannon.

„Gut. Das sollte dann die Sache beenden." Er grinste sie an. „Glückwunsch, Schwester, du hast deinen ersten Hollywood-Skandal überstanden."

„Den Göttern seien die kleinen Gnaden gedankt", sagte sie und musterte die Reportage. Der Artikel besagte weiterhin, dass das alles ein Publicity-Stunt von Cara Manchester gewesen war, laut Insiderquellen bei Newport Broadcasting, dem Sender, der eine Realityshow produzierte, in der Cara im Herbst auftreten sollte. Nachdem sie alles fertig durchgelesen hatte, schickte sie ihrer Mutter eine kurze Nachricht, um ihr zu danken. Es war für Shannon keine Überraschung, als ihre Mutter nicht antwortete.

Silas bog in eine lange Zufahrt und parkte den Porsche, den sie am Vortag aus Keating Hollow überführt bekommen hatten, neben einem schnittigen silbernen Tesla.

Shannon beäugte die etwa ein Dutzend weiteren hochklassigen Autos und stieß einen Pfiff aus. „Ich habe das Gefühl, wir sind nicht mehr in Keating Hollow, Toto."

Silas stieß ein Seufzen aus. „Nö. Schade aber auch, denn ich wäre sehr viel lieber dort als hier." Er schob sich die Hände in die Hosentaschen und ging auf dem Weg, der mit Blumen gesäumt war, voraus zur Eingangstür.

„Geht mir genauso. Aber wir können es ein wenig erdulden, oder?", sagte Shannon mit einem raschen Zwinkern.

„Ich schätze schon." Er schüttelte dem jungen Mann die Hand, der die Tür öffnete, und stellte sie seinem Schauspielkollegen vor.

Der junge Mann ließ sie herein, und sobald Shannon um die Ecke in das große Wohnzimmer kam, stieß sie ein hörbares Keuchen aus. Die ganze hintere Wand bestand aus Glas, und der Meerblick war unglaublich. Alles, was sie sah, war das wunderschöne Wasser des Pazifiks und Meilen über Meilen von Strand. Mann, sie könnte sich an diese Aussicht gewöhnen … aber nur, wenn sie gleich neben Keating Hollow war. So faszinierend der Ozean auch war, er war kein Ersatz für die kleine Gemeinschaft von Menschen, die Zuhause auf sie warteten.

„Hier." Silas drückte ihr ein Getränk in die Hand und zog sie hinaus auf die Veranda. Es gab eine leichte Brise, die den Tag himmlisch werden ließ.

„Macht es dir was aus, wenn ich einfach nur hier draußen in der Sonne rumhänge?", fragte sie ihn.

„Natürlich nicht. Warum fragst du überhaupt?" Er nahm einen langen Schluck von einem Getränk aus einem roten Plastikbecher.

„Weil ich so richtig antisozial rüberkomme, wenn ich draußen sitze und die Sonnenstrahlen aufsauge." Sie beäugte den Inhalt seines Bechers. „Was trinkst du da?"

„Ginger Beer", sagte er und hielt es ihr unter die Nase.

Weil er ein Minderjähriger auf einer Party der Filmindustrie war, nahm sie einen Schluck, anstatt nur daran zu riechen. Alles klar, Ginger Beer. „In Ordnung. Misch dich unters Volk. Lass dir von niemandem was in den Drink schütten."

Er verdrehte die Augen. „Ja, Mom." Doch als er ins Haus zurückkehrte, entging ihr nicht, dass seine Lippen erheitert zuckten.

„Ganz genau, kleiner Bruder. Keine Partys, während ich da bin", rief sie ihm nach.

Er hob die rechte Hand und zeigte ihr den Mittelfinger.

Kichernd ließ sie sich auf einer der tiefen Liegen nieder und schlief prompt ein. Shannon wachte überrascht auf, nicht ganz sicher, was es war, das sie wachgerüttelt hatte. Sie lag auf der Liege und regte sich nicht, während sie lauschte, wie die Wellen an den zum Großteil verlassenen Strand krachten, und die spätnachmittägliche Sonne beobachtete, die auf dem blauen Wasser glitzerte.

„Ich habe gehört, er würde das Showbusiness für immer verlassen", sagte eine Frau, deren Stimme von einer Brise herangetragen wurde.

Shannon schaute sich um, suchte nach der Frau, und erblickte schließlich eine Blondine auf der anderen Seite der Veranda, groß wie ein Modell, zusammen mit einer kleineren, dunkelhaarigen Frau. Sie hatten beide Weingläser und hielten die Köpfe zusammengesteckt, als würden sie vertraulich sprechen. Sie hatten ihr den Rücken zugewandt, und Shannon schätzte, dass sie sie wegen ihres Standorts vermutlich nicht mal gesehen hatten, als sie nach draußen gekommen waren.

„Sieht nicht so aus. Heute ist er hier, oder?", fragte die kleinere.

„Aber wie lange? Als ich Silas kennengelernt habe, war das erste, was er gemacht hat, mich vor den Klatschblättern zu warnen. Er sagte, dass nichts darin stimmen würde, und sie oft den Schauspielern nur schaden, sonst nichts. Er war dabei ziemlich heftig. Wenn er jemals herausfindet, was seine Mutter getan hat, um seine Karriere zu manipulieren, wird er aufhören und niemals zurückkehren. Kannst du dir das vorstellen? Die eigene Mutter sollte dich doch beschützen, nicht dir das Leben zur Hölle machen."

Shannon versteifte sich, als Silas' Name zum ersten Mal erwähnt wurde. Aber als die Frau sagte, dass ihre Mutter ihn manipulierte, wurde ihr ganzer Körper starr. Was genau meinte sie? Was wusste sie?

Die Brünette schüttelte angeekelt den Kopf. „Mein Ex, Randy Randolf, du weißt schon wer, oder? Er arbeitet für *Total Gossip*. Auf jeden Fall hat er mir erzählt, dass es Gigi selbst gewesen ist, die ihnen den Tipp gegeben hat, wo Silas steckte, als er gerade aus L.A. verschwunden ist. Und sie hat ihnen die Geschichte über Cara Manchester zugesteckt, die direkt Silas' Schwester betroffen hat. Ich schwöre, diese Frau ist eine furchtbare Publicityhure."

Shannons Brust wurde eng, und plötzlich hatte sie Schwierigkeiten, Luft zu holen. Hatten diese Frauen recht? Hatte Gigi die ganze Zeit die Fäden für die Publicity in der Hand gehabt? Es klang sinnvoll. Sie hatte gewollt, dass Silas nach Hause kam. Was für eine bessere Möglichkeit gab es da, als seinen Aufenthalt in Keating Hollow elend zu gestalten? Aber weshalb hatte sie ihnen Caras Geschichte zugesteckt? Nur um Öl ins Feuer zu gießen?

„Das hat Randy dir erzählt?", fragte die Blonde. „Warum?"

„Im Bett halt. Du weißt, wie es ist. Manchmal hat man Sex mit dem Ex, und Randy wird danach immer redselig."

Sie lachten und redeten weiter über Sex nach der Trennung, und nach ein paar Augenblicken verschwanden sie wieder drinnen. Shannon richtete sich auf, rieb sich die Augen, und dann tippte sie den Namen *Randy Randolf* in ihr Handy.

Und siehe da, sein Name poppte als Reporter bei *Total Gossip* auf.

Shannon starrte auf ihr Telefon und versuchte, den reinen Ekel zu schlucken, der tief aus ihren Eingeweiden aufstieg. Ihre eigene Mutter hatte die Klatschpresse auf sie angesetzt. Es war zu Sachbeschädigung gekommen. Menschen hätten verletzt werden können. Und das alles, weil Gigi Ansell nicht bekommen hatte, was sie wollte. Sie schickte Silas eine Nachricht. *Wir müssen los. Triff mich am Auto.*

KAPITEL 26

*I*ch wusste es!", tobte Silas, während sie das Haus ihrer Eltern betraten.

Shannon hatte beschlossen, zu warten, bis sie nach Hause kamen, um ihm zu erzählen, was sie mitgehört hatte. Sie wusste, dass er wütend werden würde, und wer hätte es ihm übel nehmen können?

„Erinnerst du dich, dass ich gesagt habe, dass sie vermutlich hinter dem Klatsch steckt? Heiliger Hexenb... Ihr mangelt es an jeglichem moralischen Kompass. Ich kann diesen Scheiß nicht mehr mitmachen." Er lief die Stufen hinauf, vermutlich, um wieder zu packen.

Shannon sah ihm nach und ging dann ruhig zurück in das Büro ihrer Mutter. Die Tür war leicht angelehnt, und Shannon konnte hören, dass sie ins Telefon sprach, zu einem ihrer vielen Kontakte. Sie ging weiter und machte sich auf die Suche nach ihrem Vater. Sie fand ihn, wie er im Wintergarten auf einem Sessel saß, weit hinten im Haus, und auf seinem E-Reader las.

„Hey, Shan", sagte er lächelnd zu ihr, seine Augen hellten sich auf, als wäre er aufrichtig erfreut, sie zu sehen. „Wie war's am Strand? Du wirkst, als hättest du ein wenig Sonne abbekommen."

„Es war toll. Ich kann mir nicht vorstellen, wie es sein muss, das ganze Jahr so direkt am Strand zu leben", sagte sie.

„Teuer." Er kicherte und legte seinen E-Reader ab. „Du hast irgendwas auf dem Herzen, oder?"

Shannon setzte sich auf die Rattan-Couch neben ihm. „Kann ich dich etwas über Omas Haus fragen?"

„Klar, mein Schatz. Muss man es reparieren? Ich bin nicht sicher, wie lange das Dach noch durchhält."

„Äh …" Sie runzelte die Stirn. „Ich bin mir nicht sicher. Es gab keine Probleme mit dem Dach, falls es das ist, was du meinst. Es könnte Malerarbeiten vertragen, wegen des Vandalismus, aber …"

„Vandalismus?" Er richtete sich kerzengerade auf und schaute sie mit besorgtem Blick an. „Seit wann? Was ist passiert? Ich dachte, Keating Hollow wäre eine sichere Stadt. Das war es, als wir dort gewohnt haben. Vandalismus war niemals ein Thema. Glaubst du, wir müssen darüber nachdenken, es zu verkaufen?"

Shannon blinzelte ihn an, war kurzzeitig verblüfft, dass er keine Ahnung hatte, was in Keating Hollow passiert war. Dann holte sie tief Luft und erzählte ihm alles. „Dad, Mom hat mich rausgeworfen. Sie sagte, es wäre an der Zeit, das Haus verkaufen. Aber an dem Tag, an dem wir hier runterfuhren, hat jemand die Worte *Brian und Cara 4 ever* überall auf Omas Haus gesprüht. Wenn es also verkauft wird, muss man …"

„Ich habe nie gesagt, dass wir dieses Haus verkaufen werden." Er erhob sich und machte sich auf den Weg in den

Gang. „Sie hat nicht das Recht, eine solche Entscheidung zu treffen." Er hielt inne und warf einen Blick zurück zu Shannon. „Gehen wir. Wir müssen ein paar Dinge klären, oben mit einer Mutter."

Er schlug einen Befehlston an, und Shannon überlegte nicht zweimal. Sie folgte ihm in das Büro ihrer Mutter und war dann völlig still, über eine Stunde lang, während sie zusah, wie ihre Eltern um das Haus stritten, die Absicht ihres Vaters, es Shannon zu überschreiben, und dann, wie er es schaffte, ihre Mutter alles gestehen zu lassen, was sie wegen Silas' Karriere im letzten Monat aufgezogen hatte.

Schließlich ließ Shannon hören: „Vergiss nicht, ihm von Randy Randolf zu erzählen."

Gigi wurde ganz weiß, als der Name des Klatschreporters erwähnt wurde. „Wie ... äh wie hast du davon erfahren?"

„In dieser Stadt kann noch niemand ein Geheimnis wahren, Mutter. Das weißt du besser als jeder sonst", sagte Shannon, die nicht ihre Quellen preisgeben wollte.

„Gigi, was hast du getan?", wollte Nate wissen.

Shannon lehnte sich an die Wand des Büros und wartete.

Gigi ließ den Kopf hängen und murmelte einen Fluch.

„Heraus damit", sagte Shannons Vater, der klang, als würde jeden Moment sein Temperament mit ihm durchgehen.

„Ich wollte einfach, dass Silas nach Hause kommt", sagte sie. „Dieser Abschluss ... Der würde nicht nur ihm helfen. Unser neuer Kunde, Jordon James, kriegt vielleicht auch eine Realityshow, wenn wir das über die Bühne bringen. Es ist für uns alle gut, Nate. Ich wusste nicht, dass diese Internet-Stalker auftauchen und Shannon bedrohen würden. Das war nicht meine Absicht. Ich würde niemals ..."

„Es ist egal, was deine Absicht war, Mom", sagte Shannon,

die ihr das Wort abschnitt. „Es ist passiert, und es ist passiert, weil du selbstsüchtig warst. Und selbst nachdem du es herausgefunden hast, hast du deswegen nichts unternommen, oder?"

„Schon", sagte sie, ihre Stimme zitterte jetzt. „Ich habe einen Gefallen eingefordert und ließ diesen GNT-Blog schließen, Shannon. Ich schwöre es. Es tut mir leid. Das ist nicht, was ich wollte. Natürlich nicht. Ihr seid meine Kinder. Glaubst du wirklich, ich wollte, dass euch etwas Schlimmes passiert?"

„Du hast sie aus dem Haus meiner Mutter geworfen", sagte Nate.

Gigis Gesicht wurde noch etwas weißer, als sie sich ihrem Mann zuwandte.

„Und du hast Shannon gesagt, dass du dieses Haus verkaufen würdest, oder?"

„Ja, aber ..."

„Du kannst es nicht verkaufen, Gigi." Nate ging hinüber zu einem Aktenschrank in der Ecke ihres Büros. Nachdem er durch eine der Schubladen gesucht hatte, zog er einen Papierumschlag heraus und reichte ihn Shannon.

„Was ist das?", fragte sie ihn.

„Die Besitzurkunde für das Haus meiner Mutter." Er lächelte sanft. „Ich hatte immer vor, es dir als Hochzeitsgeschenk zu überlassen, aber das wirkt inzwischen eigentlich ziemlich vorsintflutlich, wenn ich drüber nachdenke, oder nicht? Die Papiere sind schon lange fertig. Du musst sie nur einreichen, und das Haus gehört dir, mein Schatz."

Gigi schniefte und wischte sich über die Augen.

Nate wandte sich ihr zu. „Du und ich werden diesen Wahnsinn später noch ausdiskutieren. Doch jetzt rede ich mit unserem Sohn und finde heraus, was er nach diesem Fiasko will. Meine Güte, Gigi. Was hast du dir nur gedacht?"

„Ich wollte, dass er eine erfolgreiche Karriere hat. Er hat nicht auf mich gehört, und …"

„Er hat bereits eine erfolgreiche Karriere", sagte Shannon. „Ich kann dir sagen, was er will. Er hat mich gebeten, seine Managerin zu werden, sobald er achtzehn wird."

„Aber du wohnst nicht mal hier unten!", rief Gigi.

„Genau das habe ich ihm auch gesagt. Es ist ihm egal. Er will nur bei jemandem sein, der hundert Prozent auf seiner Seite steht, ohne einen eigenen Plan vorwärtszutreiben", erklärte Shannon.

„Das kann ich", sagte Gigi, die sich mit dem Taschentuch die Augen tupfte.

„Nein, Gigi", erwiderte Nate und schüttelte den Kopf. „Du wirst immer versuchen, nach Dingen zu greifen, die außerhalb der Reichweite von allen liegen. Ich glaube, es ist an der Zeit, dass du Silas ziehen lässt." Er wandte sich an Shannon: „Sag Silas, dass ich hochkomme und gleich mit ihm rede. Ich bringe die Papiere für die neue Vertretung mit, und noch heute Abend bist du seine neue Managerin."

Shannon sah ihren Vater verwundert an. Sie hatte niemals zuvor gesehen, wie er die Verantwortung übernahm. Nicht so. Gigi war ein wimmerndes Häuflein Elend, und es war klar, dass sie sich nicht gegen ihn stellen würde. Das brachte sie zu der Frage, was für eine Ehe sie eigentlich führten, wenn keiner hinschaute. Natürlich war sie auch seit über zehn Jahren weg. Es war unvernünftig, zu glauben, dass sich die Dynamik ihrer Beziehung nicht geändert hatte.

„Geh, Shannon. Deine Mutter und ich müssen reden", drängte er.

„Danke, Dad." Sie zog ihn zu einer raschen Umarmung

heran und lief nach oben, um ihrem Bruder die guten Nachrichten zu überbringen.

„Ich bin hier so was von raus", fauchte Silas sie mehr oder weniger an, als Shannon in sein Schlafzimmer trat.

Sie grinste und zog ihn in eine feste Umarmung.

Silas stieß ein überraschtes Knurren aus, doch er erwiderte die Umarmung und fragte: „Was ist los, Shan?"

Als sie sich zurückzog, drückte sie ihm beide Hände an die Wangen und sagte: „Wir gehen nach Hause. Nach Hause nach Keating Hollow. Und dank Dad bin ich deine neue Managerin, mit sofortiger Wirkung."

„Was?" Er trat zurück und schüttelte den Kopf. „Hast du gerade gesagt, was ich glaube, dass du gesagt hast?"

Sie nickte, Glückstränen brannten in ihren Augen. „Ja, kleiner Bruder. Mach schon und schreib Levi, denn gleich morgen früh brechen wir auf."

„Du glaubst nicht, dass die Paparazzi uns dort noch weiter nachstellen?", fragte er.

„Sind sie einmal hier gewesen?", entgegnete sie.

Er schüttelte den Kopf und runzelte die Stirn. „Stimmt. Das hat Mom angerichtet. Was bringt dich auf den Gedanken, dass sie das nicht noch einmal versucht?"

Shannon grinste. „Weil du nicht mehr länger ihr Klient bist. Du bist meiner. Und Dad weiß jetzt alles, was sie getan hat. Also mach dir bloß keine Sorgen. Wir sind hier raus, und du musst nicht zurückkommen, bis die Dreharbeiten für *Timekeeper* anfangen."

Silas setzte sich auf sein Bett, eine Bandbreite von Gefühlen blitzte in seinen Augen auf. Nervosität, Unglauben und dann reine Freude erhellten seinen Blick, und er warf den Kopf in den Nacken, um loszulachen. „Ich kann es nicht glauben.

Keating Hollow den ganzen nächsten Monat lang? Meinst du das ernst?"

Shannon zog ihr Telefon heraus und tippte auf eine ihrer Apps. „Ich meine es todernst. Ich buche gerade jetzt unsere Flüge. Sei bei Morgendämmerung bereit."

KAPITEL 27

„Shannon!", rief Hope, als sie die Tür aufwarf. „Du bist zu Hause!" Sie sah um ihre Freundin herum und lächelte Silas an. „Hi, Silas. Wir sind alle begeistert, dass du den Rest des Sommers hier verbringst. In der Küche ist jemand, der dich unbedingt sehen will."

Shannon ging zur Seite und ließ Silas in das Haus schlüpfen.

Er winkte Hope zu und lief hinein, begab sich geradewegs zum hinteren Teil des Hauses.

„Si!", hörten sie Levi rufen, gefolgt vom Lachen der beiden Jungen.

„Ich bin froh, dass zumindest einer ein schönes Wiedersehen hat", sagte Shannon, während sie zurücktrat und sich auf die Verandaschaukel setzte.

Hope folgte ihr. „Du meinst, dein Wiedersehen mit Brian ist nicht so gut gelaufen?"

„Was für ein Wiedersehen? Er ist nicht mal am Ort, und er antwortet nicht auf meine Nachrichten." Shannons Heimkehr war bitter geworden, als sie es nicht geschafft hatte, mit Brian

251

in Kontakt zu kommen. Er hatte vor ein paar Tagen eine Nachricht geschickt, um sie wissen zu lassen, dass er die Stadt ein paar Tage verließ, aber er hatte nicht genau erklärt, wohin. Sie wollte ihn unbedingt sehen, ihn wissen lassen, dass alles geklärt war, und dass sie nicht weiterhin diese Pause machen mussten, auf die er beharrt hatte.

Sie und Silas waren eineinhalb Tage zu Hause, und bisher hatte es nicht die Spur von Ärger gegeben. Nachdem ihr Flugzeug gelandet war, hatten sie den Rest des Tages damit verbracht, Shannons ganzes Zeug zurück in das Haus ihrer Großmutter zu bringen – das bald ihr Haus sein würde. Dasjenige, das frisch geweißt war, und die zerbrochenen Fenster waren ersetzt, obwohl keiner der Nachbarn eine Ahnung zu haben schien, wer sich darum gekümmert hatte. Shannon hätte Brian in Verdacht gehabt, aber er war ja nicht in der Stadt.

„Wie kommst du denn darauf?", fragte Hope. „Er ist da. Er kam heute Morgen zu einer Massage vorbei. Seine Schulter ist ziemlich verspannt, nachdem er all diese Malerarbeiten erledigt hat."

„Malerarbeiten?" Shannon schaute ihre Freundin durch zusammengekniffene Augen an. „Sagst du, er ist derjenige, der das Haus meiner Großmutter repariert hat?"

Hope beugte sich vor und schaute sie verwirrt an. „Du meinst, das hast du nicht gewusst?"

Shannon schüttelte langsam den Kopf. „Er hat mir erzählt, er müsse ein paar Tage ins Ausland und würde sich wieder melden. Seitdem habe ich nichts von ihm gehört." Aber das ergab keinen Sinn. Wenn er Malerarbeiten im Haus erledigt hatte und in der Stadt war, weshalb hatte er dann ihren Anruf oder ihre Nachricht nicht beantwortet, in denen sie ihn hatte wissen lassen, dass sie nach Hause unterwegs war?

„Oh, meine Liebe." Hope tätschelte Shannons Knie. „Es klingt, als müsstet ihr beiden dringend reden."

„Echt jetzt. Aber wenn er meine Anrufe nicht beantwortet …" Frust machte sich breit und kochte über zu einem genervten Schnauben. „Ich verstehe es nicht."

„Natürlich nicht", sagte Hope lachend. „Er ist ein Mann. Das sollst du auch nicht verstehen." Sie stand auf und streckte ihrer Freundin die Hand entgegen, um ihr aus der Schaukel zu helfen. „Ich sag dir was … Warum springst du nicht in dein Auto und fährst rauf zu Brians schönem Haus auf dem Hügel? Silas kann heute Nacht bei uns bleiben. Ich bin mir sicher, er und Levi werden sowieso Videospiele spielen und den ganzen Abend lang Junkfood essen wollen. Du ziehst los und findest raus, was in Brians dickem Schädel vorgeht, und lass mich den Rest übernehmen."

Shannon zögerte nicht. Sie zog Hope zu einer raschen Umarmung heran, dankte ihr, dass sie die beste Freundin war, die man sich als Mädchen vorstellen konnte, und rannte dann zu ihrem Auto. Erst auf halbem Weg die Hauptstraße hinaus wurde ihr klar, dass sie nicht mal Brians Adresse hatte. Nach einem kurzen Halt bei Yvettes Buchladen, um sie nach dem Weg zu fragen, stieg sie wieder ins Auto und war auf dem Weg den Berg hinauf.

Brian las Shannons Nachricht zum gefühlt hundertsten Mal. Sie war zu Hause, zurück im Häuschen ihrer Großmutter. Und er saß in seinem Haus, tat so, als würde ihm das nichts bedeuten. Er konnte sich nur fragen: *Was zum Teufel stimmt mit mir nicht?*

Er kannte die Antwort. Aber das bedeutete nicht, dass er

sich der Tatsache stellen wollte, dass er ihr nicht guttat. Er hatte sie nicht schützen können, als ihr verrückte Stalker nachgestellt hatten. Er war sogar der Grund gewesen, weshalb sie sie belästigt hatten. Es war dasselbe wie die Tatsache, dass er Sienna nicht gutgetan hatte. Sie war krank geworden, und er hatte es nur verschlimmert, indem er ihr destruktives Verhalten ermöglicht hatte. Wenn er nur darauf beharrt hätte, dass sie früher zu einem Psychologen ging, wären die Dinge vielleicht nicht so schlimm geworden. Er hatte es satt, der Mann zu sein, der Probleme für die Frauen in seinem Leben verursachte; er wollte derjenige sein, der die Dinge besser machte.

Das Telefon wurde in Brians Hand warm. Er bewegte den Finger, um Shannons jüngste Nachricht zu löschen, stellte aber fest, dass er es nicht konnte. Es war zu sehr, als würde er sie aus seinem Leben löschen. Und so sehr er auch entschlossen war, sie nun in Ruhe zu lassen, konnte er nicht alle Spuren von ihr tilgen. Das tat zu sehr weh.

Stöhnend ließ er das Telefon auf die Anrichte fallen und ging in die Küche. Nachdem er sich eine Schürze umgebunden hatte, zog er seine liebste Edelstahlrührschüssel heraus, Mehl, Zucker und Butter, und hatte vor, Kekse zu backen. Er war nicht hungrig. Sein Hunger war verflogen, gleich nachdem Shannon die Stadt verlassen hatte. Aber er brauchte etwas, mit dem er seine Hände beschäftigt halten konnte, oder er würde

...

Die Türklingel läutete, gefolgt vom lauten Klopfen an seiner Tür.

Er ließ das Stück Butter, dass er gehalten hatte, auf die Granitarbeitsfläche fallen, und ging, um herauszufinden, wer sich die Mühe gemacht hatte, den halben Weg den Berg herauf zu fahren, um ihn persönlich zu treffen. Brian wischte sich die Hand an der Schürze ab und öffnete die Tür. „Shannon?"

Sie kam gleich herein, ohne ein Wort zu sagen.

„Hey", sagte er, Freude wärmte ihn von innen wie ein Sonnenstrahl. Bei den Göttern, er hatte sie sogar noch mehr vermisst, als ihm klar gewesen war.

Sie wirbelte herum, stemmte beide Hände in die Hüften und sagte: „Willst du mir vielleicht mal erklären, warum du mich angelogen hast, dass du nicht in der Stadt bist?"

„Nur, wenn du mir erklärst, weshalb du Rex geküsst hast." Die Worte kamen aus seinem Mund, bevor er sie aufhalten konnte. Er hatte nicht vorgehabt, sie mit dem zu konfrontieren, was er in dieser Nachrichtensendung gesehen hatte, aber da war es passiert. Er war nicht einmal sicher, dass er die Antwort erfahren wollte, aber nun war es zu spät.

„Was?" Ihr Gesicht verzog sich verwirrt. „Ich habe Rex nicht geküsst. Wie kommst du denn darauf? Ich habe ihn seit dem Tag im Weinberg, als er von den Feuerhexen beschädigt wurde, nicht mal gesehen oder mit ihm gesprochen."

„Ich habe es in den Nachrichten gesehen, Shannon. Er hielt dein Gesicht mit beiden Händen, und seine Lippen waren auf deinen." Jetzt war er angepisst. Es war eine Sache, einen seiner besten Freunde zu küssen. Es war aber etwas ganz anderes, so zu tun, als wäre es nicht passiert.

Die Falte auf ihrer Stirn vertiefte sich. „Rex hat mich nicht geküsst", beharrte sie. „Er hat die Hände an meine Wangen gelegt, aber das liegt daran, dass ich ausgeflippt bin, und er versucht hat, mich zu beruhigen. Aber er hat mich auf keinen Fall geküsst. Warum sollte er das tun? Er ist dein Freund."

Sie schien so beharrlich, so sicher. Hatten seine Augen ihn betrogen? Er glaubte nicht. Er hatte gesehen, was er gesehen hatte. Brian ging zu ihr, legte ihr beide Hände auf die Wangen und beugte dann den Kopf, sodass seine Lippen ihre kaum streiften. „Sagst du mir, dass das nicht genau die Szene gewesen ist, die ich auf meinem Fernseher gesehen habe?"

Sie hob den Blick zu seinem und sagte mit einer festen Stimme: „Genau das sage ich." Sie schlug seine Hände weg, legte ihre auf seine Wangen und kam mit dem Gesicht ganz nahe an seines, während sie ihm in die Augen schaute. „Rex hat versucht, mich zu beruhigen. Das hat er getan, indem er dafür gesorgt hat, dass ich mich fest auf ihn konzentriere. Als er damit fertig war, mir gut zuzureden, hat er mir einen Kuss auf die Stirn gedrückt mich dann in mein Auto gesetzt. Genauso." Sie stellte sich auf die Zehenspitzen und gab ihm einen sanften Kuss auf die Haut.

Sein ganzer Körper fing an, vor Verlangen zu prickeln, nur wegen dieses kleinen Kusses, und er stieß ein kaum hörbares Stöhnen aus.

Shannon trat zurück, nahm ihre weichen Hände mit. „Ist das der Grund, warum du mir aus dem Weg gegangen bist? Weil du dachtest, ich hätte was mit Rex?"

„Ja." Er verzog das Gesicht und fuhr fort: „Nein. Nicht wirklich."

„Warum dann?", wollte sie wissen.

„Weil, Shannon." Er warf die Hände in die Luft. „Glaubst du, irgendwas davon wäre dir passiert, wenn ich nicht gewesen wäre? Wenn du nicht in dieses Drama mit Cara hineingezogen worden wärst, hätte dir niemand nachgestellt. Niemand wäre verletzt worden, Faiths Spa hätte keinen Ziegelstein durchs Fenster bekommen, und der Weinberg der Pelshes wäre niemals verbrannt worden. Ich habe das Problem mit Cara nicht gut geregelt. Nicht, bis es zu spät war, auf jeden Fall. Ich … auf mich wirkte es besser für dich, wenn ich mich fernhielt."

Shannon war sprachlos. Machte er Witze? „Das kannst du nicht ernst meinen."

„Ich meine es absolut ernst. Erst habe ich die Dinge mit Sienna nicht gut geregelt. Dann habe ich die Situation mit Cara nicht richtig ernst genommen, und du wurdest meinetwegen beinahe verletzt."

Shannon schüttelte den Kopf und trat wieder dicht an ihn heran, drückte ihm die Hände auf die Brust. „Brian, hör auf."

„Was?" Er konnte nicht verhindern, dass er lachte. Ihre Antwort war so hundertprozentig sie.

„Meine Mom war der Grund, weshalb die Paparazzi überhaupt hier waren. Wenn wir jemandem die Schuld in die Schuhe schieben wollen, ist sie es. Nicht du. Und bevor du wieder anfängst, dir Vorwürfe zu machen, versuche, bitte daran zu denken, dass du nicht für die Taten anderer zur Verantwortung gezogen werden kannst. Besonders nicht die Taten Wahnsinniger."

„Ich wollte dir kein weiteres Drama bescheren", sagte er, ließ die Hände um ihre Taille gleiten, konnte sich plötzlich nicht mehr davon abhalten, sie zu berühren.

„Silas und ich haben genug eigenes Drama mitgebracht. Können wir das jetzt fallen lassen und weitermachen? Ich habe das Gefühl, wir müssen eine Wette abrechnen, die wir abgeschlossen haben."

„Ich bin mehr als nur zufrieden damit, weiterzumachen." Er senkte den Kopf und strich mit den Lippen an ihrem Kinn entlang, bevor er ihr einen sanften Kuss auf die Lippen drückte. „Aber was meinst du denn damit, dass wir eine Wette abrechnen müssen? Nach meiner letzten Zählung hatten wir noch vier Dates übrig, die abgehalten werden müssten."

„Ich gebe auf. Ich weiß bereits, dass ich verlieren werde, also wie wäre es, wenn wir uns jetzt gleich um diesen Teil mit der Nacktmassage kümmern? Denn ich kann es gar nicht erwarten, dich in die Finger zu bekommen."

„Teufel auch, Shannon", flüsterte Brian, während er anfing, sie durch sein Haus zu seinem Schlafzimmer zu drängen. „Dir ist schon klar, dass ich es niemals schaffen werde, meine Hände bei mir zu behalten, oder?"

„Darauf habe ich gezählt." In dem Augenblick, in dem sie in seinem Schlafzimmer ankamen, drehte sich Shannon zu ihm um, sodass sein Rücken an die Wand gedrängt wurde. Sie nahm ihm die Schürze ab und ließ die Hände unter sein T-Shirt gleiten, genoss seine muskulöse Brust. Dann ließ sie eine Hand zu seinem perfekten Hintern hinabwandern, während sie ihn mit allem küsste, was sie hatte. Als sie sich schließlich löste, atmete Brian schwer, und in seinen dunklen Augen leuchtete pures Verlangen. Wieder kam sie ganz nahe, drückte ihm beide Hände auf die Wangen, und als ihm der Atem stockte, sagte sie: „Mach dich nackig."

KAPITEL 28

Shannon stand hinter dem Tresen von *Ein Löffelchen Magie* und versuchte, ihr Gähnen zu unterdrücken. Nachdem sich ihre Marathon-Nacktmassage-Sitzung mit Brian zu einem die ganze Nacht dauernden Liebesfest ausgeweitet hatte, hatte sie nur ein paar Stunden Schlaf bekommen, ehe sie wieder in die Arbeit gegangen war. Es machte ihr aber nichts aus. Ihre Zeit in Brians Bett war jede köstliche Sekunde wert gewesen.

„Hör auf zu grinsen, als hättest du im Lotto gewonnen. Das macht mich ganz mürrisch", sagte Miranda Moon von ihrem üblichen Platz an einem der Tische des Ladens aus. Sie war eine Autorin paranormaler Liebesromane, die über den Sommer in die Stadt gezogen war und einen der Tische von *Ein Löffelchen Magie* als ihren Lieblingsplatz zum Arbeiten auserkoren hatte. „Du siehst aus, als wärst du völlig ... ähm, befriedigt."

Shannon lachte. „Meine Lippen sind versiegelt."

„Du musst auch gar nichts sagen. Es steht dir übers ganze Gesicht geschrieben", sagte sie.

„Tut mir leid?" Shannon zückte ihren Zauberstab und deutete damit auf Mirandas leere Teller. Sie schwebten mühelos an Shannon vorbei und direkt in die Spüle, wo sie abgespült und dann in den Geschirrspüler gestellt wurden, ohne dass Shannon einen Finger rühren musste.

„Hübscher Trick", sagte Miranda. „Ich glaube, das kommt in dieses Buch. Irgendwelche Tipps, wie man es richtig hinbekommt?"

Shannon hob ihren tollen nuttenroten Zauberstab. „Man braucht eine gute Verbindung mit seinem Zauberstab, und das Geheimnis liegt im Handgelenk. Dieser hier verlangt wedeln, Ausschütteln und Deuten." Shannon führte es an der benutzten Serviette vor Miranda vor. „So etwa." Sie richtete den Stab aus und führte ihre Bewegungen vor, und sie sahen beide zu, wie die Serviette durch die Luft flog und in einer Mülltonne in der Nähe landete.

„Toll. Ich hoffe nur, dass das nicht auch nach hinten losgeht."

„Was meinst du?", fragte Shannon.

Miranda wedelte mit der Hand, legte nahe, dass es unwichtig war.

Doch Shannon war beharrlich. „Hast du ein Problem mit deiner Magie?"

„Nein, nicht wirklich. Es ist nur … Ich hatte vorher noch nie Schwierigkeiten, an ein Date zu kommen. Weißt du, was ich meine?" Sie stand auf und wirbelte herum, zeigte ihre kurvige Figur, die in einem geschnürten schwarzen Korsettkleid steckte. „Das bringt die Sache normalerweise ins Rollen, weißt du?"

Shannon kicherte, während sie das Dekolleté der Frau beäugte, das oben aus dem Kleid blitzte. „Kann ich mir vorstellen. Bei dir funktioniert dieser Stil wirklich gut."

„Nicht wahr?" Miranda warf einen Blick an sich hinab und seufzte. „Ich glaube allmählich, dass ich mein Händchen verliere, und das treibt mich ein wenig in den Wahnsinn."

Die Türglocke läutete, und Rex Holiday kam herein. Ein großes Lächeln zeigte sich auf seinem Gesicht, als er Shannon sah. „Hallo auch, Fremde. Es ist gut, dich wieder in der Stadt zu sehen."

„Hi, Rex. Es ist besser als nur gut, wieder zurück zu sein. Wie geht's dem Weinberg?"

„Besser", sagte er. „Abby ist vorbeigekommen, und zusammen konnten wir den Großteil der beschädigten Reben retten."

„Das sind gute Neuigkeiten." Shannon half ihm, ein Geschenk für Abby Townsend als Dankeschön für ihre Hilfe auszusuchen, und während Shannon es verpackte, begab sich Miranda Moon an den Tresen und streifte mit dem Arm Rex.

„Hallo auch, Hübscher." Sie schaute zu ihm auf, ganz unschuldig mit ihren großen, dunklen Augen.

Rex lächelte auf sie hinab, offensichtliches Interesse blitzte auf den Zügen auf, während er sie von Kopf bis Fuß musterte. *Miranda hat recht,* dachte Shannon. Dieses Kleid war eine Geheimwaffe.

Aber dann, als Shannon gerade das Paket mit dem Teilchen Rex übergeben wollte, griff Miranda vor und warf es unabsichtlich auf den Boden.

„O nein. Das tut mir so leid." Sie bückte sich, um das Teilchen zum selben Zeitpunkt aufzuheben wie Rex, doch als sie danach griff, ging es komplett daneben, und sie erwischte stattdessen ein völlig anderes Teil.

Das von Rex.

Rex stieß einen Schrei aus und krabbelte zurück, drückte

sich eine Hand zwischen die Beine und nahm mit der anderen sein Päckchen.

Mirandas Gesicht wurde leuchtend rot, und sie stammelte Entschuldigungen, während Rex aus dem Laden eilte. „O mein Gott", sagte Miranda, während sie auf ihren Stuhl sank. „Ich kann nicht glauben, dass das gerade passiert ist."

Shannon konnte nicht verhindern, dass ein Lachen aus ihrer Brust heraufdröhnte. „Himmel noch mal, Miranda. Ich verstehe, was du meinst. Dieses Kleid hat seinen Job erledigt, und dann wurde alles innerhalb weniger Sekunden zu Müll."

Miranda drückte sich die Rückseite ihrer Hand an die Stirn. „Ich glaube, ich bin verflucht. Das ist die einzige Erklärung."

„Oder nur eine Grobmotorikerin", neckte Shannon. Aber sie fragte sich, ob Miranda wirklich verflucht war. Vor nicht allzu langer Zeit hatte Miss Maple einen kruden Liebeszauber neutralisiert, der an Mirandas Lieblingstisch angebracht gewesen war.

„Vielleicht. Ich gehe jetzt nach Hause und ertränke meine Verlegenheit in einer Flasche Wein. Wir sehen uns auf der Hochzeit am Freitagabend?"

„Auf jeden Fall. Brian und ich werden so was von da sein." Shannon holte ein paar Pralinen aus einem Kästchen und ging hinüber, um sie Miranda zu geben. „Hier. Als Begleitung zum Wein."

Miranda schenkte ihr ein dankbares Lächeln.

„Hör mal", sagte Shannon, die sich bemühte, ihre Kreise zu erweitern. „Am Samstag gebe ich eine kleine Poolparty, nur wir Mädchen. Meinst du, du kannst dazukommen? Hope, Wanda und Hanna und eine oder zwei Townsend-Schwestern sollten dabei sein."

„Bei dir?", fragte Miranda.

„Ja. Am frühen Nachmittag, wenn die Sonne am wärmsten scheint."

Miranda grinste. „Das werde ich um nichts in der Welt verpassen."

~

DIE HOCHZEIT am Vorabend war eine erinnerungswürdige Party gewesen. Faith und Hunter waren in ihrem Hochzeitsaufzug umwerfend gewesen, aber was es so besonders gemacht hatte, war die Tatsache, dass sie sie in dem Spa abhielten, das sie zusammen aufgebaut hatten, und der Ort war mit tausenden Lichterketten und Kerzen geschmückt. Shannon hatte noch nie etwas Schöneres gesehen. Sie hatte den ganzen Abend auf der Tanzfläche mit Brian verbracht, und dann die restliche Nacht mit ihm in ihrem Bett.

Jetzt saß sie mit fünf ihrer Freundinnen auf einem ihrer Liegestühle, sie nippten Mojitos und genossen die Sonne.

„Schade auch, dass Rex nicht in der Stadt bleibt", sagte Wanda. „Der Mann ist heiß."

Hanna und Hope nickten beide zustimmend, während sie mehr Sonnencreme auftrugen.

„Wohin geht er?", fragte Miranda, ihr Gesicht wurde leicht rot, während sie einen großen Schluck von ihrem Getränk nahm. Shannon grinste sie an, weil sie wusste, dass die Frau immer noch peinlich berührt von der Tatsache war, dass sie mit ihm kürzlich im Laden so auf Tuchfühlung gegangen war.

„Nach Christmas Grove", sagte Yvette. „Er und Jacob haben dort einen Freund, der eine Weihnachtsbaumfarm betreibt. Rex wird ihm aushelfen und ihn dabei unterstützen, einen Bereich der Farm zu heilen, der nicht mehr so viel Leistung bringt."

„Ich war schon mal in Christmas Grove", sagte Shannon. „Dort ist es wunderbar. So eine niedliche Stadt, und die Berge sind unfassbar."

„Ich auch", sagte Hanna. „Meine Eltern haben uns dort während der Weihnachtsfeiertage hingebracht. Es gibt Rentier-Spiele, die einfach großartig sind. Hexen mit Luftmagie animieren Plüschrentiere, und es gibt ein Sport-Event. Ich wollte immer eins als Haustier, bis mir klar wurde, dass sie nicht echt waren."

„Es ist wirklich unglaublich", stimmte Yvette zu. „Jacob und ich fahren gleich nach Thanksgiving raus, um ein wenig von allem wegzukommen. Du und Brian solltet mit uns kommen, Shannon. Ich bin sicher, Jacob und Rex wären begeistert."

Shannon lachte und schüttelte den Kopf. „Und ich bin sicher, du und Jacob wollt nicht, dass wir euren romantischen Urlaub plattwalzen."

Nun war es an Yvette, zu lachen. „O nein. So ist es nicht. Skye kommt mit. Es ist eher ein Familienausflug, um ein wenig Spaß zu haben. Ihr solltet wirklich mitkommen. Es wäre schön, ein wenig mehr Zeit mit dir zu verbringen, wo wir doch alle so mit der Arbeit beschäftigt sind."

„Na, wenn man es so formuliert …"

Ein kollektives Keuchen kam von Shannons Freundinnen und wurde von Johlen und Pfiffen begleitet, die man nur als anzüglich bezeichnen konnte. Sie riss den Kopf herum und verschluckte beinahe ihre Zunge, als sie Brian über die Poolplattform marschieren sah, mit nichts bekleidet als einem Tanga.

„Zeig mal her!", rief Wanda, die ihre Faust in die Luft stieß, während Brian mit den Hüften wackelte und herüberspazierte, wo das Poolnetz an der Seite eines Schuppens lehnte.

„Lass deine Muskeln spielen", fügte Miranda an und

kicherte, als Brian eine Bodybuilder-Pose einnahm und für sie den Bizeps anspannte.

„Wow, Shannon. Du sorgst richtig für Unterhaltung, wenn du eine Party gibst", sagte Hope lachend.

„Teufel auch", flüsterte Shannon vor sich hin, während in ihrer Brust die reine Liebe explodierte. Man musste es nur Brian überlassen, für eine Wette einzustehen, die er gar nicht verloren hatte.

„Boah, Shannon", sagte Yvette. „Das sind doch mal definierte Muskeln. Wie kommst du nur klar?"

Shannon grinste sie an und zuckte locker die Schultern. Es war nicht so, als wäre Yvette nicht selbst mit einem heißen Typen verheiratet. Außerdem wusste sie, dass sie die Frau nur aufzog. Oder? Denn verdammt noch mal, Brian sah unfassbar aus. Hatte er seine Muskeln für einen übertriebenen Effekt eingeölt? So, wie sie in der Sonne leuchteten, sah es schon danach aus. Sie richtete sich auf und rief: „Zeig uns deine Moves!"

Brian hörte auf, die Muskeln spielen zu lassen, schaute sie direkt an, zwinkerte ihr zu und ließ den Hintern kreisen.

Alle anderen Frauen brüllten vor Lachen. Bis sie sich schließlich wieder beruhigt hatten, waren die meisten von ihnen außer Atem und hatten angefangen, vor Lachen Tränen zu vergießen.

Shannon stieg aus ihrer Liege, ging hinüber zu dem Mann, den sie fortan Sexiest Man Alive nennen würde, und belohnte ihn mit einem heißen Kuss. Ihr Publikum feuerte sie mit vielen Ermutigungen in Form von wilden Pfiffen an und stimmte schließlich einen „sucht euch ein Zimmer!"-Singsang an.

Als sie sich schließlich lösten, fragte Brian: „Wofür war das denn?"

„Dafür, der verdammt noch mal beste Freund zu sein, den

es je gegeben hat. Warum nur ziehst du dir einen Tanga an und trittst vor meinen Freundinnen auf?"

In seinen Augen glitzerte der Schalk. „Ich wollte, dass dieser Tag erinnerungswürdig wird."

„Oh, er ist schon erinnerungswürdig. Aber warum heute?"

„Weil, Shannon Ansell, ich dich etwas fragen möchte." Er sank auf ein Knie, holte einen Platin-Diamant-Ring von seinem kleinen Finger und hielt ihn ihr hin, während er sagte: „Ich habe keine Witze gemacht, als ich sagte, ich wolle dich zur Hochzeit meiner Schwester als meine Verlobte mitbringen. Ich wollte dich so ziemlich seit dem ersten Mal, als du mir dieses großartige Lächeln zugeworfen hast. Und ich sehe nicht, dass sich das ändert ... bis in alle Ewigkeit. Also frage ich ... Willst du mich heiraten?"

Freude erfüllte sie von Kopf bis Fuß, und Shannon konnte sich nicht an einen Augenblick erinnern, der jemals so perfekt gewesen war. „Nachdem ich gesehen habe, wie gut du darin bist, mit dem Hintern zu wackeln, wäre ich ja verrückt, wenn ich Nein sage."

Er lachte. „Also ist das ein Ja?"

„Ja."

Brian sprang auf, schlang die Arme um sie und wirbelte sie mit einer Freude herum, bei der ihr innerlich ganz warm wurde. Eines war sicher, was immer für Abenteuer mit Brian Knox auf sie zukamen, sie würden bestimmt nicht langweilig werden.

„Ach du meine Güte!", rief Yvette, und erst dachte Shannon, dass sie einfach wirklich glücklich für sie und Brian war. Aber dann sagte sie es noch einmal, und in ihrer Stimme lag auf jeden Fall ein Hauch Panik, als Shannon sich umdrehte, um zu sehen, wie sie in ihr Telefon sprach.

„Was ist denn, Vette?", fragte Wanda. „Was ist los?"

„Es ist Noel. Sie hat Wehen bekommen. Das kleine Mädchen kommt heute!" Yvette sprang aus ihrer Liege, und rasch folgten ihr die restlichen Damen, die Noel alle nahestanden. Sie alle gratulierten ihr und Brian, dann entschuldigten sie sich, dass sie die Poolparty abkürzen mussten, und dann liefen sie davon, um vermutlich stundenlang im Wartebereich zu sitzen.

Brian folgte Shannon ins Haus, nachdem die Damen gegangen waren, und in dem Augenblick, in dem sich die Eingangstür schloss, fragte er: „Ist Silas da?"

„Nö. Er ist heute den ganzen Tag lang mit Levi unterwegs."

„Gut." Brian hob sie hoch und nahm zwei Stufen auf einmal. „Ich habe eine Verlobte, die ich einölen muss."

KAPITEL 29

NOVEMBER

*R*ex Holiday ging hinter seinen Freunden, die mit ihren Partnerinnen unterwegs waren, durch das verzauberte Städtchen von Christmas Grove und erkannte, dass er sich bereits in den Ort verliebt hatte. Es war eigentlich nicht so anders als Keating Hollow. Die Hauptstraße war voller kleiner, magie-orientierter Läden. Es gab *Santa's Little Workshop*, wo Spielsachen aus dem Nichts hergestellt zu werden schienen, den *Spellbound Bookstore*, *Die magische Bohnenranke*, die alles von Kaffee bis hin zu Quecke verkaufte, und natürlich den Schokoladenladen *Love Potions*.

Aber was er an dem Städtchen am meisten mochte, waren die Leute. Sie waren bereits dem Seniorinnen-Eisbären-Klub begegnet, der aus fünf älteren Damen bestand, die darauf versessen waren, den ganzen Winter lang mit dem Schneemobil herumzufahren und im Silver Moon Lake nackt zu baden, wann immer sie zwischen Oktober und März die Gelegenheit erhielten. Es gab eine Gruppe Teenager, die es übernahmen, die ganze Stadt mit allen möglichen

Weihnachtssachen zu dekorieren. Und dann gab es den Bücher-Klub … vier Herren, alle in unterschiedlichem Alter, die sich gerne weit hergeholte Titel herauskramten, um sie in der Gruppe zu lesen und dann der restlichen Stadt empfehlen zu können.

Alle wirkten so glücklich, zufrieden. Es war eine Art Existenz, die Rex in der Vergangenheit entglitten war. Klar, er hatte diese Dinge kurzzeitig erlebt, aber sie waren flüchtig. Doch diese Stadt … Etwas daran drang ihm bis aufs Mark und ließ ihn glauben, dass er sich auf ewig so fühlen könnte.

Es war zu schade, dass er schon im Januar einen Job hatte, der ihn nach New York führen würde. Er hätte gern versucht, eine Weile in Christmas Grove zu bleiben.

Jacob hielt inne und drehte sich um, schaute Rex in die Augen. „Wir sind unterwegs zur Baumbeleuchtungszeremonie. Bist du dafür zu haben?"

„Klar. Lasst mich irgendwo anhalten und was zu trinken holen. Ich treffe euch dann drüben am Platz. Will irgendwer etwas, während ich durch die Läden stöbere?"

Jacob fragte seine Frau Yvette, und dann Brian und Shannon, die so ineinander verguckt waren, dass Rex sich nur schwerlich vorstellen konnte, dass sie Jacobs Frage auch nur gehört hatte. Es war süß, wenn auch leicht nervig. Er hatte sich ein bisschen in Shannon verschossen, ehe ihm klar geworden war, dass sein Kumpel ein Auge auf sie geworfen hatte. Trotzdem gab er zu, dass es vermutlich besser war, dass Brian sie abbekommen hatte. Rex' Hintergrund mit Beziehungen war schlimmer als mittelprächtig. Seine längste Beziehung hatte ganze drei Monate gehalten. Nicht sonderlich beeindruckend für einen fünfunddreißigjährigen Mann, oder?

„Wir haben alles", sagte Jacob. „Wir sind dann am riesigen Rentier." Er kicherte. „Skye will es streicheln."

„Aber natürlich. Man sehe sich das nur an." Er nickte zu dem drei Meter hohen Plüschtier hin. Es war ein Kindertraum. „Ich bin in ein paar Minuten da."

Jacob nickte und drängte seine kleine Familie zusammen mit Shannon und Brian zum Platz.

Rex drehte sich um und ging direkt zurück zum Schokoladenladen *Love Potions*. Im Fenster lag ein in Schokolade getauchtes Karamellgebäck, das nach ihm rief. Da die Baumbeleuchtungszeremonie gleich beginnen würde, war es im *Love Potions* leer, als er ankam, bis auf eine wirklich hübsche, lockige Rothaarige, die am Tresen lehnte und auf Bedienung wartete.

„Hallo", sagte Rex, als er zu ihr trat. „War bei Ihnen schon jemand?", fragte er neugierig, nur um eine Unterhaltung anzufangen. Ihm war es eigentlich egal, wie lange es dauerte. Er hatte es nicht eilig damit, irgendwohin zu gehen. Der Baum würde noch genauso funkeln, nachdem er schon eine Stunde lang beleuchtet war, oder nicht?

„Klar", sagte die Frau, die ihn mit bezaubernden grünen Augen von oben bis unten musterte. „Mrs. Pottson ist hinten und holt mir meinen Weihnachts-Käsekuchen."

Da er sich vorkam, als hätte sie ihn gerade mit Röntgenblick untersucht, beschloss Rex, dass es nur fair war, das zurückzugeben, darum betrachtete er sie genauso ausführlich wie sie ihn zuvor. Verdammt, sie war umwerfend. Lange, wohlgeformte Beine, gerundete Hüften, eine Wespentaille und ein Gesicht, das er stundenlang anstarren könnte.

Sie lachte. „Gefällt Ihnen, was Sie sehen?"

Ihre Unverblümtheit brachte ihn wieder zu sich zurück, und er grinste wie ein Narr. Es gab nichts, was ihm besser gefiel als eine direkte, offene Frau. Er schätzte, das war es, weshalb er an Shannon interessiert gewesen war, ehe sie aus dem Dating-Pool ausgestiegen war. „Wie es der Teufel so will, ja. Ihre Beine sind unfassbar. Sind Sie zufällig Tänzerin?"

Sie neigte den Kopf zur Seite, um ihn zu mustern. „Woher wissen Sie das? Tanzen Sie auch?"

Er schüttelte den Kopf. „Leider nicht mal einen Schritt weit. Meine Schwester hat es jedoch jahrelang im Wettkampf betrieben. Man könnte sagen, dass ich schon eine Menge Tänzerinnenbeine gesehen habe."

„Da möchte ich wetten."

Mrs. Pottson kehrte mit der Kuchenschachtel zurück und reichte sie dem herrlichen Wesen vor ihm. „Da haben Sie ihn, Holly. Tut mir leid, dass es so lange gedauert hat. Er hat sich hinter dem Gartenkuchen versteckt. Sie wissen ja, wie groß diese Blumen werden."

Holly sagte der Frau, dass es kein Problem war, und als sie sich umdrehte, um zu gehen, warf sie einen Blick auf Rex. „War schön, mit Ihnen zu plaudern."

„Moment", sagte Rex, der ihr in den Weg trat. Er hielt ihr die Hand hin. „Ich bin erst ein paar Wochen in der Stadt, und ich glaube, wir sind uns noch nicht begegnet. Ich bin Rex Holiday, und ich bin hier, um meinem Kumpel bei Frosts Weihnachtsbaumfarm zu helfen. Ich dachte, es wäre nett, wenn ich mich vorstelle."

Holly lächelte ihn höflich an und schüttelte ihm die Hand. Als sie losließ, sagte sie: „Holly Reineer. Ich bin nicht neu in der Stadt. Man findet mich normalerweise, während ich den Tresen der Stadtbibliothek besetze. Es war schön, dich kennenzulernen, Rex."

Sie wirbelte auf dem Absatz herum, vielleicht ein wenig zu schnell, und begab sich zur Tür.

„Hey, Holly?"

Sie blieb stehen und drehte sich um, um ihn anzuschauen.

„Ja?"

„Wärst du vielleicht interessiert daran, etwas zu trinken oder noch besser, heute ein Abendessen mit mir zu nehmen?" In diesen wunderbaren grünen Augen blitzte etwas auf, von dem er sicher war, dass es Interesse war. Aber es verschwand genauso schnell, während sie sagte: „Tut mir leid. Ich gehe nicht mit befristeten Männern aus."

Die Tür schwang auf, und bevor er sich eine Antwort einfallen lassen konnte, war sie weg.

„Verdammt. War einen Versuch wert", sagte er.

„Das war es auf jeden Fall, junger Mann", erwiderte Mrs. Pottson.

Rex wandte seine Aufmerksamkeit der rundlichen älteren Frau mit dem freundlichen Gesicht zu. „Was hat sie denn mit *befristet* gemeint? Ist das neue eine neue Beleidigung, die mir noch nicht untergekommen ist?"

Mrs. Pottson lachte. „Nein, mein Lieber. Es bedeutet, dass sie weiß, dass Sie nicht lange in der Stadt bleiben."

Er runzelte die Stirn. „Wie könnte sie das denn wissen?"

„Durch eine Vision", sagte sie einfach. „Holly ist immer die Erste, die alles weiß." Sie zwinkerte und stützte dann die Arme auf den Tresen. „Also, was kann ich Ihnen heute bringen?"

„Was immer dieses Schoko-überzogene Karamellding da ist, das Sie im Fenster bewerben, und was zu trinken."

„Sind Sie unterwegs zur Beleuchtungszeremonie?", fragte sie, während sie sein Schoko-Teilchen holte.

„Ja. Meine Freunde warten dort auf mich."

Mrs. Pottson nickte, als hätte er ihr gerade etwas Wichtiges erzählt. Dann lächelte sie und fragte: „Mögen sie Cider?"

„Klar."

„Gut. Ein Becher mit Cupido-Cider kommt gleich."

Fünf Minuten später hatte Rex sein Schokoteilchen und sein Getränk in der Hand, schlängelte sich durch die Menge und versuchte, zu dem riesigen ausgestopften Rentier zu kommen, das Skye so gut gefiel. Er sah Brian und Shannon, innerhalb weniger Augenblicke bemerkte er auch Yvette, Jacob und Skye, die gleich unter dem Rentier mit einem anderen kleinen Kind spielte, das von dem riesigen Tier fasziniert zu sein schien. „Ich weiß nicht, wie sie es machen", sagte Rex.

Brian folgte seinem Blick, bis er Jacob und Skye sah, die kicherten wie verrückt. „Es ist irgendeine Art Baby-Serum, das Eltern einfach abbekommen", sagte er und grinste Rex an. „Sie verlieben sich in diese kleinen Monster, und dann sind sie verloren an die dunkle Seite. Nur zur Warnung: Falls du nicht willst, dass deine Tage voller Plüschtiere und Haarschleifen sind, nimm immer ein Gummi."

Rex stieß ein bellendes Lachen aus und salutierte vor seinem Freund. „Aye-Aye, Captain."

„Guter Mann", sagte Brian, während er seine Aufmerksamkeit der Frau zuwandte, die gerade hinter das Mikrofon getreten war.

Die hübsche, hellhaarige Frau war beinahe genauso angezogen wie die gute Hexe Glinda aus *Der Zauberer von Oz*. Sie trug ein funkelndes beiges Kleid, eine schicke Krone und hatte einen Zauberstab in der Form eines Sterns in der Hand. Es war kitschig und gleichzeitig liebenswert. Sie las ein Weihnachtsgedicht vor, sang ein Weihnachtslied, das er noch nie gehört hatte, und beendete es mit einer Art Gebet. „Mögen eure Abende voller Wärme sein, und eure Tage voller Freundschaft. Lasst in dieser Weihnachtszeit die Liebe in euer Herz, lasst sie wachsen und vor allem, glaubt daran.

Schöne Feiertage allen!" Sie hob ihr Glas und nahm einen Schluck.

Rex wiederholte ihren Vortrag und stürzte seinen Cider hinab. Sofort begannen seine Glieder zu prickeln, und er spürte eine leichte Wärme in der Brust. Aber beide Gefühle verschwanden, und ihm blieb nur ein Gefühl der Sehnsucht. Er war nicht sicher, dass das das beste Gefühl war, doch zumindest war es aufrichtig. Er wollte jemanden in seinem Leben, jemanden, der zu ihm gehörte. Er war nur nicht sicher, ob er dafür bereit war.

„Heilige Scheiße, Rex. Hast du einen Liebestrank getrunken?", fragte Shannon.

„Was? Warum sagst du das?", fragte er und schaute an sich herab, als würde er erwarten, einen rosa Schimmer zu sehen.

„Du leuchtest." Sie stieß ihm einen Finger vor die Brust. „Genau dort. Das X zeigt es an."

Als er diesmal hinabsah, erkannte er, was sie meinte. Ein kleiner Kreis aus Licht war genau dort, wo sein Herz war. Er fragt sich, was das bedeutete.

Jemand stolperte von hinten in ihn hinein, sodass er nach vorne taumelte.

„Ach, Mist. Das tut mir so leid", sagte die Frau, die an seiner Hand zerrte, um ihn ins Gleichgewicht zu bringen.

Das ganze Prickeln und die Wärme, die er nach der Beleuchtungszeremonie gespürt hatte, strömten aus ihm heraus und direkt in Holly Reineer hinein. Sie riss ihre Hand zurück, starrte auf ihre Handfläche hinab und fluchte. Laut.

„Was ist denn?", fragte Rex.

„Du Idiot. Du hast mich gerade unwissentlich mit einem Liebestrank erwischt."

„Echt?", fragte er, völlig entsetzt.

„Ja, und jetzt werde ich die nächsten vier Wochen damit

verbringen müssen, ihn loszuwerden. Wie ich sagte, befristete Männer sind nichts für mich. Vielen Dank auch, Rex." Sie marschierte weg, ließ ihn ihren perfekten Hintern bewundern.

Ein träges Lächeln trat auf Rex' Lippen, während er über ihre Worte nachdachte und dann zu dem Schluss kam: *Das werden wir ja sehen.*

ÜBER DIE AUTORIN

Die *New York Times-* und *USA Today*-Bestseller-Autorin Deanna Chase ist gebürtige Kalifornierin, abgewandert ins südöstliche Louisiana, wo die Uhren etwas langsamer ticken. Wenn sie nicht gerade schreibt, genießt sie mit ihrem Mann das Leben in New Orleans oder spielt mit ihren Hunden, zwei Shih Tzus. Weitere Informationen und Updates zu ihren neuesten Büchern findet man auf ihrer Website www.deannachase.com